KAI BLIESENER

Brand. Wein. Tod.

SPIEL MIT DEM FEUER Das Schicksal der seit einigen Tagen vermissten Grete Bürkle hält Fellbach in Atem. Die Polizei sucht mit Hochdruck nach der beliebten Frau. Dann wird die Feuerwehr zu einem Brand gerufen. Ein Einfamilienhaus steht in Flammen und brennt bis auf die Grundmauern nieder. In den Trümmern stoßen die Feuerwehrleute auf eine verkohlte Frauenleiche. Es wird angenommen, dass es sich dabei um die unter dieser Adresse gemeldete Josefine Arenz handelt. Da die Polizei von einem Unfall ausgeht, landen die Überreste bei Bestatterin JJ Schwarz. Doch dann nehmen die Ermittlungen eine dramatische Wendung und JJ wird in einen Fall verstrickt, der voller Geheimnisse und gefährlicher Verwicklungen steckt. Als sie beschließt, der Angelegenheit selbst auf den Grund zu gehen, ahnt JJ nicht, in welche Gefahr sie sich und ihre Freunde bringt.

Der 1971 in Waiblingen (Remstal) geborene Kai Bliesener ist vor den Toren der Landeshauptstadt Stuttgart in Fellbach aufgewachsen. Inzwischen wohnt er mit seiner Familie in Weinstadt. Bliesener ist Leiter der Presse- und Öffentlichkeitsarbeit für das Theaterhaus Stuttgart sowie freiberuflicher Autor und Texter.

KAI BLIESENER

Brand. Wein. Tod.

KRIMINALROMAN

GMEINER

Bei Fragen zur Produktsicherheit gemäß der Verordnung über die allgemeine Produktsicherheit (GPSR) wenden Sie sich bitte an den Verlag.

Im Ehnried 5, 88605 Meßkirch
Telefon 07575/2095-0
info@gmeiner-verlag.de

1. Auflage 2025

Satz: Mirjam Hecht
Umschlaggestaltung: U.O.R.G. Lutz Eberle, Stuttgart
unter Verwendung eines Fotos von: © Simon / stock.adobe.com
Druck: CPI books GmbH, Leck
Printed in Germany
ISBN 978-3-8392-0755-0

1

Mai 1938

Jetzt waren sie also auf der Flucht. Berend Lehmann sah nacheinander seine Frau Johanna und dann seine Kinder Robert, Heinz und Margot an.

Er konnte die Furcht in ihren Augen erkennen. Aber es blieb ihnen keine andere Wahl. Wenn sie jetzt nicht versuchen würden, aus dem Land zu kommen, wäre es womöglich zu spät. Und Lehmann selbst hatte große Sorge vor dem, was dann kommen würde. Er gab nichts auf die Hoffnung derer, die mit den Herrschenden, die im Februar 1933 die Macht an sich gerissen hatten, nichts zu tun haben wollten. Das waren vielfach rechtschaffene Menschen, die glaubten, die Regentschaft Hitlers und seiner Vasallen sei nur von kurzer Dauer. Er war da von Anfang an skeptisch gewesen. Und doch war auch er überrascht, wie schnell sich die Entwicklungen Bahn gebrochen hatten und plötzlich von zunehmenden Übergriffen auf jüdische Mitmenschen die Rede war. Ihn hatten sie noch einige Zeit in Ruhe gelassen. Doch jetzt, fünf Jahre nach der Machtübernahme, zogen sie die Schlinge immer enger, verschärften den Druck und nahmen sich immer offener, was sie wollten.

Und jetzt, jetzt wollten sie seinen Betrieb und sein Vermögen. Also den Teil, den sie sich nicht ohnehin schon einverleibt hatten.

Berend Lehmann saß in seinem Büro im ersten Stock in Schmiden und sah aus dem Fenster in die Nacht hinaus. Das BeLLe-Werk war sein Leben. Auf die Produktion von Weinbränden spezialisiert, war es neben einigen kleinen Handwerksbetrieben der größte Arbeitgeber am Ort. Das Bauerndorf Schmiden lag in einer kleinen Vertiefung auf der Hochebene zwischen Neckar und Rems, gehörte damit zur Waiblinger Bucht und war nach dem Schmidener Feld benannt. Etwas nördlich befand sich Oeffingen, südlich die wesentlich größere Stadt Fellbach. Der 1861 als einzige Station zwischen Waiblingen und Bad Cannstatt errichtete Fellbacher Bahnhof war in Sichtweite. Zur Zeit seiner Erbauung hatte er genau zwischen den Gemeinden Fellbach und Schmiden gelegen, mit jeweils etwa eineinhalb Kilometern Entfernung. Damals war Fellbach mit knapp dreitausend Einwohnern eines der größten Dörfer des Landes gewesen. Inzwischen lebten dort über zehntausend Menschen.

Sein Büro war mit schweren Holzmöbeln ausgestattet, an den Wänden hingen nur noch wenige Bilder. Kunst zu präsentieren, war in den letzten Monaten und Jahren mehr und mehr zur Gefahr geworden. Er hatte schon seit Monaten ihre Flucht vorbereitet und einige seiner Kunstwerke weit unter Wert verkauft. Viele nutzten die Situation schamlos zu ihrem Vorteil aus. Darunter waren auch welche, die er für echte Freunde gehalten hatte. Mit jedem Tag, der vorüberzog, wurde es zusehends schwerer, das Land zu verlassen. Es war von einem Ausreiseverbot die Rede.

Vor wenigen Tagen war sein Betrieb BeLLe an einen Kandidaten des Gauwirtschaftsberaters veräußert worden. Gegen seinen ausdrücklichen Willen. Jetzt gab es keinen Grund mehr, sich und seine Familie der herrschenden

Willkür weiter auszusetzen. Zwar hatten die Nazis Lehmann sofort nach der Machtübernahme bereits aus dem Vorstand gedrängt. Aber das Unternehmen war dennoch bis vor wenigen Tagen zumindest von einigen Freunden Lehmanns und somit mehr oder weniger noch in seinem Sinne geführt worden. Das war nun endgültig vorüber. Die BeLLe AG war arisiert worden und sollte alsbald in Weinbrennerei Dehm umbenannt werden. Der Gedanke daran schmerzte.

Lehmann riss sich von seinen Gedanken los, die ihn für einige Minuten fortgetragen hatten. Das passierte ihm in letzter Zeit immer öfter. Zu unwirklich schien ihm all das zu sein, was in sein Leben hereingebrochen war wie ein schweres Gewitter, mit dem ein nimmer enden wollender Sturm aufgezogen war.

Er blinzelte, drückte seinen Rücken durch, zog die maßgeschneiderte Jacke seines Anzugs gerade und wandte sich wieder seiner Familie zu.

»Kommt, wir müssen los. Wir dürfen jetzt keine Zeit verlieren«, sagte er ruhig, obwohl es in ihm drin ganz anders aussah. Mit jedem Tag war die Sorge gewachsen, unaufhaltsam größer geworden, die Sorge, den richtigen Moment für eine Flucht verpasst zu haben. Sollten sie es nicht mehr rechtzeitig herausschaffen, ahnte er, was ihnen drohte. Dann war es womöglich ihr aller Todesurteil.

»Wo gehen wir denn hin?«, fragte seine Tochter Margot, die er gerne als naseweis neckte. Sie wollte immer alles genau wissen, hatte ihren Eltern schon mehr als einmal regelrechte Löcher in den Bauch gefragt. Doch in ihren Augen glänzte keine Neugier, vielmehr glaubte er dort Unsicherheit zu sehen. Oder war es Angst?

Lehmann beugte sich zu dem Mädchen hinunter und strich ihr über die Wange. »Wir verreisen für einige Zeit«, beantwortete er die Frage so knapp wie möglich. Er hätte ihr gern gesagt, dass die Reise sie zuerst nach Frankreich und von dort weiter nach Lissabon führen würde. Mit dem Schiff wollten sie dann nach Südamerika. Aber je weniger sie wusste, desto besser war es für alle.

»Nehmt eure Sachen, unser Wagen wartet.«

Im Hof, durch den auch die Anschlussgleise für die Güterwaggons zum Fellbacher Bahnhof führten, stand sein Mercedes. Lehmann öffnete die Türen, und nacheinander verschwanden seine Frau und seine Kinder im Inneren. Dann setzte er sich hinters Steuer. Allerdings erst, als er einen letzten Blick auf die Gebäude um ihn geworfen hatte, die den Hof umrahmten. Es war eine Art Abschied, bei dem ihn ein Gefühl beschlich, diesen Ort, an dem er in den letzten dreißig Jahren fortgeführt hatte, was sein Vater seit 1875 alles aufgebaut hatte, nie wiederzusehen. Dann startete er den Wagen und fuhr durch das geöffnete Stahltor hinaus. Im Rückspiegel sah er, wie ein Mann in Uniform es hinter ihnen schloss. Trotz der Dunkelheit konnte er die rote Binde mit dem Symbol der Nationalsozialisten am rechten Oberarm erkennen. Berend Lehmann wusste, sie hatten gewonnen und er alles verloren.

2

Mitte September 2024

Sie liebte den Ausblick von hier oben. Es war ein erhabenes Gefühl, nahezu unendlich in die Weite schauen zu können. Links konnte man das Neckartal erahnen, dann den Blick langsam über den Stuttgarter Talkessel und Richtung Ludwigsburg schweifen lassen. Und wäre da nicht dieser hässliche Turm, der wie ein Symbol längst vergangener und unfertiger Männlichkeit in den ansonsten klaren Himmel des Spätsommers aufragte, dann wäre der Kappelberg wahrscheinlich der nahezu perfekte Aussichtspunkt, um den Blick ohne Hindernis über Waiblingen und das Remstal hinaufwandern zu lassen.

Was das höchste Wohngebäude in Baden-Württemberg hätte werden sollen, war nun die größte Bauruine des Landes und sorgte immer wieder für bundesweite Schlagzeilen. Julia Judith Schwarz bezweifelte inzwischen, dass jemals ein Mensch in das bisher lediglich von Turmfalken bewohnte Gebäude einziehen würde. Den Betonklotz wieder loszuwerden, stellte sich als schwierig heraus. Angeblich war es nicht so leicht, ihn zu sprengen, sondern man müsste ihn wieder in seine Einzelteile zerlegen und Stück für Stück abtragen. Das hatte ihr ein befreundeter Architekt gesagt. Der erst vor Kurzem verstorbene Oberbürgermeister der Stadt, Peter Weber, hatte immer lauthals krakeelend jede Verantwortung von sich gewiesen. Doch selbst wenn er fachlich oder juristisch damit recht gehabt haben mochte, so fand JJ, dass dieses Ding ein absolut negatives Aushängeschild der Stadt war. Letztlich konnte es ihr auch egal sein. Wenn die Stadtoberen sich mit dem hässlichen und halb fertigen Turm abfanden, musste sie das nicht verstehen, konnte es aber akzeptieren.

Sie schob den Gedanken beiseite und erfreute sich vielmehr an der Landschaft um sie herum. Der Herbst stand vor der Tür, er drängte herein, auch wenn die Tage noch überraschend warm und sonnig waren. Die ersten Blätter färbten sich längst in feinstem Dunkelrot oder sattem Gelb, während andere das Grün nicht lassen wollten. So erstrahlten die sanften Hügel, die man von hier oben weithin sehen konnte, in bunten Farben. Die schönste Zeit des Jahres, dachte JJ und probierte einen Schluck ihres vorzüglichen Weißburgunders. Sie hatten eine Flasche mit zum Aussichtspunkt genommen, geöffnet und in ihre Gläser gegossen.

Es war noch angenehm warm, obwohl JJ wusste, dass der hereinbrechende Abend eine gewisse Kühle mit sich bringen würde. Dennoch hatten sie und Vera Weber keine Jacken an. Sie froren nicht.

Um sie herum reihte sich Weinberg an Weinberg, Rebe an Rebe. Die Trauben sahen voll und gesund aus.

»Wegen dem saumäßig verregneten Frühjahr wird der Ertrag in diesem Jahr nicht sonderlich gut sein«, meinte Vera Weber. Die Witwe des erst vor wenigen Monaten verstorbenen ehemaligen Vorzeigewinzers der Stadt verzog das Gesicht. Ihr Ausdruck zeigte Bedauern über den Umstand. Doch aus ihrer Miene sprach die Erkenntnis, nichts an der klimabedingten Situation ändern zu können.

So hatte JJ Vera inzwischen kennen- und schätzen gelernt. Als eine pragmatische Frau.

»Durch die Wetterkapriolen in der ersten Jahreshälfte und dann durch Frost und Nässe sowie den massiven Druck durch die Pilzkrankheiten wie Falscher Mehltau, die sich dieses Jahr in den Weinbergen besonders ausgebreitet haben, hab ich schon Schlimmes erwartet. Doch was an den Reben hängt, das stimmt mich eigentlich ganz positiv. Es wird viel gejammert und mit einem geringen Ertrag gerechnet. Der sieht sogar ziemlich vielversprechend aus. Das ist doch was. Gerade dann, wenn man auf Qualität statt Quantität setzen möchte. Daher schauen die meisten von uns eigentlich ganz optimistisch der anstehenden Lese entgegen«, beschrieb Vera die aktuelle Situation.

Beide Frauen waren ganz in Schwarz gekleidet. JJ, da ihr Kleiderschrank kaum etwas anderes hergab. Seit ihrer Jugend war Schwarz ihre bevorzugte Kleiderfarbe. Auch die Haare waren schwarz und die Augen meist dunkel geschminkt. Bei Vera lag es wohl eher an der Trauer. Früher hatte sie gern Farben getragen, das wusste JJ, die sie ja von früher kannte. Doch seit dem Tod ihres Mannes trug sie meist Schwarz oder zumindest gedeckte Farben. In einem großen Dorf wie Fellbach gab es durchaus noch genügend traditionsbewusste Einwohner, die auf solche Details achteten. Vera selbst war das egal, hatte sie JJ einmal gesagt. Und sie gab nichts auf Traditionen, was JJ sympathisch fand. Allerdings hatte sie einmal auch gesagt, Schwarz zu tragen, fühle sich derzeit irgendwie richtig an. Da hatte JJ nur zustimmend nicken können, und beide waren in ein Lachen ausgebrochen. Das war in etwa der Beginn gewesen, als aus der mehr oder minder fast rein geschäftlichen Beziehung der beiden Frauen eine Art Freundschaft erwachsen war.

JJs Blick fiel auf das terrassenartige Gebäude des Weinhauses Weber, das sich trotz seiner Größe geradezu elegant und sanft in die Landschaft schmiegte.

Vera Weber hatte anfangs gezögert, später dennoch das Weingut ihres verstorbenen Mannes übernommen, das sie nun als alleinige Inhaberin bewirtschaftete.

»Klar«, nahm sie den Faden wieder auf, und JJ lauschte gespannt. »Die Witterungsbedingungen haben dieses Jahr einiges an Unruhe gebracht. Und Markus hat ja viel im Weinberg gearbeitet. Er hat mir schon früh gesagt, dass er mit deutlichen Einbußen durch den Frost rechnet. Allerdings war er noch wenige Tage vor seinem Tod der Meinung, dass sich alles, was erfroren war, eigentlich ganz gut erholt hat.«

»Ich bin echt total beeindruckt, wie du das alles wegsteckst«, antwortete JJ.

Sie hatte Vera vorhin abgeholt und ihr noch dabei geholfen, die Weinflaschen in die wiedereröffnete Vinothek des Weinhauses Weber in die Regale zu drapieren. Dann waren sie gemütlich über die Weinbergpfade nach oben spaziert und genossen nun die letzten wärmenden Strahlen der Sonne auf dem Kappelberg.

Vera zuckte nur mit den Schultern, als wolle sie sagen, dass sie ja keine andere Wahl hatte, als zu funktionieren.

»Ach, weißt du, ich bin froh, dass ich so viel Unterstützung bekomme. Alle helfen mit. Aus den anderen Weingütern und von der Fellbacher Weinmanufaktur. Es sieht gerade so aus, als wäre die Konkurrenz untereinander plötzlich weit in den Hintergrund getreten. Das ist schon irre.«

»Was meinst du? Welche Unterstützung und Hilfe?«

»Na, ich hätte es nie geschafft, unsere Weinberge allein zu bewirtschaften. Wie hätte ich das denn machen sollen? Da haben das die anderen einfach mitgemacht, wenn sie in ihren Weinbergen waren. Rebschnitt, Biegen und Binden sowie die Weinlese machen besonders viel Arbeit. Das haben die Leute aus den anderen Weingütern einfach mitübernommen, wenn es etwas zu tun gab. Daneben müssen der Boden bearbeitet, der Rebstock und seine Trauben gepflegt und das Laub geheftet und geschnitten werden. Sogar darum haben sie sich gekümmert.«

»Und wie schaut es jetzt aus? Die nächste Lese steht ja quasi schon vor der Tür«, sagte JJ und wollte zugleich noch wissen, wann es losginge.

»Wir wollen nächste Woche mit der Vorlese anfangen …«

JJ machte ein fragendes Gesicht, sie war lediglich Konsumentin; obwohl sie in der Nähe zu Weinbergen aufgewachsen war, hatte sie keine Ahnung, wie viel Arbeit dahintersteckte, bis sie sich etwas davon in ein Glas schenken konnte.

Vera holte zu einer weiteren Erklärung aus. »Was wir zuerst aus dem Berg holen, ist für die Grundweine, aus denen dann unser Sekt gemacht wird. Und dann brauchen wir natürlich in erster Linie Material für neuen Wein, für die anstehenden Events, an denen wir uns beteiligen wollen. Noch nicht einmal da wollen sie mich im Regen stehen lassen, haben sie mir versprochen. Das ist schon großartig. Da sind einige echt in der Lage, beinahe selbstlos den Konkurrenzgedanken zur Seite zu schieben. Sie könnten ja auch von der Schwäche durch Markus' Tod profitieren. Stattdessen helfen sie, obwohl sie selbst genug zu tun haben.«

JJ nickte. Da hätte sie von selbst draufkommen können.

Nach einem Moment Pause plapperte Vera weiter, während sie anfingen, ihre Sachen in ihre Rucksäcke zu verstauen, sich ihre Jacken anzogen und sich dann langsam auf den Rückweg machten.

»Was jetzt an den Reben hängt, sieht echt sehr gesund aus«, sagte sie, und ein zufriedenes Lächeln umspielte ihre Lippen. »Da bin ich wirklich froh drum. Nach den trockenen Jahren gab es diesmal genügend Wasser für die Reben. In unteren Lagen allerdings, etwa beim Chardonnay, haben wir teils Totalverlust zu beklagen. Bei Weiß- und Grauburgunder oder Zweigelt ist wahrscheinlich am Ende vielleicht noch ein Viertel von der üblichen Menge übrig. Aber in den höheren Lagen entwickelt sich der ebenfalls frostanfällige Lemberger andererseits sehr schön. Also würde ich sagen: kein leichtes Jahr. Aber man sollte nicht zu viel klagen.«

Dass es alles andere als ein einfaches Jahr war, das ahnte JJ. Unerwartet den Mann zu verlieren. Und dann noch durch Mord, das brachte natürlich das ganze bisherige Leben durcheinander. Und wenn dann wenig später darauf auch noch der Liebhaber umgebracht wurde, war das Leben komplett auf den Kopf gestellt und einiges aus den Fugen geraten. Dass Vera mit Peter Weber, ihrem Schwager und damaligem Oberbürgermeister von Fellbach, eine Affäre hatte, wusste JJ. An die Öffentlichkeit war es seltsamerweise nie gedrungen, obwohl eine solche Nachricht sicher für einen kleinen Aufschrei gesorgt hätte. Doch irgendwie war es gelungen, diesen Teil der Geschichte aus den Medien herauszuhalten. Daran hatten sicher auch Simon und Vinzent ihre Verdienste. Alles in allem war sich JJ sicher, nicht alle Frauen hätten diese Ereignisse so schnell und gut verarbeitet wie Vera.

Während JJ das geschäftige Treiben in den Weinbergen beobachtete, schien Vera ihr Interesse bemerkt zu haben.

»Jetzt geht es gerade darum, den passenden Zeitpunkt für den Beginn der Lese zu bestimmen. Wann genau der ist, lässt sich nicht vorbestimmen. Und er ist für jede Rebsorte individuell, denn die Pflanzen entwickeln sich unterschiedlich schnell.«

Warum hatte sie eigentlich nie selbst geholfen, fragte sich JJ mit einem Mal. Zu ihrer Schulzeit waren die Kinder alteingesessener Winzerfamilien der Kappelbergstadt in ihre Klasse gegangen. Und auch heute hatte sie hin und wieder Kontakt zu Wengertern. Allerdings war sie bis eben nie auf die Idee gekommen, sich aktiv in die Lese einzubringen. Sie kannte diese nur von Bildern und aus Erzählungen. Es sah zwar nach anstrengender Arbeit aus und hörte sich auch so an, doch spätestens beim Vesper am Ende schaute man nur in zufriedene Gesichter. Sie würde es ausprobieren. Entweder gleich diesen Herbst oder ansonsten spätestens im kommenden Jahr.

Als sie an einem etwas tiefer gelegenen Aussichtspunkt vorbeispazierten, sah JJ eine blonde Frau auf der Bank sitzen. Sie schien etwas nervös und wirkte, als würde sie auf etwas warten. Sie hatte Vera und JJ noch nicht bemerkt. Sie kam JJ irgendwie bekannt vor.

Vera beugte sich zu JJ und flüsterte verschwörerisch leise: »Sag mal, war das nicht die Grete?«

»Welche Grete?«

»Na, die Bürkle. Grete Bürkle. Die von der Feuerwehr. Ihr Bild ist doch erst neulich wieder im Stadtanzeiger gewesen.«

JJ zuckte mit den Schultern. »Möglich. Aber ich kenne sie nicht, sie lag noch nicht bei mir.« Sie grinsten beide um die Wette und prusteten zwei Schritte später los.

Die beiden Freundinnen schlenderten angeregt plaudernd weiter und leerten Schluck um Schluck ihre Weingläser, als von unten ein dunkler Mercedes um die Ecke bog. Eine V-Klasse. JJ erkannte das Modell sofort, da sie für ihr Beerdigungsinstitut das gleiche hatte. Der Fahrer war etwas zu schnell unterwegs. Als er zu nah an ihnen vorbeischoss, klopfte sich Vera an die Stirn, um ihm zu zeigen, dass er wohl einen an der Klatsche habe. JJ zeigte ihm den ausgestreckten Mittelfinger, während sie einen Schritt zu Seite sprang.

»Idiot«, schimpfte Vera.

»Wichser«, rief JJ dem Van hinterher.

Den Fahrer hatten sie nicht sehen können, jedoch gingen sie beide unabhängig voneinander von einem Mann aus.

Als sie sich wieder umdrehte, um weiterzugehen, sah JJ aus dem Augenwinkel die blonde Frau von der Bank aufstehen. Hatte die etwa auf den Fahrer gewartet, fragte sich JJ und schüttelte leicht den Kopf. Zusammen mit Vera gingen sie Richtung Kelter der Fellbacher Weinmanufaktur.

Margarete »Grete« Bürkle war nervös. Sie war verabredet. Das an sich war für sie noch nichts Besonderes. Sie hatte immer wieder Verabredungen. Seit sie und ihr Mann getrennt lebten, fühlte sie sich hin und wieder einsam. Daher hatte sie sich irgendwann auf einer Dating-App angemeldet. Sie war stets nervös vor den Treffen. Heute war es das erste Mal, dass sie sich mit jemandem aus Fellbach hier verabredet hatte. Bisher hatte sie darauf geachtet, dass die Männer nicht aus ihrer Stadt kamen, und sie hatten sich jedes Mal irgendwo außerhalb getroffen. Doch diesmal war es anders. Das Match schien perfekt zu sein.

Sie hätte ihn womöglich zu sich in die kleine Wohnung einladen können. Er hatte sogar angeboten, dass sie zu ihm kommen könnte. Aber beides hatte sie nicht gewollt. Ein erstes Treffen bei einem von beiden zu Hause, das konnte sie sich nicht vorstellen. Und das wollte sie so früh nicht. Sie wollte erst wissen, ob es wirklich ein Match war und was sich daraus entwickelte. Also hatten sie sich hier oben, auf halbem Weg zum Restaurant Waldschlössle, verabredet. Sie war zu früh da gewesen und wartete beinahe eine halbe Stunde, obwohl er noch keine fünf Minuten zu spät kam. Aber selbst das fand sie doof und unhöflich und wäre am liebsten gegangen.

Der Motor des heranschießenden Wagens war kaum zu hören, nur das leise Quietschen der Reifen, als er um die Ecke fuhr. Grete sah, wie die beiden Frauen, die kurz zuvor an ihr vorbeigelaufen waren, zur Seite springen mussten. Wären die beiden Frauen nicht gewesen, wäre sie längst verschwunden. Aber sie hatte keine Lust, direkt vor oder hinter den beiden herzutrotten, weshalb sie ihnen einen kleinen Vorsprung lassen wollte.

Der Van blieb mit einem Ruck vor ihr stehen. Sie bewegte sich von der Bank weg auf den Wagen zu und versuchte, ins Innere zu spähen, aber es war zu dunkel. Sie konnte nicht erkennen, ob dort jemand saß. Dann wurde mit einem Mal die seitliche Schiebetür aufgerissen. Grete zuckte vor Schreck zusammen, spürte, wie sie im selben Moment gepackt und mit einem gewaltigen Ruck ins Innere des Wagens gezogen wurde. Zeit zum Schreien blieb ihr keine. Sie versuchte, sich zu wehren, nahm wahr, wie die Tür geschlossen wurde, und bemerkte plötzlich einen kleinen Stich zwischen Hals und Schulter. Ihre Kraft ließ nach, Arme und Beine erschlafften. Das Letzte, was sie mitbekam, war, wie sie auf die Rückbank sank. Ihr Date war ganz anders verlaufen, als sie es sich vorgestellt hatte.

JJ drehte sich um, als sie hörte, wie der Van mit quietschenden Reifen anfuhr. Was für ein Idiot, schoss es ihr durch den Kopf.

Vera hatte sich auch umgedreht und sagte nur: »Na, die haben es aber eilig.«

Sie sahen, wie der dunkle Wagen davonbrauste, schauten ihm noch einen Augenblick hinterher. Von der blonden Frau war nichts mehr zu sehen. Sie war wohl bei dem kurzen Halt, den der Fahrer eingelegt hatte, eingestiegen. Dann wandten sie sich beide wieder dem Weg zu, nachdem sie die halb leere Flasche Grauburgunder mit dem edlen Etikett aus Veras Rucksack gezogen, den Inhalt auf ihre Gläser verteilt und die Flasche wieder verstaut hatten.

3

Vinzent Elsässer stand eingerahmt von drei Ziegelsteingebäuden im Hof der ältesten Gewerbeeinheit von Schmiden. Schmiden war seit 1973 ein Teilort der Großen Kreisstadt Fellbach, ein Jahr später war mit Oeffingen noch ein weiterer Ortsteil dazugekommen und die Gesamteinwohnerzahl damals auf über vierzigtausend geklettert. Vinzent hatte die Zahlen parat, weil das für einen Reporter des Fellbacher Tagblatts dazugehörte. Aber auch, weil er sie aktuell für die Recherche zu einer größeren Artikelserie heranziehen musste, die er für die Zeitung schreiben sollte. Darin ging es um die traditionsreichen Unternehmen der Stadt, ihre Gründer, ihre Geschichte und Geschichten und was aus ihnen geworden war. Einige existierten inzwischen nicht mehr. Andere waren von Unternehmen oder Konzernen einverleibt worden. Und dann gab es die Firmen, die vielleicht noch einen klangvollen Namen trugen, von denen jedoch wenig übrig geblieben war. So wie hier, wo über viele Jahre der weit über den Landstrich und die damaligen Grenzen des Deutschen Reichs hinaus bekannte BeLLe-Weinbrand hergestellt worden war. Ein Unternehmen, das 1876 von Bertrand Leonard Léman ins Leben gerufen worden war, einem aus dem Elsass stammenden Unternehmer, der sich mit der eigenen Spirituosenfabrik einen lang gehegten Traum erfüllte. Zwar war der erste amtliche Unternehmenssitz laut Urkunde in Stuttgart, doch auf der Suche nach einer geeigneten Fabrikationsanlage war man bald auf das kleine Schmiden ausgewichen, wie Vinzent der Firmenchronik entnommen hatte. Die stetig wachsende Nachfrage hatte BeLLe bald zu einem der erfolgreichsten Produzenten von Weinbränden und Cognac und später sogar Brandy werden lassen, dessen Produkte in ganz Europa äußerst begehrt waren. Insbesondere der Weinbrand »BeLLe Epoche 1876« war zu einem Erfolgsschlager im In- und Ausland mutiert, insbesondere im Nachbarland Frankreich, aber auch in England und Italien. Und hatte so das Firmengelände immer weiter anwachsen lassen. Einige Jahre später war sogar ein Eisenbahnanschluss dazugekommen, der durch ein seitliches Tor ins Innere der zu einem U angeordneten Gebäude geführt hatte.

Heute war hier nicht mehr viel vom alten Glanz und dem Erfolg der Weinbrände aus dem Hause Lehmann zu bestaunen. Inzwischen teilten sich die Räumlichkeiten ein Zentrum für Start-ups, eine Kunstgalerie, ein Rechtsanwalt und eine Werbeagentur. Außerdem beherbergte es noch eine winzige Kaffeerösterei, zu der auch ein Café gehörte. Hier war er seit einigen Minuten mit Andreas Lehmann verabredet. Ein junger Mann, der behauptete, mit dem einstigen Gründer verwandt zu sein und die Traditionsmarke BeLLe erwerben und wieder mit Leben erfüllen zu wollen. Wer genau er war, was er vorhatte und mit welchem Geld, das wollte Vinzent im Detail aus ihm herauskitzeln und in der Zeitung erzählen. Das wäre dann eine schöne und runde Geschichte, wie sie nicht viele Traditionsmarken erlebten.

Vinzent, dessen dunkelblaues Hemd aus der Jeans gerutscht war und unter seinem grauen Sakko hervorblitzte, schaute sich in aller Ruhe um, als hoffte er, durch die alten Gemäuer etwas Inspiration atmen zu können. Er war bei einer Recherche schon vor einiger Zeit über Lehmann gestolpert. Ein erfolgreicher Geschäftsmann, der schon einige Unternehmen in der Lebensmittelbranche gegründet und groß gemacht hatte, bevor sie mit jeweils ordentlich Gewinn veräußert worden waren. Dabei war er noch keine vierzig. Und jetzt schickte er sich an, BeLLe wieder Leben einhauchen zu wollen. Das hatte er zumindest Vinzent in ihrem kurzen Telefonat gesagt, bei dem sie den heutigen Termin vereinbart hatten.

Doch Lehmann war bereits eine gute Viertelstunde zu spät, wie ihm der Blick auf seine Uhr verriet. Aber das störte ihn nicht. Es war wieder ein schöner Herbsttag, und so beschloss er, sich an einen der wenigen Tische des Cafés zu setzen. Kaum hatte er einen kleinen, runden Bistrotisch ausgesucht und den Stuhl zu sich hergezogen, da sah er Lehmann aus einem Treppenhaus ins Freie treten. Leger gekleidet, mit Jeans und Sweatshirt, dazu weiße Sneakers und Dreitagebart, eilte er mit einem entwaffnenden Lächeln und wehenden Haaren auf Vinzent zu.

»Entschuldigen Sie, Herr Elsässer, ich wurde aufgehalten. Business eben, Sie wissen schon.«

Vinzent wusste nicht, ahnte aber und nickte zustimmend. Sie bestellten beide einen doppelten Espresso, Lehmann grinste erwartungsvoll und fragte, nachdem die Kellnerin gegangen war, was er für Vinzent tun könne. Der wiederholte geduldig sein Anliegen, das er eigentlich schon am Telefon vorgebracht hatte. Lehmann wackelte mit dem Kopf, das Lächeln weiter ins Gesicht gestanzt, sank bequem in seinen Gartenstuhl, legte die Fingerspitzen aneinander und wartete, bis Vinzent sein digitales Aufnahmegerät auf dem Tisch platziert und eingeschaltet hatte.

4

Sie wusste im ersten Moment nicht, ob sie überhaupt noch lebte. Erst mit den nächsten Sekunden, die wie zäher Schleim verrannen, drang die Erkenntnis in ihr Bewusstsein, dass sie nicht tot sein konnte.

Sie war am Leben.

Zumindest hörte sie ihr Herz pochen, und das Blut pulsierte in ihren Adern. Womöglich wäre der Tod die bessere Alternative gewesen, schoss es ihr durch ihren vernebelten Kopf, der sich anfühlte, als wäre er schwer und leer zugleich. Sie hatte keinerlei Gefühl für die Zeit. Doch sie blieb in dieser dämmrigen Schleife gefangen, der Nebel lichtete sich nicht, wie es normalerweise der Fall war, wenn man langsam aufwachte und die Welt um einen herum immer schärfere Konturen gewann. Doch ihre Wahrnehmung blieb unscharf. Sie hing hilflos in einem Zwischenzustand, nicht wach, aber auch nicht schlafend. Es fühlte sich an, als lichtete sich der Nebel für einen winzigen Wimpernschlag, dann hüllte er ihre Gedanken wieder ein, umschloss sie wie ein schwerer Mantel. Es war dunkel und sie hatte keine Ahnung, wo sie war.

Doch nicht nur das. Ihre Erinnerungen waren ein Bild voller Lücken, voller dunkler Stellen, die einzelne Blitzlichter des Zurückblickens gewährten. Es war, als spiele ihr Kurzzeitgedächtnis ihr einen miesen Streich, denn an ihre Kindheit und Jugend, an ihr weiteres Leben, an all das konnte sie sich gut erinnern. Nur nicht daran, wo sie war und wie sie hierhergekommen war. Oder auch daran, was die letzten Tage geschehen war. Vielleicht waren es auch nur Stunden oder Minuten, die ihr fehlten. Sie wusste es nicht. Ihre Erinnerung war so voll blinder Flecken.

Was sie fühlte, waren Schmerzen. Nicht heftig, aber es pochte unablässig in ihren Beinen und Armen. Und in ihrem Kopf. Oder bildete sie sich das nur ein? Nein, diese Schmerzen bildete sie sich nicht ein. Obwohl, sogenannte Phantomschmerzen führten dazu, dass selbst längst abgetrennte Gliedmaßen noch Schmerzen verursachten. Aber ihre Pein war real.

Mit einem Mal nahm sie modrigen Geruch wahr, der ihr in die Nase stieg. Es muffelte nach Keller oder Gartenhaus und war kühl. Sie fror. Sie zitterte, aber sie hatte keine Kontrolle über ihren Körper. Er gehorchte ihr nicht. Sie war nicht in der Lage, ihm Befehle zu geben. Er verweigerte die Zusammenarbeit. Es war, als gehöre er ihr nicht.

Verzweiflung machte sich breit, brach sich immer mehr Bahn. Was machte sie hier?

Ihr fehlten die Erinnerungen an die letzten … ja, was eigentlich? Tage, Stunden oder Minuten? Nicht einmal das konnte sie mit Gewissheit sagen. Ein ungutes Ziehen fuhr ihr in die Magengrube. Dann dämmerte sie wieder weg.

5

Julia Judith Schwarz mochte ihren Job. Und auch heute hatte sie wieder ganze Arbeit geleistet und gezeigt, warum sie inzwischen zu den Branchenbesten gehörte. Eine ältere Frau war in einen schweren Lkw-Unfall verwickelt gewesen. Der Laster hatte ihren kleinen Corsa regelrecht überrollt – und die Fahrerin gleich mit. Laut Notarzt war es wenigstens rasch vorbei gewesen, und die arme Frau hatte nicht leiden müssen. Obwohl sie nicht wirklich gut ausgesehen hatte, hatte ihr Mann partout darauf bestanden, dass der Sarg an der Trauerfeier offen sein müsse, damit man sich von seiner Frau, die auch Mutter und Großmutter war, angemessen verabschieden könne. Mit Engelszungen hatte JJ versucht, der Familie dies auszureden. JJ, wie sie fast ausschließlich von Freunden und Bekannten genannt wurde, hielt ohnehin nicht viel von dieser Tradition, tote Menschen im geöffneten Sarg aufzubahren. Aber sie war nun mal Bestatterin, und auch hier galt der alte Spruch, wonach der Kunde König ist. Tot oder lebendig.

Und doch hätte sie ihn gern von dem Wunsch abgebracht. Nicht, weil sie sich selbst die Arbeit ersparen wollte, nein, das war es nicht. Sondern weil sie eben genau wusste, wie rasch sich tote Menschen verändern konnten. Nein, wie sie sich veränderten, nachdem ihr Herz unabänderlich aufgehört hatte zu schlagen und das Leben aus ihrem Körper gewichen war. Ab diesem Moment setzte unweigerlich der Zerfallsprozess ein. Und JJ war der Überzeugung, Menschen sollten den Verstorbenen so in Erinnerung behalten, wie er zu Lebzeiten ausgehen hatte, und nicht seine starre, leblose Hülle, die sie zwar mit viel Fingerspitzengefühl ansehnlich herrichten konnte, die aber in keinem Fall dem Antlitz des Verstorbenen zu Lebzeiten gerecht werden konnte.

Nun stand sie da, neben dem geöffneten Eichensarg mit seiner schlichten Verzierung. Darin lag die Frau in einem dunklen Kleid und war auf ein purpurrotes Tuch gebettet, der Kopf ruhte auf einem weißen Kissen. Die Hände hatte sie über den Bauch gefaltet. JJ war zufrieden, wirklich zufrieden mit ihrer Arbeit. Das Gesicht kam dem Foto der lebenden Frau sehr nahe.

Sie klappte den Sarg zu und freute sich auf ein Glas kühlen Weißwein. Den hatte sie sich verdient, wie sie fand. Ein Blick auf die Uhr ließ sie zusammenzucken. Es war spät, und sie war mit ihrem Freund in der Vinothek in der Alten Kelter verabredet – gegenüber dem ehemaligen Freibad der Stadt, das längst einem moderneren Spaßbad neben dem Max-Graser-Stadion hatte weichen müssen. Dort wollte sie Vinzent treffen, denn das Restaurant sollte zum Jahreswechsel schließen. »Aus Altersgründen«, hatte ihr Vinzent erzählt. »Weil es niemanden gibt, der es übernehmen möchte. Und weil wohl die Stadtverwaltung so verbohrt auf die exakte Fortführung des bisherigen Konzeptes besteht, soweit ich höre.« Und Vinzent hörte viel und hatte gute Quellen. »Jetzt wird es wohl bestenfalls noch einen Cateringservice geben.«

JJ hatte ungläubig den Kopf geschüttelt. Denn die Stadt, die gemessen an der Einwohnerzahl noch vor ein paar Jahren eine erstaunliche Dichte an Sternegastronomie hatte, wurde immer mehr zum gastronomischen Brachland, was sie sehr bedauerte. Im Rathaus selbst stand seit Jahren die Fläche leer, wo früher ein Restaurant seine Gäste bewirtet hatte. Eine Bar, ebenfalls im Rathaus, wurde lediglich im Sommer betrieben. Und momentan hatte gerade noch ein Restaurant in Schmiden einen Stern. Alle anderen hatten aufgehört oder die Köche waren abgewandert.

Und nun also auch noch die Vinothek, hatte sie gedacht.

Sie fühlten sich dort wohl, auch wenn sie meist die jüngsten Gäste waren. Beide mochten das Essen und schätzten die Auswahl an regionalen und internationalen Weinen. Quasi eine Art Rundum-sorglos-Paket, wie sie fand. Und einfach eine sichere Bank.

JJ musste sich beeilen, wollte sie nicht zu spät kommen. Es war zwar nicht weit, aber sie mochte nicht abgehetzt ankommen. Also sprang sie rasch unter die Dusche, schlüpfte in eine graue Jeans und ein schwarzes Sweatshirt und entschied sich dann kurzerhand für das Fahrrad, das unten im Hof an einen Metallständer angeschlossen stand.

6

Nur langsam verzog sich die Dämmerung in ihrem Kopf, und ihr wurde schleichend bewusst, dass sie sich weiterhin nicht bewegen konnte. Nein, sie war nicht gefesselt so wie die entführten Frauen in den Fernsehkrimis, die sie ab und zu schaute. Sie war gelähmt, nicht in der Lage, sich zu rühren. Sie lag einfach da, während die Kälte des Bodens durch ihre dünnen Kleider drang. Aller Anstrengung zum Trotz und egal, wie sehr sie sich konzentrierte, ihr Hirn versuchte, Signale an ihre Arme und Beine, an die Finger und Zehen zu senden, aber es geschah nichts. Die Befehle gingen auf dem Weg zu ihrem Ziel verloren.

Und mit einem Mal bekam sie Angst.

Eine unbeschreibliche Angst fuhr in sie wie ein Blitz. Furcht schoss durch ihre Glieder, wie sie sie noch nie in ihrem Leben verspürt hatte. Furcht vor dem, was da kommen mochte.

Sie war allein, hilflos und an einem ihr unbekannten Ort.

Wie war sie hierhergekommen? Warum war sie hier? Warum war sie nicht in der Lage, sich zu bewegen? War sie gefangen, hatte jemand sie entführt? Wenn ja, warum, was wollte man von ihr?

Fragen, die sie sich inzwischen unablässig und immer wieder aufs Neue stellte, wenn sie wache Momente hatte. Doch meist hielten diese Phasen der geistigen Klarheit nicht lange genug an, um sich mit den Antworten zu beschäftigen. Zu schnell hatte sich ihr Denken wieder getrübt.

Das war diesmal anders. Ihr Kopf fühlte sich klarer an. Der Nebel in ihrem Kopf hatte sich zwar nicht verzogen, aber doch zumindest etwas gelichtet.

Wieder versuchte sie, ihre Arme und Beine zu bewegen. Wieder und wieder. Doch es gelang ihr nicht. Sosehr sie sich auch anstrengte, sie konnte sich nicht rühren.

Unablässig trommelten daher wieder dieselben Fragen auf sie ein: Wo verdammt noch mal war sie? Und warum? Sie kam sich vor wie in einem dieser Fernsehkrimis, wo entführte Frauen Opfer von Vergewaltigern und Mördern wurden. Und mit einem Mal schoss die Erkenntnis durch ihren Kopf wie eine wild gewordene Flipperkugel. Umrisse eines Lieferwagens tauchten auf, eine Schiebetür, durch die sie hineingeschoben wurde. Dann wurde es wieder dunkel. Sie war entführt worden. So musste es sein. Aber wer? Der Fahrer des Lieferwagens? Ja, das klang logisch. Aber wer war er?

Sie wurde in ihrem unbeweglichen Kopfgefängnis beinahe wahnsinnig.

Wenn es ein Typ war, der sie entführt hatte und gefangen hielt. Warum? War sie in einer viel zu realen Tatort-Folge gelandet? Warum wurde sie hier festgehalten? Hatte er sie schon vergewaltigt? War es überhaupt ein Er gewesen? Ja, doch, in einer entfernten Region ihrer Erinnerung dämmerte es, blitzte für einen Moment ein Bild. Ein Gesicht im Schatten. Nur Konturen, keine klaren Linien. Und dann Augen. Augen, die wütend starrten.

Je mehr die Fragen zu ihr durchdrangen, desto größer wurde ihre Panik. Sie war ein Mensch, der gern die Kontrolle hatte. Niemand, der sich treiben und alles dem Zufall überließ. Sie brauchte immer Klarheit und Struktur. Ihre aktuelle Situation war das genaue Gegenteil. Sie hatte die

Kontrolle komplett verloren. Und womöglich würde sie auch bald noch ihr Leben verlieren. Die traurige Erkenntnis darüber kroch langsam in ihr Bewusstsein.

Nun war blankes Chaos in ihrem Kopf eingezogen wie ein unliebsamer Mitbewohner, den man nicht mehr loswurde.

Ihre Augen wanderten unruhig zuckend durch den dunklen, fensterlosen Raum. Mehr konnte sie nicht tun, um sich zumindest einen kleinen Überblick zu verschaffen. Doch es war zu dunkel. Ihre in der Dunkelheit geweiteten Pupillen zuckten unruhig hin und her. Sie konnte kaum etwas wahrnehmen. Dagegen nahm sie den fauligen Geschmack in ihrer trockenen Mundhöhle sehr genau wahr. Es fühlte sich an, als hätte man ihr einen alten Lappen zwischen die Kiefer gesteckt. Auch die unangenehmen Gerüche um sie herum drangen mehr als deutlich in ihre Nase. Beißender Schweiß mischte sich mit den Ausscheidungen ihres Körpers, die sie nicht mehr hatte zurückhalten können. Und mit zunehmender Panik schossen ständig neue Fragen durch ihren Kopf. War sie allein? Wurde sie beobachtet? Gleichzeitig spürte sie, wie die Kälte immer mehr in ihre Glieder kroch, sich langsam in den letzten Winkel ihres Körpers fraß und ihr mit jeder verrinnenden Sekunde mehr und mehr die Kraft aussaugte, die ihr noch verblieben war.

Nicht einmal den Kopf konnte sie drehen, trotz aller Anstrengungen, die sie unternahm. Sie war wie paralysiert. Daher war der Bereich, den sie einsehen konnte, sehr beschränkt, und es gab kaum Licht, es war praktisch dunkel. Lediglich ein schmaler Streifen fiel von irgendwoher ein, an dem sie sich etwas orientieren konnte, doch wenn sie alle verbliebene Kraft aufbrachte, um ihn zu erspähen, jagten ihre Sehnerven einen stechenden Schmerz durch ihren Kopf, weil sie ihre Augen so stark verdrehen musste. Obwohl ihr Verstand sagte, sie müsse damit aufhören, wiederholte sie die Versuche. Aber das, was sie erkennen konnte, sah nach Holzlatten aus, wie sie zur Abtrennung zwischen Kellerräumen verwendet wurden. Ja, eigentlich wirkte ihre Umgebung wie ein Kellerraum. Das würde zu dem modrigen Geruch passen, der zwischen den anderen Gerüchen immer wieder in ihre Nase wehte.

Sie erkannte einen Umriss, der vielleicht von alten Möbelstücken stammte. Eines davon erinnerte sie schmerzhaft an das Büfett, das im Wohnzimmer ihrer Eltern gestanden hatte. Aber das konnte nicht sein, sie selbst hatte es vor Jahren nach Winnenden auf den Schuttplatz gebracht und in einen der bereitstehenden Container geworfen.

Ihre Augen wanderten weiter herum, erkundeten jeden Millimeter ihres Sichtfeldes und schmerzten bald noch mehr von der Anstrengung, brannten, als habe man ein kleines Feuer hinter ihrer Netzhaut gelegt.

Währenddessen bemühte sie sich, gegen die Panik anzukämpfen, die sich weiter durch ihre Glieder fraß. Dennoch wollte sie sich keine Ruhe gönnen. Ihre Augen waren das Einzige, was sie bewegen konnte.

Ein paar Kisten vor einer dunklen Wand, ein Regal mit Konservendosen und eingestaubten Flaschen. Ja, sie war in einem Keller, jetzt war sie sich sicher.

Aber wessen Keller war es?

Dann hörte sie kräftige Schritte schwerer Schuhe auf einer Treppe. Sie kamen näher, wurden lauter. Da hatte jemand keine Sorge, Geräusche zu machen, niemand, der sich unbemerkt anschleichen, anpirschen musste wie ein Jäger. Er musste bald bei ihr sei. Und mit jedem Schritt, der an ihre Ohren drang, wuchs die Angst.

7

Seit Tagen stand das Telefon nicht still. Simon Kalt griff trotz seines gewaltigen Katers geduldig zum Hörer, als es wieder anfing zu läuten. Allerdings hatte er kaum Hoffnung, dass dieser Anruf verwertbare Hinweise bringen würde. Bisher waren alle Spuren, denen sie nachgegangen waren, im Sand verlaufen.

Es war frustrierend.

Sein Blick fiel auf einen dicken Aktenordner, der an den Rand seines Schreibtisches gerutscht war. Er war voll mit Unterlagen zum Cold-Case-Fall, an dem er bis zum Sommer gearbeitet hatte. Der Mord im Blauen Haus in Fellbach-Schmiden war noch immer nicht aufgeklärt, obwohl er über fünfundzwanzig Jahre zurücklag.

Dagegen hatten er und seine Kolleginnen und Kollegen der SoKo die Einbruchserie, die im Frühjahr die Stadtbevölkerung über Monate hinweg in Aufregung versetzt hatte, aufklären und die Verbrecher in einer großen Aktion verhaften können.

Auch der Mord an Markus Weber, dem ehemaligen Starwinzer der Stadt, war längst aufgeklärt.

Und dennoch kam die Stadt nicht zur Ruhe. Während die Suche nach einem neuen Stadtoberhaupt begonnen hatte, sorgte seit Tagen das spurlose Verschwinden einer Frau für Schlagzeilen und große Beunruhigung.

Grete Bürkle war zuletzt vor über einer Woche gesehen worden und seither wie vom Erdboden verschluckt.

Womöglich waren JJ und Vera Weber die letzten Menschen gewesen, die die Vermisste lebend gesehen hatten. Simon ertappte sich dabei, wie er sich über seine Formulierung in Gedanken ärgerte. Denn so implizierte er eigentlich, dass sie tot war. Und das war nicht gut. Er war Polizist. Und musste er als solcher nicht immer auch darauf hoffen, Menschen vor dem größten Unheil zu bewahren?

Nach dem Aufruf der Polizei hatten sich JJ und Vera zumindest gemeldet und gesagt, dass sie kurz vor dem Verschwinden eine Person, auf die die Beschreibung von Grete Bürkle passte, am Kappelberg gesehen hatten. Und sie hatten von einem dunklen Van berichtet, der zur selben Zeit die Wanne, wie die Straße zum Aussichtspunkt am Waldschlössle hieß, hinaufgerast sei.

»Nein, ein Kennzeichen haben wir nicht gesehen«, hatte Vera Weber gesagt, als sie ihre Aussage auf dem Revier zu Protokoll gegeben hatte. Das war nicht ungewöhnlich, denn die wenigsten Menschen achteten darauf. Und doch erlebte man ab und zu eine Überraschung, wenn man als Ermittler die richtigen Fragen stellte. Dann konnten sich manche Menschen plötzlich an Dinge erinnern, von denen sie selbst nicht geahnt hatten, sie wahrgenommen zu haben.

In dem Fall aber hatte JJ Schwarz ergänzt: »Auch der Fahrer war nicht zu erkennen gewesen. Das Licht war schon dämmrig, und hinter den getönten Scheiben war nur jemand mit schwarzem Hoodie zu sehen, der die Kapuze hochgezogen hatte. Ich glaube, er hatte darunter eine Baseballmütze, deren Schatten sein Gesicht völlig unsichtbar gemacht hat.«

»Ja«, hatte Vera Weber hinzugefügt, »wenn ich es mir recht überlege, war es fast etwas unheimlich. Beinahe so wie in einem dieser amerikanischen Thriller, wo Frauen entführt und abgeschlachtet wurden. Ich schau so was ja nicht, aber Markus hat diese Filme gemocht. *Das Schweigen der Lämmer* war einer seiner Lieblingsfilme. Oder *Sieben*. Fürchterlich, diese Streifen.«

Grete Bürkle war von ihrem Ex-Ehemann, Ralf Becker, vermisst gemeldet worden, nachdem er einige Tage nichts von ihr gehört und sie auch nicht hatte erreichen können. Er schien ernsthaft besorgt, hatte Simon damals gedacht. Sie hatten Becker zu ihm geschickt, da die Wache mal wieder wegen Krankheit und grundsätzlichem Personalmangel stark unterbesetzt war.

»Das ist untypisch für sie«, hatte Ralf Becker gesagt. »Sie hat eigentlich immer schnell geantwortet, wenn man ihr eine Nachricht geschrieben hat. Da stimmt was nicht.« Er hatte Simon mit sorgenvoller Miene angeschaut. Anscheinend trennten sich nicht alle Paare im Streit, dachte Simon. »Wir waren zwar getrennt, haben uns aber einfach gut verstanden. Wir hatten eine verdammt gute Zeit. Aber irgendwann, da hatten wir uns halt auseinandergelebt. Und dann waren wir der Meinung, es sei einfach besser, getrennte Wege zu gehen«, hatte er ungefragt gleich hinterhergeschoben.

»Aber warum haben Sie dann so lange gewartet, ehe Sie zu uns gekommen sind?« Die Frage hatte sich Simon nicht verkneifen können.

»Ganz einfach: Wir haben uns zwar im Guten getrennt und auch immer wieder Kontakt zueinander gehabt. Aber jeder hat inzwischen sein eigenes Leben. Wir hatten also keine permanente Standleitung und haben uns auch nicht unentwegt Nachrichten geschrieben. Aber wie gesagt, wenn, dann konnte man sich bei Grete auf eine schnelle Antwort verlassen.«

Ihr Handy war offensichtlich ausgeschaltet, weshalb auch eine Fernortung nicht möglich war, wie Simon sofort wusste. Und ihr Auto war seither ebenso unauffindbar wie sie selbst. Da es ein älterer VW Golf war, gab es auch hier keine Möglichkeit, den Wagen zu tracken.

Ralf Becker war ziemlich aufgelöst auf der Wache aufgekreuzt, und die Sorgen und Ängste um seine Ex-Frau waren ihm anzusehen gewesen. Sie wirkten keinesfalls gespielt. Aber obwohl der Ermittlungsapparat sofort angelaufen war, hatten sie bisher weder eine Spur von Grete Bürkle noch den Aufenthaltsort ermitteln können.

Wie bei allen Vermisstenfällen bestand auch hier die Möglichkeit, dass sie freiwillig abgetaucht war. Ein Liebhaber, ein Ausflug in die Berge, wo es noch immer Orte gab, an denen es keinen oder bestenfalls schlechten Handyempfang gab. Wobei da sogar schon ein Kurztrip auf die nahe gelegene Schwäbische Alb ausreichen konnte, um diese Erfahrung zu machen, dachte sich Simon. Und er kannte auch die Statistik. Täglich wurden etwa zweihundert bis dreihundert Fahndungen nach vermissten Personen in Deutschland neu erfasst, etwa die gleiche Anzahl wurde gelöscht, da sich die Meldungen erübrigt hatten. Erfahrungsgemäß klärten sich etwa fünfzig Prozent der Vermisstenfälle innerhalb der ersten Woche. Binnen Monatsfrist lag die sogenannte *Erledigungs-Quote* bereits bei über achtzig Prozent. Der Anteil der Personen, die länger als ein Jahr vermisst wurden, bewegte sich bei nur etwa drei Prozent. Mehr als zwei Drittel aller Vermissten waren männlich. Etwa die Hälfte aller Vermissten waren Kinder und Jugendliche. Für ihr Verschwinden gab es die unterschiedlichsten Gründe. Die Mehrzahl davon war im häuslichen Umfeld zu finden, also vielfach

Familienstreitigkeiten, aufgrund deren die Jugendlichen Reißaus nahmen.

Doch wie bei jedem Vermisstenfall half ihnen auch hier die Statistik nicht weiter. Sie entschlossen sich also zu einem öffentlichen Suchaufruf. Und plötzlich geriet die Stadt in Wallung. Im Minutentakt waren Hinweise eingetrudelt, darunter jedoch kaum ernst zu nehmende. Simon wunderte sich immer wieder, wie Menschen dazu in der Lage waren, sich aus der Notsituation eines anderen einen Spaß zu machen, und falsche Informationen streuten. Damit hielten sie nicht nur die Ermittlungen auf, lenkten sie manchmal sogar in eine falsche Richtung und spielten auch noch mit den Hoffnungen der Betroffenen. Simon hätte zu gern einmal einen dieser Idioten zu fassen bekommen.

»Kommissar Kalt, Polizei Fellbach«, meldete sich Simon und hielt sich den Hörer ans Ohr.

»Ihr sucht die Bürkle? Ich weiß, wo sie ist. Aber ihr müsst schnell sein, sonst ist nicht mehr viel von der Schlampe übrig«, sagte eine blecherne, unnatürlich klingende Stimme, die sich anhörte, als würde jemand beim Sprechen seine Hand über das Mikrofon halten.

»Was sagen Sie da? Wer sind Sie? Wo können wir Grete Bürkle finden?«

Doch das Tuten aus dem Hörer sagte Simon nur, dass der Anrufer aufgelegt hatte. Simon hatte das Gefühl, dass er womöglich gerade mit dem Täter gesprochen hatte. Aber natürlich konnte es auch nur wieder ein Spaßvogel gewesen sein.

Der Anruf war mit unterdrückter Nummer erfolgt. Simon hatte die Nummer trotzdem auf seinem Display gesehen und nebenher notiert. Denn was kaum jemand wusste, selbst bei aktivierter Rufnummernunterdrückung sahen bestimmte Behörden und Organisationen immer die Nummer des Anrufenden. Neben der Feuerwehr und den Rettungsdiensten traf dies natürlich auf die Polizei zu.

Eine Anfrage im bundesweiten INPOL-System, dem gemeinsamen Netzwerk der Polizeibehörden, brachte allerdings kein Ergebnis. Die Rufnummer oder ihr Besitzer waren bisher nicht in Verbindung mit Straftaten aufgefallen.

»Mist«, schimpfte er leise vor sich hin, als das Ergebnis auf dem Monitor angezeigt wurde. Er hätte sich in dem Fall gewünscht, dass es einen Treffer gegeben hätte. Dann wäre er gleich mit der Kavallerie beim Anrufer angerückt und hätte ihm auf den Zahn gefühlt. Jetzt hatte er zwar eine Nummer, aber um den Inhaber zu ermitteln, brauchte er einen richterlichen Beschluss. Den zu bekommen, war angesichts der Umstände zwar kein Problem und kostete wahrscheinlich nur einen Anruf. Aber bis die Daten dann von den Telekommunikationsunternehmen bereitgestellt wurden, verging wertvolle Zeit. Zeit, die sie nicht hatten, wenn es sich um einen Entführungsfall handelte.

Dennoch machte er, ohne zu zögern, die nötigen Anrufe und leitete alles formal in die Wege, denn die Uhr tickte unaufhaltsam, und Simon hatte – wie wahrscheinlich jeder Polizist in seiner Situation – Angst davor, nicht rechtzeitig beim vermeintlichen Opfer zu sein. Wenn der Täter eben wirklich am Telefon gewesen sein sollte, würde er es bald wissen. Falls nur ein Spinner dahintersteckte, dann würde er ihn sich vorknöpfen und dafür sorgen, dass man ihn zur Rechenschaft zog.

8

Ralf Becker wurde wütend, als der Alarm losging. Was sollte das denn jetzt schon wieder?

Doch er beruhigte sich wenige Augenblicke später wieder. Es war sein Job. Er hatte ihn sich ausgesucht. Und es war nicht irgendein Job. Es war genau genommen sein Traumjob. Er hatte wie so oft Bereitschaft. Und trotzdem kam nicht jeder Einsatz zur passenden Zeit. Aber selten so unpassend wie heute. Er wusste genau, was das bedeutete. Der Abend würde von nun an anders verlaufen, als er sich ihn ausgemalt hatte. Und er konnte nichts daran ändern. Das ärgerte ihn maßlos.

Seit Wochen hatte er den vor ihm liegenden Stunden entgegengefiebert. Doch sein Pieper auf dem Nachttisch gab keine Ruhe. Er blinkte und fiepte aufgeregt und unerbittlich weiter, bis er sich endlich von Mira heruntergewälzt, genervt den Knopf gedrückt und dieses Höllengerät endlich zum Schweigen gebracht hatte.

Er sah, wie sie enttäuscht die Augenbrauen in die Höhe schob. Ralf legte eine Hand auf ihren flachen Bauch, ließ sie dort einen Moment liegen, versuchte sie weiter nach unten in die warme Feuchte zwischen ihren Beinen wandern zu lassen, zwang sich zur Beherrschung, was ihm jedoch enorm schwerfiel.

Dann zuckte er entschuldigend die Schultern. Sie sagte nichts.

Dabei hätte er am liebsten seinen Pieper gegen die

Wand geschmettert. Dass dieses Drecksding auch immer genau dann losgehen musste, wenn es am unpassendsten war, dachte er. Es war ihre erste gemeinsame Nacht, und Ralf fühlte sich irgendwie vom Leben betrogen, denn wer wusste, wann sich die Gelegenheit wieder bot.

Mira schob seine Hand von sich und setzte sich auf. Sie richtete ihren schwarzen, spitzenbesetzten BH und langte nach dem dazu passenden Slip, der auf der Bettdecke lag und sich aufreizend von der weißen Bettwäsche abhob. Es gab kein Zurück. Ralf musste gehen.

Mira zog die dünne Decke nach oben, entzog ihre Reize seinen lüsternen Blicken, drehte sich auf die Seite und stützte den Kopf auf den angewinkelten Unterarm. Noch immer schwieg sie. Ihr Gesicht zeigte keine offensichtliche Regung, blieb ausdruckslos. Nicht abweisend. Aber doch so, dass Ralf nicht lesen konnte, was dahinter vorging, ob sie nur enttäuscht oder womöglich sogar sauer war. Sie war in diesem Moment für ihn wie eine Sphinx, aus der er nicht schlau wurde, sosehr er sich auch anzustrengen vermochte. Aber eine sehr schöne, dachte er sich, als er sie so vor sich liegen sah. Und während er sie so betrachtete, fragte er sich, wie es ihm eigentlich gelungen war, diesen Fisch an die Angel zu bekommen. Er kannte genügend Jungs in seinem Alter, die sich die Finger nach einer Frau wie Mira lecken würden, die Schlange stehen würden und zu viel Unfug bereit wären, um sie ins Bett zu bekommen.

Mit diesem Gedanken verschwendete er jetzt nur Zeit. Er musste los. Die Zeit drängte, denn bei solchen Einsätzen ging es oft um jede Sekunde, die darüber entscheiden konnte, ob Menschen schwer verletzt wurden oder gar ihr Leben verloren. Um beides zu verhindern, war er Feuerwehrmann geworden.

Rasch zog er sich seine Unterhose und die Jeans an, spürte ihre Blicke, die jede seiner Bewegungen interessiert verfolgten. Als er auch sein T-Shirt anhatte, beugte er sich noch einmal zu ihr hinunter, um ihr einen raschen Kuss auf die leicht geöffneten Lippen zu hauchen. Sie roch gut, dachte er. Und sie schmeckte gut. Verdammt gut sogar, fand er, und es bereitete ihm beinahe Schmerzen, sich von ihr zu lösen.

Sie blieb stumm. Doch der Hauch eines verführerischen Lächelns umspielte mit einem Mal ihren Mund, während sich ihre Lippen zu einem unwiderstehlichen Schmollen kräuselten. In diesem kurzen Moment hasste Ralf seinen Job von ganzem Herzen, und er verfluchte sich dafür, sich für eine Karriere bei der Feuerwehr entschieden zu haben.

Sekunden später trampelten seine Doc Martens über die Treppe nach unten.

Mira hatte eine Wohnung in der Wohncity im Herzen Fellbachs. Die Aussicht war fantastisch, doch diese hatte Ralf noch nie wirklich interessiert. Von ihrem Wohn- und Schlafzimmer aus hatte man einen fantastischen Blick über die Felder bis weit ins schöne Remstal hinauf Richtung Schorndorf. Der Nachteil war, Ralf brauchte ein paar Minuten länger, bis er an der neuen Feuerwache in der Bühlstraße seinen Golf auf das Parkdeck fahren, aus dem Wagen springen und in das erst vor wenigen Wochen eröffnete Gebäude eilen konnte. Es nahm einfach mehr Zeit in Anspruch, bis man aus dem Inneren eines derart komplexen Gebäudes wie der Wohncity herausgekommen war und sein Auto wiedergefunden hatte, wenn man nicht das Glück hatte, in der Tiefgarage einen eigenen Parkplatz zu haben.

Wie bei einem Großeinsatz üblich, standen einige Wagen kreuz und quer in der Gegend herum. Denn wenn es galt, einen Brand zu löschen, mussten sie schnell sein. Und wenn ein Alarm losging, mussten sie ausrücken, auch wenn sich dieser Alarm als Fehlalarm herausstellen sollte, was zum Glück in den meisten Fällen Tatsache war.

So schnell er konnte, sprang er in seinen Schutzanzug, griff nach seiner Ausrüstung und setzte sich zu seinen Kameraden in das Löschgruppenfahrzeug LF 10. Das Tor stand bereits offen, und der schwere, allradbetriebene Wagen setzte sich mit einem kräftigen Ruck in Bewegung, ehe Ralf die Tür geschlossen hatte.

»Na endlich, wir wollten schon ohne dich los«, raunte ihm der Kommandant Walter Hahn zu und hatte Mühe, die Sirene zu übertönen. »Wo warst du denn so lange? Brauchst du jetzt immer eine Extraeinladung?«

Ralf kannte Hahn lange genug und hatte mit so einem Kommentar gerechnet. Er setzte seinen Helm auf und sparte sich eine Erklärung, tat so, als habe er wegen des Lärms nichts gehört. Alle wussten, dass seine Frau verschwunden war. Die Frau, von der er sich zwar getrennt hatte, mit der er aber offiziell noch immer verheiratet war. Daher hätte er sich einen etwas sensibleren Umgang gewünscht. Doch Hahn war ein etwas rustikaler Kerl, und Ralf glaubte, dass er ihn nicht mochte, ihn als Konkurrent im Buhlen um die Leitungspositionen bei der Feuerwehr sah. Dabei hatte Ralf sein Interesse daran längst verloren. Er hatte ganz andere Pläne.

Deswegen blieb er stumm und sagte nichts. Eine Reaktion hätte ohnehin nichts gebracht, und so wie er Hahn kannte, war die Frage ohnehin rhetorisch gemeint gewesen. Außer ihm und dem amtierenden Kommandanten waren noch sieben weitere Feuerwehrleute an Bord des Mannschaftswagens. Erfreulich fand Ralf, dass unter den sieben zwei Frauen waren. Keine Quotenfrauen oder so ein Mist, sondern tolle Kameradinnen, die mehr draufhatten als so mancher Macho in Montur. Dass sie darüber hinaus auch noch eine gute Figur in den Uniformen machten und hübsch aussahen, sah er als kleine Zugabe des Glücks.

Es war eng hier drin, stickig und warm. Aber die Fahrt würde zum Glück nicht allzu lange dauern.

Seine Gedanken schweiften für einen Moment wieder zu Mira ab. Er sah sie vor sich, nackt, wartend, voller Begehren für ihn, als ihn ein Stoß in die Rippen zurückholte.

»Alles klar bei dir? Du wirkst, wie wenn du auf einem anderen Planeten wärst.« Neben ihm saß Oliver, der fast zeitgleich mit ihm vor über zwanzig Jahren bei der Jugendfeuerwehr angefangen hatte. Sie waren keine Freunde, aber Kameraden, die hin und wieder zusammen ein Bier tranken und sich über den Zustand der Stadt, des Landes und der Welt unterhielten.

»Ja, alles gut.« Ralf wusste, wie hohl diese Worte klangen, und ihm war klar, dass Oliver ihm nicht glaubte, auch ohne dass er dessen Blick sah. Aber im Augenblick war ihm das egal, er versuchte sich zu konzentrieren. Wenn es kein Fehlalarm war, musste er bei der Sache sein, dann ging es womöglich darum, Menschenleben zu retten. Wie ernst es war, wussten sie meist erst, wenn sie aus dem Wagen sprangen und ihre Helme aufsetzten.

Hinter ihren Rücken befand sich ein Tank mit einem Volumen von zweitausend Litern Löschwasser, und unter den silbern schimmernden Rollläden an der Seite war allerlei Werkzeug untergebracht. Zudem waren sieben Atemschutzgeräte mit an Bord.

Vor ihnen teilte sich der Verkehr entlang der Bahnhofstraße, vorbei am Stuttgarter Platz, Richtung Einsatzort, die wenigen Fahrzeuge, die um diese Zeit auf den Straßen waren, machten bereitwillig Platz, sodass ihr Einsatzwagen freie Fahrt hatte. Das war nicht immer so. Fast täglich gab es irgendwelche Idioten, die keinen Platz machten oder sich so hinstellten, dass sie erst recht alles blockierten und sich dann über das folgende Gehupe wunderten.

Ralf sah während der restlichen Fahrt stumm aus dem Fenster, während sie die bekannten Informationen für den Einsatz bekamen. Die Adresse ließ ihn kurz zusammenzucken. Innerlich. Sie war ihm vertraut. Er musste daher nur mit einem halben Ohr zuhören, denn er kannte sich dort aus. Sogar besser, als ihm vielleicht lieb war.

Doch das war Vergangenheit. Hier war die Gegenwart, und Mira war die Zukunft. Er freute sich, wenn er nach dem Einsatz zu ihr zurückkommen würde. Zurück in sein neues Leben, das mit der früheren Zeit, die ihn am Einsatzort erwartete, nichts mehr gemein hatte.

Natürlich kannten seine Kameraden auch seine Vergangenheit, seinen Bezug zu diesem Ort. Und sie würden sich wundern, wenn sie erführen, von wo er gekommen war und was er dort getan hatte. Also behielt er es besser für sich.

Auch wenn es nur eine Frage der Zeit war, bis sich der Erste danach erkundigen würde. Wenn man schon als Jugendlicher zur Feuerwehr gestoßen war, so wie es bei Ralf der Fall war, dann bedeutete die Kameradschaft viel. Sie alle verband vielfach mehr, als nur Brände zu löschen und bei Festen ein paar Bier zusammen zu trinken. Nein,

Feuerwehrmann oder Feuerwehrfrau, das war für viele nicht nur ein Beruf. Es war eine Berufung. Und dieses Gefühl war gestiegen, als sich die Stadt nach langem Hin und Her endlich durchgerungen hatte, von einer rein freiwilligen Feuerwehr auf eine Feuerwehr mit einer Einsatzabteilung der Berufsfeuerwehr umzustellen. Die Entscheidung war zeitgleich mit dem Beschluss des Gemeinderats gefallen, eine neue Feuerwache zu bauen, um die der Stadtrat jahrelang gefeilscht hatte. Ralf und seine Kameraden waren mit Leib und Seele bei der Sache, und genau das machte aus ihrer Gemeinschaft etwas ganz Besonderes. Deshalb blieben auch private Themen und Probleme meist nicht geheim. Jeder wusste, dass Ralf sich schon vor einiger Zeit von seiner Frau getrennt hatte. Nicht im Streit. Aber es hatte halt irgendwann einfach nicht mehr funktioniert. War das so verwunderlich nach über zehn Jahren Ehe und einigen Jahren Beziehung davor? Nutzte sich nicht jede Liebe irgendwie und irgendwann einfach ab? Der Mensch war außerdem nicht zur Monogamie bestimmt, wie er fand. Sie hatten das rechtzeitig erkannt und einen Schlussstrich gezogen. Dann war jeder seiner Wege gegangen, und neues Glück war immer besser als altes Leid.

Eine Meinung, die er spätestens angenommen hatte, als er kurz nach der Trennung – genau genommen sogar während der Trennung – Mira kennengelernt hatte und sie sein neuer Mittelpunkt wurde.

Allerdings musste er sich eingestehen, dass die Gefühle seiner jahrelangen Ehejahre nicht verschwunden waren, dass er noch immer etwas für seine Verflossene empfand. Klar, da waren die Schmetterlinge im Bauch, deren sanfte Flügelschläge er kribbelnd in seiner Magengegend spürte, wenn er an Mira dachte. Aber da waren eben auch viele

Erinnerungen an schöne Zeiten mit Grete, die er nicht einfach so abschalten konnte. Sie war seine erste große Liebe gewesen. Das erste Mädchen, mit dem er geschlafen hatte. Und die Frau, die ihm Kinder geschenkt hatte. Damit war doch eigentlich klar, dass sie immer eine herausragende Stellung in seinem Leben einnahm. Und doch hatte sich ihr Verhältnis in letzter Zeit eingetrübt. Ralf vermutete, dass Mira der Grund dafür war. Doch ganz sicher war er sich nicht, und seine Ex war in dieser Sache verschlossen wie eine Auster. Aber was soll's, das renkt sich auch wieder ein. Spätestens wenn sie einen neuen Kerl kennenlernen würde, dachte er sich. Den würde er genau in Augenschein nehmen, und er hoffte, dass sie sich wenigstens einen guten angeln würde. Und wenn nicht, konnten sie ja auch getrennt vielleicht hin und wieder … Ralf schüttelte den Gedanken ab, wischte ihn weg wie eine lästige Fliege, obwohl er ihn in dem Moment als durchaus reizvoll empfand.

Doch dann war in der letzten Zeit etwas geschehen, was er sich bis heute nicht erklären konnte. Plötzlich und unerwartet. Und mit Folgen, die er noch nicht absehen konnte.

Der Fahrer bremste den Wagen hart ab, und er kam mit einem Ruck zum Stehen. Ralf und seine Kameraden sprangen nacheinander hinaus. Die anderen Wagen hatten schon mit den Löscharbeiten des in Flammen stehenden Hauses begonnen, andere hatten die umliegenden Gebäude sicherheitshalber evakuiert. Bei so einem Brand wusste man nie, was alles geschehen konnte. Und die Bebauung war dicht in dieser Gegend.

9

JJ hätte am liebsten gekotzt. Nicht, weil sie mal wieder leicht verkatert aufgewacht war, sondern wegen der Morgenlektüre. Sie schlürfte übellaunig ihren schwarzen Kaffee, und dabei wurde ihr ganz schlecht, als sie den Zustand der Welt präsentiert bekam.

Aus den Lautsprechern um sie herum dröhnte »Only Happy When It Rains« von der englischen Band Garbage. Müll. Und Müll war auch das, was sie gerade in der Zeitung lesen musste. Eine Serie von Brandanschlägen löste die inzwischen aufgeklärte Einbruchserie ab, die Fellbach monatelang beschäftigt hatte. Immer wieder brannten Mülltonnen oder Autos. Es waren sogar schon Brandsätze in Ladenfenster geworfen worden, deren Besitzer meist keine typisch deutschen Namen trugen und eben nicht Eisele, Schmied oder Brändle hießen. Bei einigen waren auch Schmierereien aufgetaucht, die auf ausländerfeindliche Hintergründe schließen ließen. Vinzent selbst hatte dazu recherchiert und darüber schon mehrfach geschrieben. Und kurz darauf hatte er Drohanrufe und Mails erhalten. Doch er ignorierte den ganzen Mist, hatte zu ihr gesagt, das gehöre nun mal zu seinem Job. Daneben die deprimierenden Wahlerfolge der AfD. Eigentlich hatte JJ darauf gehofft, dass der Rechtsruck nach der Europawahl den Menschen die Augen öffnen würde und sie bei aller berechtigten Kritik an den etablierten Parteien die Demokratie mit undurchdachtem Wahlverhalten nicht weiter leichtfertig an die Wand fahren würden.

Während JJ weiterlas, erinnerte sie sich an ein Gespräch, das sie vor wenigen Wochen auf einem Empfang der Stadtverwaltung mit dem Personalvorstand eines mittelständischen Unternehmens geführt hatte. Die Firma war ein großer Arbeitgeber der Stadt, und bei ihrem Gespräch sind sie auf den Umgang mit dem Erbe des Nationalsozialismus und seiner Verbrechen gekommen. Auslöser dafür war, dass am selben Tag ein Stolperstein in der Stadt verlegt worden war, der an den Mord einer jüdischen Frau erinnern sollte. Der Mann schien ordentliche Ansichten zu diesem dunklen Kapitel deutscher Nachkriegsgeschichte zu haben, hatte JJ am Anfang noch gedacht, bis ein folgenschwerer Satz fiel.

»Und deshalb wähle ich die Alternative«, hatte er irgendwann gesagt, und JJ war die Kinnlade heruntergefallen.

»Ja, es geht doch darum, dass wir so was wie damals verhindern«, hatte er dann zu dozieren begonnen. »Ich sehe beim besten Willen keine andere Möglichkeit, um der Meinungsdiktatur aus Berlin zu entgehen. Wir müssen uns als Volk emanzipieren von denen, die nur an sich denken.«

Das war der Moment, in dem JJ begonnen hatte, ernsthaft an seinem Verstand zu zweifeln, und ihm jede Befähigung, ein Unternehmen zu leiten und Personal zu führen, abgesprochen hatte.

Sekunden später hatte sie ihm entgegnet: »Finden Sie nicht, dass Sie da einen entscheidenden Denkfehler machen, guter Mann? Überlegen Sie einfach mal, was Sie da sagen.« Sie hatte angewidert den Kopf geschüttelt, so heftig, dass ihre schwarzen Haare wild um ihren Kopf geflogen waren, während sie ihn aus ihren schwarz umrandeten Augen gefährlich anzufunkeln begann. »Ich kann nicht glauben, was Sie da für einen Schwachsinn verzapfen. Sie wählen Nazis, weil Sie die Nazis verhindern wollen? Habe ich da irgendwas nicht mitbekommen?« Der Mann hatte sie entgeistert angeschaut, so als würde er überhaupt nicht verstehen, was sie redete. Anschließend hatte sie ihm den Wein, den sie in ihrem Glas hatte, wie zufällig ins Gesicht gekippt. JJ gab vor, angerempelt worden zu sein, während er sie wütend beschimpfte. »Sag mal, geht's noch, du hässliche Vogelscheuche?«

Inzwischen hatten sie die ungetrübte Aufmerksamkeit des ganzen Saales auf sich gezogen. JJ störte das nicht. Sollten doch alle diesen Wolf im Schafspelz sehen und erkennen. Sekunden später war sie abgerauscht.

Angewidert schüttelte sie den Gedanken beiseite, nahm noch einen großen Schluck ihres Kaffees und bereitete sich nebenbei ein Müsli zu, schnitt frisches Obst hinein, gab etwas Quark und Milch dazu und versüßte das alles mit einem Klecks Honig. Danach fühlte sie sich bereit für den Rest der Artikel.

Doch die Lektüre gestaltete sich heute Morgen zäh. Sie überflog die Finanzskandale und Betrügereien auf den Wirtschaftsseiten, in die einige Jubelarien über fette Gewinne eingesprenkelt waren. Die Gewinne der Dax-Konzerne waren im Jahresvergleich um gute sechs Prozent gestiegen, deren Vorstände konnten sich über Rekordvergütungen freuen, während daneben dieselben Unternehmen massive Stellenstreichungen und Sparprogramme für die Mitarbeiter ankündigten. Allerdings fürchtete JJ, dass die meisten Menschen vor lauter Freude über die nackten Zahlen der Gewinnzuwächse meist den zweiten Teil der Meldungen überlasen oder nicht kapierten, dass die

Gewinnmargen zum Großteil im Ausland reinvestiert wurden oder in die Taschen der unersättlichen Manager wanderten. Und den Hinweis, dass die Reallöhne im selben Zeitraum wie die Gewinne der Dax-Konzerne um über fünf Prozent gesunken waren, wie sie einer kleinen Meldung daneben entnehmen konnte, diese Zusammenhänge brachten wahrscheinlich die meisten Menschen überhaupt nicht miteinander in Verbindung und ignorierten die mit dieser Umverteilung verknüpfte Ungerechtigkeit – obwohl sie fast jeden ganz direkt und persönlich mit dem eigenen Geldbeutel betraf. Obwohl sie ja selbst Unternehmerin war und eine sehr erfolgreiche obendrein, konnte sie ihren Gerechtigkeitssinn nicht einfach abstreifen.

Allerdings wurde es nicht besser. Sie las Meldungen von einer weiteren Verschärfung des Klimawandels. Eigentlich unnötig, wie sie fand. Schließlich konnte doch jeder sehen, dass hier etwas nicht stimmte. Es war Anfang Oktober, und das Thermometer kletterte Tag für Tag auf weit über zwanzig Grad bei strahlendem Sonnenschein. Und obwohl es in diesem Jahr viel geregnet hatte, wurde bereits geunkt, dass es wahrscheinlich das heißeste Jahr seit Beginn der Wetteraufzeichnung werden könnte. Also, fragte sie sich immer wieder, was gab es da nicht zu verstehen?

Der alljährliche und inzwischen fünfundsiebzigste Fellbacher Herbst, das große Weinfest der Kappelbergstadt, stand vor der Tür und war der Zeitung immerhin eine ganze Seite wert.

JJ erinnerte sich, als Kind häufig bitterlich gefroren zu haben, nachdem ihre Eltern sie zum traditionellen Umzug geschleppt hatten. Und später, als sie selbst Wein trinkend am Entenbrünnele oder im Rathausinnenhof mitgefeiert hatte, war ihr trotz dicker Daunenjacke und warmer Winterstiefel kalt. Danach sah es in diesem Jahr trotz des mauen und verregneten Sommers nun wirklich nicht aus. Eher nach Jeans und Pulli, die bei den angekündigten Nachttemperaturen von fast fünfzehn Grad vollkommen ausreichen sollten. Dazu passte ein kleiner Artikel über einen norwegischen Weinbauern, den sie mit großem Interesse las. Sie beschloss, den Screenshot Vera Weber zu mailen. Darin sagte der Weinbauer dem dortigen, also dem nordischen Weinanbau eine große Zukunft vorher. Wenn sich das globale Klima weiter so erwärmte, könnte er am Ende recht behalten, dachte sich JJ. Vielleicht würden sie schon in ein paar Jahren norwegischen Trollinger trinken. JJ schüttelte ob ihres Gedankens den Kopf und nahm einen weiteren großen Schluck ihres Lebenselixiers, von dem sie jeden Morgen mindestens eine große Tasse brauchte. Stark und schwarz. Ohne Milch und Zucker.

Weiter hinten stolperte sie über eine Meldung, wonach die von der EU geplante Spritzmittelverordnung nun endgültig vom Tisch sei. Das war wenigstens mal eine gute Nachricht, wie sie fand. Die Existenz zahlreicher Weinbauern und somit auch ein wichtiger Wirtschaftszweig des Remstals wäre dadurch höchstwahrscheinlich unter die Räder gekommen. Doch die Zukunft des Weinbaus stand unter keinem guten Stern. Zwar machte der kurze Artikel Hoffnung, zumindest ab und zu schienen in der Politik am Ende die Einsicht und Vernunft zu siegen, wenn sie mit den Niederungen des realen Lebens abseits von Berlin und Brüssel konfrontiert wurde. Aber es war eine Entscheidung, die der ehemalige Vorzeigewinzer der Stadt, Markus Weber, nicht mehr mitbekommen würde. Die verbliebenen Winzer begrüßten diese Entscheidung sicherlich ebenso. Auch wenn derzeit andere Probleme auf sie warteten. Durch den vielen Regen hatten sie mit höheren Ernteausfällen zu kämpfen. Aufgrund der Feuchte drohten die Trauben noch vor der Ernte zu faulen. Einige Winzer hatten bereits aufgegeben. Bei ihren Streifzügen durch die Weinberge waren JJ immer mehr brachliegende und nicht mehr bewirtschaftete Weinberge aufgefallen. Sie wurden als unrentabel eingestuft und fanden selbst unter den etablierten Weingütern der Region keine Abnehmer mehr.

Der Regionalteil wurde dagegen vom Wahlkampf um den vakant gewordenen Posten des Oberbürgermeisters beherrscht. Mehrere Kandidatinnen und Kandidaten hatten sich beworben. Und es würde spannend werden, wer im Rennen der Außenseiter – und das waren alle, wie sie ohne Ausnahme fand – als Erster durchs Ziel laufen würde. Sie selbst wusste noch nicht, wem sie ihre Stimme schenken würde. Niemand der fünf überzeugte sie wirklich.

Dann verlor sie die Lust, sich weiter mit dem Tagesgeschehen zu befassen. Zu deprimierend fand sie die Nachrichten. Sie legte ihr Tablet, auf dem sie jeden Tag die neueste Ausgabe des Fellbacher Tagblatts studierte, zur Seite. JJ war noch nicht lange Abonnentin und hatte sich hauptsächlich Vinzent zuliebe darauf eingelassen, fand aber die tägliche Lektüre zunehmend niederschmetternd. War die Welt wirklich so kaputt? Wurde sie nur kaputtgeschrieben? Oder war sie es schon immer und sie hatte dies nur nicht wahrgenommen? Die Antwort auf diese Frage blieb sie sich einmal mehr schuldig.

Vinzent. Mit ihm war JJ schon deutlich länger liiert, als alle vorangegangenen Beziehungen zusammengenommen gedauert hatten. Ihr Freund schrieb selbst für das Fellbacher Tagblatt. Nicht erst mit seinen Berichten über Markus, den getöteten Vorzeigesohn der Stadt, und Peter Weber, den ermordeten Oberbürgermeister Fellbachs, hatte er sich einen festen Platz in der Zeitung erschrieben. Kein Wunder, er hatte ja aus dem Vollen schöpfen können, hatte einen direkten Zugang zu den unterschiedlichen Informationsquellen besessen und verstanden, sie anzuzapfen, ohne sie auszunutzen. Das rechnete sie ihm hoch an. Den Erfolg hatte JJ ihm gegönnt. Sie fand auch, dass seine Texte aus dem sonstigen Niveau des Blattes äußerst positiv herausstachen. Aber vielleicht war sie für eine faire Bewertung auch nicht objektiv genug.

Die plötzlichen Todesfälle im Sommer hatten die Stadt aufgewühlt, viel war berichtet worden. Erst hatte Markus Weber das Zeitliche gesegnet. Zunächst waren alle von einem plötzlichen Herztod ausgegangen, aber er war bei JJ auf dem Tisch gelandet. Und während sie ihn für die Beerdigung vorbereitet hatte, waren ihr erste Zweifel gekommen. Und so war sie ungewollt in einen Kriminalfall geschlittert, dessen Auflösung nicht nur sie mehr als überrascht hatte.

Die Ermittlungen waren eine willkommene Abwechslung gewesen. Und doch hoffte JJ, nicht so schnell wieder in einen Mordfall gezogen zu werden. Das Ganze war ihr zu nervenaufreibend und gefährlich. Denn sie und Vinzent waren nur knapp heil aus der Geschichte herausgekommen.

Wobei, dachte sie, eigentlich waren Vinzent, Simon und sie ein gutes Trio gewesen, und musste dabei still schmunzeln. Drei Engel für … für wen eigentlich?

Simon Kalt war der Dritte im Bunde und Kommissar bei der Kriminalpolizei in Fellbach. JJ kannte ihn schon ewig. Und gemeinsam waren sie Schritt für Schritt dem Täter nähergekommen.

Und obwohl sie sogar mehr als einmal in Gefahr geraten war, musste sie sich eingestehen, sogar ein gewisses Verständnis für die Motive hinter der Tat aufbringen zu können. Aber egal, was einem in der Vergangenheit angetan wurde, das entschuldigte in keiner Weise die Taten der Gegenwart.

JJ war froh, dass sich Vera Weber entschlossen hatte, das exklusive Weingut weiter zu bewirtschaften. Denn der Charme, den die Vinothek der Webers versprühte, den mochte sie nicht missen.

Unabhängig davon hatte sich JJ einige Male mit Vera getroffen, denn der Tod ihres Mannes hatte sie ebenso aus der Bahn geworfen wie der seines Bruders, mit dem sie eine Affäre gehabt hatte. Eigentlich eine extrem wilde Konstellation, die man sich selbst für einen schnöden Krimi kaum hätte besser ausdenken können, fand JJ. Sie vermied es dennoch, Vera auf das Vergangene anzusprechen, sondern redete nur über die ereignisreichen vergangenen Monate, wenn sie selbst das Thema anschlug. Und wer wusste schon, ob Vera noch mehr Geheimnisse hatte. Keiner blickte einem hinter die Fassaden, dachte sie sich, und ihr fiel der Titel einer Biografie über Erich Kästner ein, die sie einmal gelesen hatte: »Keiner blickt dir hinter das Gesicht«. Treffend, wie sie in diesem Moment fand. Denn dort warteten viel öfter, als man es erwartete, Abgründe.

Sie hoffte, diese fehlten Vinzent. Mit ihm war sie heute Abend verabredet. Er wollte sie ins neue Restaurant im Waldschlössle einladen und hatte sie damit letzte Woche überrascht. Dabei hatte er so geheimnisvoll agiert und das derart zelebriert, dass JJ schon in Sorge war, er wolle ihr einen Heiratsantrag machen. Doch Vinz schien sie inzwischen gut genug zu kennen, dass sie auf solch unsittliches

Ansinnen – und als solches sah sie das Heiraten an – höchstens das Weite suchen würde.

Schon länger hatte JJ zum Waldschlössle wollen, seit das junge Paar die viele Jahre leer stehende Traditionsgastronomie am Kappelberg übernommen hatte. Kritiker waren voll des Lobes über die Küche und die dazu passende Weinkarte. JJ war gespannt.

Das Waldschlössle spülte sofort alte Erinnerungen hoch. Die Sommerferien im dort früher angegliederten Waldheim, die Partys auf der nahe gelegenen »Ebene«. Dort hatte sie einmal einen Jungen kennengelernt. Und mit ihm später am Abend dann ihren Ohrring gesucht, den sie wohl auf dem Parkplatz beim Waldschlössle verloren hatte. Denn JJ hatte schnell gemerkt, dass ihre neue Bekanntschaft ganz offensichtlich ein Auge auf sie geworfen hatte. Nach nur einem verführerischen Lächeln war er mit ihr durch den Wald gestapft und hatte im Dunkeln den Parkplatz nach ihren Ohrringen abgesucht. Was natürlich ein ziemlich sinnloses Unternehmen gewesen war. Als dann noch seine angetrunkenen Kumpels aufgetaucht waren, hatte JJ rasch das Weite gesucht und sich angetrunken und schwankend auf den Weg nach Hause gemacht und war dabei mehrfach gestolpert und hatte sich am Ende sogar die Knie aufgestoßen. Wie doof. Und wie schön zugleich, dachte sie für einen Moment.

Was wohl aus ihm geworden war, überlegte sie. Sie kannte seinen Namen nicht mehr, hatte ihn nie wiedergesehen und konnte sich nicht mal an sein Gesicht erinnern. Eine von vielen längst verblassten Erinnerungen einer unbeschwerten Zeit.

Das Vibrieren ihres Handys holte sie zurück in die Gegenwart. Es war Simon. Man hatte eine Leiche gefunden.

10

Simon erwartete JJ vor dem Eingang eines vollkommen ausgebrannten Einfamilienhauses, das zwischen der Esslinger Straße, Wernerstraße und Theodor-Heuss-Straße in Fellbach lag. Überall standen Einsatzfahrzeuge der Feuerwehr, dazwischen auch einige Polizeiautos. Es blinkte und blitzte wie auf einem Jahrmarkt. Schläuche wurden eingerollt, Ausrüstung wieder in Kisten und dann in den Fahrzeugen verstaut. Die Leute der Spurensicherung liefen in ihren weißen Anzügen umher, um alles zu dokumentieren, was für die Rekonstruktion des Brandes, eines möglichen Tatherganges oder auch für einen Versicherungsfall wichtig sein konnte. Es waren die kurz »Spusi« genannten Beamten, denen die elementare Aufgabe der Beweissicherung zufiel. Sie mussten die Spuren sichern, die dann vor Gericht als Beweise oder Indizien vorgelegt wurden. Das erforderte nicht nur fachmännische Behandlung, sondern auch eine strenge Kontrolle. Denn wenn ihnen ein Fehler unterlief, konnten gesicherte Gegenstände womöglich ihren Beweiswert verlieren und wurden vor Gericht nicht zugelassen. Dann würde im schlimmsten Fall womöglich ein Verbrechen ungesühnt bleiben und der Täter ungestraft davonkommen. Entsprechend sorgfältig gingen sie in aller Regel ihrer Arbeit nach. Doch davor stand noch die Ursachenermittlung des Brandes. Diese forensische Tätigkeit erfolgte durch Sichtung und Dokumentation, Sicherung und Auswertung der zu findenden Spuren. Dazu trug die Spusi einen wichtigen Teil bei.

Allerdings waren es mehr als üblich, und so vermutete JJ, dass hier womöglich ein Verbrechen vorliegen könnte. Es musste ja nicht gleich Mord sein. Aber vielleicht war es Brandstiftung oder so was. Aber was soll's, dachte sie sich. Das war nicht ihr Job, sie war hier, um ihren zu machen, und der lautete: die Leiche abtransportieren.

»In den angrenzenden Häusern lebten jeweils acht Parteien«, begann Simon ohne Begrüßung und sah dabei konsequent an JJ vorbei, als habe er ein schlechtes Gewissen. »Auch sie hatte man zur Sicherheit evakuieren müssen. Einige müssen sich wohl jetzt eine neue Bleibe suchen. Vorübergehend oder für immer. Das wird sich zeigen. Insgesamt haben wir vierzig Leute aus ihren Wohnungen geholt. Am Anfang war nicht klar, wie schnell das Feuer eingedämmt werden konnte und unter Kontrolle zu bringen war. Die Gefahr war hoch, dass es auf die anderen Gebäude überspringt. Ist ja auch alles doch recht eng bebaut. Es bestand wohl außerdem die Gefahr einer Gasexplosion.«

Kriminalkommissar Simon Kalt beendete seinen Wortschwall, stand mit den Händen in den Taschen da und begutachtete die Brandstelle mit gekräuselter Stirn.

»Hallo übrigens«, sagte JJ nach einiger Zeit, während sie ihn betrachtet hatte. Simon brummte nur. Er sah müde und abgespannt aus, fand sie. Dann ließ auch sie kurz ihren Blick über die kläglichen und verkohlten Reste des alten Fachwerkhauses streifen, das hier mal gestanden hatte.

Überall befanden sich noch die Männer und Frauen von der Feuerwehr. JJ bewunderte den stummen Ablauf, bei dem rasch zu erkennen, dass hier jeder wusste, was er zu tun hatte. Da wurden keine Wege umsonst gemacht, nicht ins Leere gegriffen. Nein, es sah aus, als würde jede Bewegung, jeder Handgriff sitzen, effizient und präzise wie tausendmal geprobt.

Na, wenigstens wussten die genau, was sie taten, dachte sie, und der Gedanke gab ihr ein gutes Gefühl. Solange auf die Rettungskräfte Verlass war, war man irgendwie in Sicherheit. JJ spürte, wie für einen kurzen Atemzug eine innere Dankbarkeit in ihr aufstieg. Kurz darauf wandelte sich dieses Gefühl jedoch in Ärger, als sie daran dachte, welche Bedeutung diese Leute hatten und welche Wertschätzung ihnen entgegengebracht wurde. Und das, obwohl sie eine funktionierende Säule der Gesellschaft darstellten, die Gesellschaft auf sie angewiesen war, ganz egal ob Feuerwehr, Sanitäter oder Polizist. Und sie oft mit dem Tod konfrontiert wurden. JJ kannte den Tod. Sie hatte ihn jeden Tag um sich. Sie fand es nicht fair, dass gerade die Kräfte im medizinischen Bereich weniger als die Hälfte gegenüber jenen verdienten, die bei Porsche in Zuffenhausen irgendwelche leblosen gepressten oder gestanzten Blechteile für Autos zusammenschraubten.

Simon riss sie aus ihren Gedanken, von denen sie sich einmal mehr hatte forttragen lassen. Aber der Zustand der Welt war etwas, das sie zunehmend umtrieb, und sie ertappte sich immer wieder dabei, wie sie solche Fragen beschäftigten.

»JJ? Hallo, Erde an JJ, bist du da?«

Ganz offensichtlich hatte er ihr angesehen, dass sie für einige Sekunden woanders war.

Sie sah ihn fragend an.

»Der Brand ist inzwischen unter Kontrolle. Die Feuerwehr war im Haus, hat sich umgesehen, auch weil wir nicht wussten, ob womöglich noch jemand im Haus war. Es besteht trotz der Schäden wohl keine Einsturzgefahr.«

»Und?« Sie fragte, obwohl sie die Antwort bereits kannte. Andernfalls hätte man sie ja gar nicht erst gerufen.

»Ja, sie haben einen grausigen Fund gemacht. Im Keller wurde eine tote Frau gefunden. Über den Zustand der Leiche brauche ich dir nicht viel zu sagen. Das kannst du dir denken und wirst es ja gleich selbst sehen. Sie muss nach Winnenden. Dort gibt es eine Obduktion. Außerdem müssen wir die Identität feststellen.«

»Ihr wisst also noch nicht, wer sie war?«

Simon bewegte sich über die vom Löschwasser nasse Straße Richtung Hauseingang zu. JJ folgte ihm, während er weitersprach.

»Wir haben da eine Vermutung, aber mehr kann ich derzeit noch nicht dazu sagen.« Für eine Sekunde war JJ etwas irritiert über die Aussage, aber natürlich verstand sie, dass Simon auch ihr keine Details zu laufenden Ermittlungen verraten durfte.

Dann sah JJ einen Feuerwehrmann, der etwas abseits stand und sich gerade mit der Hand über das Gesicht wischte. Weinte er etwa?

»Lass uns runtergehen«, meinte Simon und ergänzte noch: »Ich hoffe, du hast einen stabilen Magen.«

Den hatte JJ.

Im Keller roch es stark nach verbranntem Holz. Dazwischen mischte sich der beißende Gestank von geschmolzenem Plastik. Und irgendwann wehte auch ein Hauch von verbranntem Fleisch herüber.

Doch das konnte nicht sein. Zumindest glaubte JJ diesen besonderen Duft wahrzunehmen, je näher sie der schwarz verkohlten Leiche kamen, die nur entfernt an einen Menschen erinnerte. Die menschlichen Überreste gehörten zu einer Frau, da war sich JJ aufgrund des Körperbaus sofort sicher. Aber sicher würde man es erst wissen, wenn die Identität ermittelt wurde.

Auf dem Boden stand das Löschwasser und tropfte auch von den Resten der Decke und den wenigen übrig gebliebenen Holzbalken.

»Hier unten ist alles verkohlt oder geschmolzen«, ertönte eine neue Stimme hinter JJ und beschrieb unnötigerweise das Bild, das sich ihnen bot.

JJ drehte sich um, und ein großer Mann in Feuerwehrmontur kam auf sie zu. Er trug eine Atemmaske in der Hand, war unrasiert und wirkte insgesamt wie ein eher rustikales Exemplar, obwohl er freundliche Gesichtszüge offenbarte.

»Wir vermuten, dass hier auch der Brandherd lag«, ergänzte er und machte eine Handbewegung in Richtung eines Schaltkastens. Oder zumindest dem, was von ihm übrig war.

Als JJ ein fragendes Gesicht machte, stellte sich der Feuerwehrmann erst mal vor. »Entschuldigen Sie. Bernd Meyerle, ich bin stellvertretender Kommandant und Einsatzleiter.«

JJ nannte ihren Namen und sagte, dass sie die Bestatterin sei und hier war, um den Abtransport der Toten zu übernehmen. Sie nickten sich zu, und damit war das offizielle Begrüßungsritual abgehakt.

»Glauben Sie, es war Brandstiftung?«, fragte sie beiläufig und sah, wie Simon sie neugierig anstarrte. Sein Blick sagte so etwas wie: Das hast du jetzt nicht wirklich gefragt. Das willst du auch überhaupt nicht wissen.

»Sieht bisher nicht danach aus. Natürlich müssen wir uns das genau anschauen, aber ich würde auf einen Kurzschluss tippen, der dann einen Schwelbrand verursacht hat. Fiese Sache so was.«

JJ hatte keine Ahnung von Bränden, sie wusste nicht, wie sie aus Versehen entstehen und wie schnell sie sich ausbreiten konnten. »Aber wie kommt dann die Tote hierher? Wenn es raucht oder brennt, dann bringt man sich doch so schnell es geht hier raus und in Sicherheit.« Kaum hatte sie die Worte ausgesprochen, spürte sie selbst, wie naiv sie klangen. Doch Meyerle antwortete geduldig und ungerührt.

»In der Theorie mag das stimmen und hört sich auch so einfach wie zugleich logisch an. Aber in der Praxis ist das leider nicht so. Da gehört schon ein enorm kühler Kopf dazu. Brandrauch ist ein stiller und vor allem ein ganz fieser Killer.« Meyerle warf ihr einen eindringlichen Blick zu, mit dem er seine Worte wohl unterstreichen wollte, ehe er weitersprach. »Denn Brandrauch kann schon nach zwei oder drei Atemzügen zur Bewusstlosigkeit oder zumindest zu völliger Orientierungslosigkeit führen. Es sind die giftigen und lungenschädlichen Gase, die diesen Effekt auslösen. Das heißt also, wenn jemand im Keller von dem Feuer überrascht wird, dann ist er hier drin gefangen, wenn er nicht sofort die Luft anhält. Und wie lange kann man diese in der Regel anhalten? Eine Minute, vielleicht zwei, mehr eigentlich nicht. Wenn überhaupt. Und dann wird es gefährlich. Der Sauerstoff in der Luft wird knapp, und das gefährliche Kohlenmonoxid breitet sich aus. Hier unten war das Zeitfenster womöglich noch geringer, denn wie Sie sehen, lagerten hier auch einige Kunststoffgegenstände. Dazu kommt der Rauch, der in den Augen brennt und die Sicht behindert. In Ihrem Haus oder Ihrer Wohnung kennen Sie den kürzesten Fluchtweg. Aber finden Sie ihn auch, wenn alles voller Rauch ist? Sie sehen nichts mehr, verlieren die Orientierung, vielleicht noch ehe Ihnen die Luft ausgeht, nach der Sie dann vor lauter Panik schnappen. Was vielen nicht bewusst ist: Die größte Gefahr bei einem Brand geht nicht vom Feuer, sondern vom freigesetzten Rauchgas aus. Fünfundneunzig Prozent der Brandopfer sterben nicht durch die eigentlichen Flammen, sondern durch Rauch.«

Hinter ihnen sah JJ ihre beiden Mitarbeiter Holger Rose und Klaus Rauch mit einem Zinksarg die Treppe herunterkommen. Das war ihr in dem Moment ganz recht, denn sie musste die Menge an Informationen, die sie eben bekommen hatte, erst noch verarbeiten. Ihre beiden Mitarbeiter würden die verkohlte Leiche einpacken und ins Kreiskrankenhaus nach Winnenden bringen, wo sie gerichtsmedizinisch untersucht werden würde, ehe sie vielleicht später wieder bei JJ im Beerdigungsinstitut landen würde. Das war das Standardprozedere. Letzteres war allerdings eine Entscheidung der Angehörigen und Hinterbliebenen. Sie bestimmten, wer sich um die Beisetzung der Toten kümmern sollte. In Fellbach hatte sie gute Chancen, ausgesucht zu werden.

»Wollen wir nicht lieber wieder nach oben gehen?«, meldete sich Simon zu Wort. Er hatte schweigend der Unterhaltung von JJ und Meyerle gelauscht. Sein Gesicht strahlte für JJ etwas Mahnendes aus. Wahrscheinlich hatte er Angst, sie könne ihre Nase wieder in fremde Angelegenheiten stecken und sich mit Dingen befassen, die sie nichts angingen. Sie schenkte ihm daher ein entschuldigendes Gesicht mit entwaffnendem Lächeln und zuckte leicht mit den Schultern, nickte aber eifrig. Vielleicht bereute er es bereits, sie angerufen zu haben, dachte sie für einen Moment.

11

Vinzent starrte auf seinen Bildschirm und lächelte zufrieden. Er hatte den Aufmacher des morgigen Tages ergattert. Einen ordentlichen Vierspalter mit Bild. Und das Feuer hatte es ja auch in sich. Da musste die Vorarbeit zum Artikel über den ehemaligen und zukünftigen Spirituosenhersteller BeLLe eben warten. Es war ein interessantes, aufschlussreiches Gespräch gewesen. Doch die Aktualität der Ereignisse ging selbstverständlich vor.

Nur die Überschrift, die war ihm noch zu langweilig. Also markierte er sie und tippte eine neue in die Tasten. Jetzt war er zufrieden.

Leiche bei Kellerbrand entdeckt
Von Vinzent Elsässer

Am Samstag ist in Fellbach eine Frau bei einem Brand ums Leben gekommen. Die Bewohner hatten in den frühen Nachtstunden einen beißenden Geruch wahrgenommen. Kurz darauf hatten sie eine starke und vom Keller kommende Rauchentwicklung festgestellt und daraufhin sofort die Feuerwehr alarmiert.

Das Feuer war nach den aktuellen Informationen im Keller des Einfamilienhauses entstanden. Als Brandherd wird derzeit ein beschädigter Sicherungskas-

ten vermutet, wie Feuerwehrsprecher Ralf Becker unserer Zeitung mitteilte.
Das Feuer hat zudem für einen Stromausfall im gesamten Gebäude gesorgt. Etwa 40 Bewohnerinnen und Bewohner mussten aufgrund der starken und für die Gesundheit extrem gefährlichen Rauchentwicklung evakuiert werden. Verletzt wurde niemand. Der Brand erforderte den Einsatz von etwa 40 Wehrleuten und Rettungsdienstlern und dauerte bis in die frühen Morgenstunden.
Der Sachschaden an dem in Brand geratenen Haus beläuft sich auf mehrere Hunderttausend Euro, wie Feuerwehr und Polizei mitteilten. Zur Ermittlung der genauen Brandursache wurde ein Brandsachverständiger beauftragt. Das Haus selbst sei unbewohnbar, hieß es.
Im Keller machten die Löschmannschaften anschließend einen grausigen Fund: Sie stießen auf die verkohlte Leiche einer Frau. Die genaue Identität stand zum Redaktionsschluss noch nicht fest. Es wird jedoch vermutet, dass es sich dabei um die unter dieser Adresse gemeldete Josefine Arenz handelt. Die Frau wurde in die Gerichtsmedizin nach Winnenden überführt. Ob eine Obduktion der Leiche durchgeführt wird, ist aktuell noch nicht bekannt. Weitere Ergebnisse zu den laufenden Ermittlungen hat die Polizei noch nicht verlauten lassen. Kommissar Simon Kalt sagte jedoch gegenüber dem Fellbacher Tagblatt, dass die Polizei zu diesem Zeitpunkt von einem tragischen Unglück ohne Fremdverschulden ausgehe.

Wieder so ein Fall, der jede Menge Staub aufwirbeln würde. Aber zum Glück war er diesmal nicht direkt involviert, dachte er sich, als er sich an einer Tasse mit heißem Kaffee den Mund verbrannte. Er dachte an den Tod von Markus Weber zurück und wie es dazu kam, dass er in die Ermittlungen hineingezogen worden war. Vinzent hatte keine Lust, erneut in Gefahr zu geraten. Er wollte lieber die Distanz wahren, um unvoreingenommen erzählen zu können. »Erzählen, was ist.« War das nicht das Credo seines Berufs? Natürlich war es Teil seiner Arbeit als Journalist zu recherchieren, zu prüfen und zu bewerten. Doch es war etwas anderes, wenn man selbst zur Zielscheibe wurde. Und das war ihm im Fall von Markus Weber widerfahren. Auf eine solche Erfahrung legte er kein zweites Mal Wert. Er hasste es zwar, wenn ihn JJ oder auch Simon manchmal als Provinzreporter aufzogen und sich über die Qualität seiner Zeitung lustig machten. Aber im Grunde genommen war er froh über die meist beschauliche Ruhe in der Gemeinde am Fuße des Kappelbergs.

Er sah auf die Uhr und erschrak für einen Moment. Gleich war schon wieder Redaktionsschluss, und er musste noch ein paar Absätze füllen. Vinzent blätterte seine Notizen auf dem vollgeschriebenen Ringbuch durch, formte sie in seinem Kopf zu einer Struktur und ordnete sie nach deren Bedeutung. Dann begann er zu tippen, reicherte die Fakten noch mit einigen Zitaten von Feuerwehr und Polizei an, um den Text anschaulicher zu gestalten. Er fand sogar noch Platz für ein knappes Stimmungsbild eines Anwohners, den man aus seiner Wohnung evakuiert hatte und der die Dramatik mit wenigen Worten gut zusammengefasst hatte. Als Vinzent fertig war, schaute er sich den Text noch mal an, machte einige kleinere Korrekturen und schickte ihn wenige Minuten vor Redaktionsschluss zufrieden ab.

12

Eine vollkommen verkohlte Leiche war so ziemlich das Unappetitlichste, was man auf dem Tisch haben konnte.

JJ war sicher hartgesotten, aber wirkliches Vergnügen bereitete ihr das nicht. Viel war von Josefine Arenz, der betagten Rentnerin aus dem niedergebrannten Haus, nicht übrig geblieben. Und zum Glück hatte sich die Familie sofort für eine Feuerbestattung entschieden, sodass die Arbeit, die JJ vollbringen musste, überschaubar war. Gekannt hatte sie die Frau nicht persönlich. Und auch der verbliebene Sohn, Jan Arenz, hatte alles nur telefonisch beauftragt und die Verträge digital gegengezeichnet. Er sei geschäftlich längere Zeit im Ausland, hatte er behauptet, und könne trotz der Umstände seine Reise nicht abbrechen, denn es handle sich um wichtige Geschäfte und unaufschiebbare Termine.

Aber das Erbe, soweit es eines zu verteilen gab, strich er sicher gern ein, hatte sich JJ gedacht und sich aufgrund seiner Stimme einen dieser smarten Managertypen im schicken blauen Anzug mit strahlend weißem Hemd und ebensolchem Zahnpastalächeln hinter artig gestutztem Bart vorgestellt. Insgeheim wünschte sie ihm, dass er bis auf den gesetzlich festgelegten Pflichtteil leer ausgehen würde. Welches Geschäft konnte so wichtig sein, dass man nicht einmal zum Tod der Mutter in die Heimat reisen konnte? JJ fand keine Antwort auf die Frage, egal, wie lange sie auch darüber nachdachte. Der Tod der eigenen Eltern war schließlich fast ausnahmslos ein einschneidendes Erlebnis. Für JJ zählten in diesem Fall Anstand und Ethik mehr als jeder Euro, den man sich in die Taschen schieben konnte. Aber immer wieder kam es ihr so vor, als sei die heutige Moral löchrig wie ein Schweizer Käse.

Andererseits musste sie ruhig sein, schließlich war sie selbst kein Kind von Traurigkeit gewesen und hatte ähnlich reagiert, als ihre Eltern gestorben waren. Und letztlich gingen sie diese Dinge nichts an. Sie war nur die Bestatterin. Als solche war sie nicht für die moralischen Fragen zuständig, sondern nur dafür, den Menschen, die starben und zu ihr kamen, einen würdevollen Abschied zu bieten. Und darin war sie gut. Doch bis dahin gab es noch einiges zu klären und vorzubereiten.

Während sie sich an den verkohlten Überresten dessen zu schaffen machte, was einmal ein Mensch gewesen war, rauschte die Abzugsanlage in voller Stärke. So wurde nicht nur der Brandgeruch abgezogen, sondern auch der leicht süßliche Haschischduft ihres Joints. Sie hatte sich gestern Abend noch eine Handvoll gedreht, und jetzt lagen sie alle in der glänzenden Nierenschale auf dem Rollwagen neben ihr. JJ regelte mit der Fernbedienung die Lautstärke ihrer Musikbox etwas herunter, die gut verborgen in der Wand eingelassen mit ihrem satten Sound den Raum füllte. Bernard Sumner, der Sänger von New Order, war auf der Suche nach der Wahrheit. »Truth« war der zweite Song auf dem ersten Album der Band, die sich aus den Resten von Joy Division gründete, jener legendären Post-Punk-Band um Sänger Ian Curtis. JJ mochte den von Peter Hook wunderbar vibrierend gespielten Bass. Sie arbeitete gerne mit Musik. Und sie wusste, dass ihr Musikgeschmack nicht unbedingt dem entsprach, was man in diesen Räumen erwarten würde. Sie mochte krachigen Indierock, düsteren Gothiksound, knalligen Punk und eigentlich alles, was nicht im Formatradio gespielt wurde. Doch das hielt sie nicht davon ab, in ihrem nahezu schalldichten Arbeitsbereich etwas aufzudrehen, wenn ihr danach war. Natürlich war ihr bewusst, dass sowohl ihr Musikgeschmack wie die Tatsache überhaupt zu einigem Naserümpfen führen würde, wenn Außenstehende davon Wind bekämen, unter welcher Art von Beschallung im Beerdigungsinstitut Schwarz die Toten für ihre letzte Reise hergerichtet wurden. Von letzter Ruhe konnte hier nicht die Rede sein. Aber das kümmerte sie in diesem Moment nicht. Sollte sich aufregen, wer wollte. Ihre Leichen konnten es jedenfalls nicht, und auf die Meinung der Lebenden legte sie wenig Wert.

Laut den Unterlagen auf ihrem iPad lag hier eine sechsundsiebzigjährige Frau vor ihr. Von Haaren und Haut war genau genommen nichts mehr übrig, alles verbrannt, verschmort. Übrig geblieben war ein schwarzer Klumpen Fleisch. Wahrlich kein schöner Anblick.

Das Ergebnis des abschließenden DNA-Testes stand allerdings noch aus. Doch wie es aussah, zweifelte niemand an der Identität der Toten, sonst hätte man sie kaum auf Veranlassung der zuständigen Behörde zu ihr überstellt.

JJ wunderte sich, wie groß die alte Dame wohl gewesen war, denn üblicherweise schrumpften Menschen im Alter etwas. Doch die Reste des Körpers, der hier vor ihr lag, deuteten auf eine groß gewachsene Frau hin. Vielleicht war die Arenz das ja gewesen. Männer standen ja auf so was. Damals wie heute, sofern die Frau nicht größer war. JJ hatte nie verstanden, was an diesem Schönheitsideal so attraktiv war. Groß und dünn. Die Frauen, die dem entsprachen, hatten sie oft genug an traurige Hungerhaken erinnert. Aber wie so vieles im Leben war auch das eine reine Geschmacksfrage. Und sie scherte sich auch in diesem Punkt wenig um den Geschmack der Mehrheit.

»Sieht alles ganz danach aus, als habe die alte Frau einfach Pech gehabt«, hatte Simon noch am Tatort zu JJ gesagt. »Sie hat alleine in dem Haus gewohnt, ist wahrscheinlich vom Feuer und dem Rauch überrascht worden. Ihr Mann ist vor beinahe zehn Jahren verstorben, und ihr Sohn ist als einer dieser unzähligen und unsäglichen Mister Wichtig für einen Stuttgarter Konzern seit Jahren in der ganzen Welt unterwegs«, hatte der Kommissar erklärt.

Kurz zuckte sie innerlich, als sie darüber nachdachte. Wie konnte jemand im Keller seines Hauses vom Feuer derart überrascht werden? Überhaupt, was hatte die alte Frau um die Uhrzeit im Keller gemacht? Doch sie schob den Gedanken beiseite, das ging sie nichts an. Solchen Fragen nachzugehen, war Aufgabe der Polizei.

Ihr Sarg stand bereit, in den JJ gleich den Körper legen würde. Dabei musste sie vorsichtig sein. Vorsichtiger als mit normalen Toten. Allerdings war es vollkommener Quatsch, dass die verkohlten Leichen unter den Fingern zerbröseln. Ein Klischee aus den Fernsehkrimis, das effektvoll aussah, einen gewissen Ekelfaktor schürte und sich in den Köpfen der Menschen festgesetzt hatte, aber wie so vieles hatte auch hier die Realität herzlich wenig mit den Bildschirmkrimis gemein.

Zum Glück war die Frau das einzige Opfer geblieben, das Polizei und Feuerwehr am Brandort gefunden hatten. JJ stellte sich das Verbrennen als einen wirklich schrecklichen Tod vor. Früher hatte sie sich viel mit Hexenverbrennungen, Inquisition und der Kirche beschäftigt. Sie konnte mit der Institution Kirche nichts anfangen und war erstaunt, wie grausam die Menschen früher Andersdenkende, Andersgläubige behandelt hatten. Und das Verbrennen bei lebendigem Leib war mit das Grausamste. Daher hoffte sie für die alte Frau, dass sie ihr Bewusstsein rasch durch das giftige Kohlenmonoxid verloren und von den Flammen nichts mehr mitbekommen hatte, so wie es ihr Meyerle auch erläutert hatte.

JJ schob ihre Gedanken beiseite, drückte den Joint aus und machte sich an die Arbeit. Ihre Playlist spielte längst den nächsten Titel, und der traurig monotone Gesang Sumners war nun der Grabesstimme von Andrew Eldritch von The Sisters of Mercy gewichen.

13

Später am Abend, das Institut hatte längst seine Pforten geschlossen und alle Mitarbeiterinnen und Mitarbeiter waren im wohlverdienten Feierabend, hörte sie, wie Vinzent hereinkam. Bevor sie ihn sah, hatte sie ihn an seinem Schritt und an den typischen Geräuschen erkannt. Alles wirkte vertraut. Und dennoch war da eine Stelle in ihr, die diesen unangekündigten Einbruch in ihre geheiligte Privatsphäre nicht guthieß.

JJ hatte ihm vor ein paar Wochen einen eigenen Schlüssel anvertraut. Ein Vertrauensvorschuss, den vor ihm noch kein anderer Mann erhalten hatte. Sie hatte lange hin und her überlegt. Einerseits hatte die Beziehung zu Vinzent endlich etwas Ruhe in ihr recht unstetes Leben und auch in ihr etwas wildes Liebesleben gebracht. Das war gut so, wie sie fand. Er gab ihr ein Gefühl der Geborgenheit, das sie so bisher nicht gekannt hatte. Sie genoss es, wenn er da war, sie umsorgte, selbst wenn sie es ihm nur in den seltensten Fällen zeigte. Zeigen konnte, um genau zu sein. Sie war niemand, der seine Emotionen wie eine Monstranz vor sich hertrug. Im Gegenteil. Sie hatte die feste Überzeugung, ihre Emotionen gehörten ihr, und sie war gern mit ihnen allein. Natürlich wusste sie, dass diese Haltung für andere Menschen oft schwer oder gar nicht nachvollziehbar war. Doch Vinzent kannte sie lange genug. Und er ertrug im Gegenzug ihre Launen und Eigenheiten mit einer geradezu stoischen Ruhe. Das hatte vor ihm noch niemand geschafft, mit dem sich JJ auf eine Beziehung eingelassen hatte.

War das nun so etwas wie Liebe?

Musste sie sich womöglich irgendwann eingestehen, dass Vinzent nicht nur in sie verliebt war, sondern mehr wollte? Eine Ehe, eigenes Haus und Kinder? Und sie? Liebte sie ihn eventuell auch so sehr, dass sie dieses Spiel mitspielen würde? Der Gedanke löste einen kleinen Anflug von Panik aus, den sie aber rasch niederkämpfte und sich dafür schalt. Die Ereignisse vom letzten Sommer hatten sie beide enger zusammengeschweißt. Immerhin hatten sie sich in einer Situation wiedergefunden, die hätte gefährlich werden können. Klar, dass das nicht spurlos an ihrer Beziehung vorbeiging. Dennoch hatte es sie große Überwindung gekostet, ihm den Schlüssel zu geben. Irgendwie hatte sie das Gefühl, damit ein großes Stück ihrer so heiß geliebten Freiheit und Unabhängigkeit aufzugeben. Und davor schreckte sie noch zurück wie der Teufel vor dem Weihwasser. Vielleicht weil er sie inzwischen schon so gut kannte, hatte er überrascht reagiert. Er hatte es zunächst nicht glauben wollen, als JJ ihm den Schlüssel überreicht hatte.

»Ist das wirklich ein *Schlüssel* zu *deiner* Wohnung? Oder nur der zum Fahrradschuppen oder Gartenhäuschen?«, hatte er gefragt und versucht, sein Erstaunen in den ihm eigenen Sarkasmus zu kleiden. Er hatte das zackig geschliffene Stück Metall in seinen Händen gedreht, als wäre es die Eintrittskarte zu Fort Knox.

Sie hatte ihn zappeln lassen, lange angesehen und dann mit einem absichtlich aufgesetzten fiesen Grinsen gesagt: »Nein, natürlich nur für die Garage. Ich bin doch nicht wahnsinnig.«

Da er inzwischen ihren etwas schrägen Humor kannte, hatte er sie natürlich gleich durchschaut, den Schlüssel wieder auf die Ablage gelegt und sie fest in seine Arme genommen. Die anschließende Nacht war kurz gewesen, und JJ hatte das Gefühl gehabt, etwas richtig gemacht zu haben. Ausnahmsweise.

Und dennoch hielt sie dieses Gefühl nicht davon ab, hin und wieder an ihrer Entscheidung zu zweifeln. War es richtig, sich einem Menschen derart zu öffnen, sich an ihn zu binden? Sie wusste es nicht, obwohl sie spürte, wie ihr Herz einen Sprung machte, als Vinzent um die Ecke kam. Als er JJ mit einem Glas Weißwein in der Hand an der geschlossenen Kühlschranktür lehnen sah, schaute er überrascht drein.

»Hey«, hauchte sie und hoffte, bei ihrem Schauspiel bestenfalls an eine Femme Fatale wie Neve Campbell in »Wild Things« zu erinnern. Ein herrlich fieser kleiner Thriller, den sie immer wieder schaute und den leider kaum jemand kannte.

»Na, wenn das nicht die junge Natalie Portman ist«, neckte Vinzent sie.

Auch nicht schlecht, fand sie und hatte gleich den leicht verruchten Film »Hautnah« vor Augen, in dem die junge Portman ohne Mühe neben Julia Roberts bestehen konnte. Okay, das hörte sich also nach so was wie einem echten Kompliment an. Ein guter Anfang für den Abend, fand sie, und beschloss, erst mal abzuwarten, wohin sich das entwickeln würde.

»Was machst du hier?« JJ stieß sich elegant von der Tür ab und schlenderte mit verführerischen Bewegungen und leicht laszivem Blick auf Vinzent zu, gab ihm einen langen Kuss auf die Lippen. Dann schnappte sie sich urplötzlich die zusammengefaltete Zeitung, die er unter den Arm geklemmt hatte, löste sich von ihm und schlug das Papier auseinander. Sie ließ Vinzent verdutzt im Raum stehen, dabei drehte sie sich weg, damit er ihr Grinsen nicht sehen konnte. Solche Spiele machten ihr immer wieder diebische Freude, da sie genau wusste, dass Vinzent nun grübelte, was er als Nächstes tun sollte. Tun durfte. Er war leicht zu verunsichern. Zumindest wenn sie in der Nähe war. Das hatte sie früh begriffen. Und spielte gerne damit. Und mit ihm, wie sie sich zweifelsohne eingestehen musste. Eigentlich wären sie heute Abend ins Waldschlössle gegangen, waren zum Abendessen verabredet. Aber im Moment war sie beinahe froh darüber, dass der Koch krank und in der Folge der Tisch vorhin telefonisch abgesagt worden war. Aufgeschoben war ja nicht aufgehoben.

»Und, steht ausnahmsweise mal was Wichtiges in deinem Käseblatt?«, wollte sie in einem Tonfall wissen, der sich nicht einen Hauch für die Antwort interessierte, egal, wie sie auch immer ausfiel.

Vinzent machte ein zerknirschtes Gesicht. »Ist nicht mein Käseblatt. Und überhaupt, gib her, wenn du gute journalistische Arbeit nicht zu schätzen weißt.«

Vinzent versuchte, sich die Zeitung zu schnappen. Doch JJ hatte seine Reaktion erahnt und war schneller, sodass er nur eine Ecke zu fassen bekam und diese abriss.

Sie lachte, er schmollte. Tat zumindest so. Doch dann mussten beide lachen, ehe sie wieder ernst wurden.

JJ betrachtete den Aufmacher. Es war Vinzents Artikel zum Brand mit der Leiche. Die Leiche, die nun inzwischen bei ihr im Institut gelandet war und zwei Etagen tiefer im Kühlraum lag.

Das große Bild auf der Titelseite zeigte ein Dutzend

Feuerwehrleute vor einem Feuerwehrwagen. Alle waren geschäftig, bis auf einen Mann. Er schien sich die Augen zu reiben. JJ sah genau hin und meinte den Mann zu erkennen, der ausgesehen hatte, als würde er weinen. Warum? Ein Rookie, also ein Frischling, dem das alles naheging? Nein, dazu wirkte er zu alt. Es sei denn, er war ein Spätberufener. Und das Gesicht, es kam ihr irgendwie bekannt vor, auch wenn sie es im Moment nicht einsortieren konnte.

»Hast du das Foto gemacht?«, wollte sie wissen.

»Ja, klar. Ich bin eine One-Unit-Reportermaschine, wie du weißt.«

Sie schüttelte lächelnd den Kopf. »Ich habe dich dort gar nicht gesehen.«

»Ich dich auch nicht. Hast du wieder andere arbeiten lassen, während du Trübsal geblasen und Kaffee getrunken hast?«

Die Zeitung sauste nur Haarscharf an seinem Kopf vorbei. JJ war froh, dass sie ihn nicht getroffen hatte. Das wäre sicher schmerzhaft gewesen. Obwohl, wer solch blöde Sprüche machte …

»Ich war aber auch nicht allzu lange dort«, nahm Vinzent dann den Gesprächsfaden wieder auf. »Ein paar O-Töne einholen, mir einen kurzen Eindruck verschaffen und ein paar Bilder schießen. Mehr war auch zeitlich gar nicht drin. Mal sehen, was sich in der Sache in den kommenden Tagen entwickelt. Aber komm, gib zu, der Text ist gut.«

Vinzent schaute sie erwartungsvoll an. JJ zog den Mund kraus, zögerte. »Na ja, der Pulitzer wird es wahrscheinlich nicht. Aber vielleicht reicht es für eine goldene Himbeere.«

Sie ging in Deckung, als Vinzent eine Traube aus der Schale auf der Ablage abzupfte und sie nach ihr warf.

»Du bist so blöd. Und so fies«, blaffte er.

»Nein, mein Lieber, ich bin Realistin. Und irgendjemand muss dir ja auch mal die unbequemen Wahrheiten sagen und dich auf den Boden der Tatsachen zurückholen, sonst spielst du ja in einer Tour Major Tom«, sagte sie. Jetzt flogen ein paar Trauben mehr durch die Luft und verteilten sich in der Küche.

»Tja, meine Liebe«, setzte Vinz dann wieder an, als er genügend Trauben abgefeuert hatte. »Du solltest dir vielleicht mal das Porträt auf Seite zwölf anschauen. Könnte dich interessieren.«

Jetzt zog JJ die Augenbrauen fragend zusammen, legte die Zeitung wieder hin und blätterte sie durch, als eine Traube ihre Backe traf. Sie fuhr herum, funkelte Vinzent an, der für einen Moment erstarrte. Dann nahm sie die Traube und warf sie sich zwischen die geöffneten Lippen, drehte sich wieder weg und begann zu lesen.

14

Als er sich vorstellte, wusste Michael Brandt genau, was sein Gegenüber dachte. Ein Brandsachverständiger, der Brandt hieß, da konnte sich kaum jemand einen Kommentar verkneifen. Doch der Polizist, der ihm gegenüberstand, sagte nichts, nickte nur kurz und schüttelte die ihm hingestreckte Hand.

Brandt war bestellt worden, um sich damit zu beschäftigen, was zu dem verheerenden Feuer geführt hatte. Er machte den Job schon seit über zehn Jahren. Und er machte ihn gern. Und vor allem gut. Und nicht selten hatte er eine harte Nuss zu knacken, denn um festzustellen, welche Schäden ein Brand verursacht hatte, musste zunächst geklärt werden, warum das Feuer überhaupt ausgebrochen war. Damit zählte die Ermittlung von Brandursachen zu den schwierigsten Aufgaben der Kriminalistik.

»Sie wissen, was zu tun ist?«, fragte der Polizist, der sich gestern am Telefon als Kommissar Simon Kalt vorgestellt hatte und etwas abgekämpft aussah, wie Brandt fand. Wahrscheinlich hatte er ein entsprechendes Gesicht gezogen, denn der Ermittler legte eine knappe Erklärung nach: »Das ist ehrlich gesagt meine erste Brandermittlung. Ich bin normalerweise für Kapitalverbrechen zuständig. Also Mord und so. Und da war bisher kein Brandopfer dabei.«

Brandt nickte und lächelte wissend. Er mochte den Kommissar auf Anhieb, da er niemand zu sein schien, der den großen Macker raushängen ließ. Nicht jeder hätte in dieser Situation frei heraus zugegeben, seine erste Ermittlung in diesem Themenfeld vor sich zu haben. Brandt kannte genügend gestandene Kriminalisten, die völlig frei von jeder Fachkenntnis in seinem Gebiet waren, aber nicht davor zurückschreckten, ihm seine Arbeit und seine Aufgaben am Tatort zu erklären.

Zusammen gingen sie langsam auf den ehemaligen Eingang des Hauses zu, dessen mit Flatterband abgesperrte Reste trotzig in der kühlen Morgensonne aufragten. Brandt fühlte sich verpflichtet, dem Polizisten einen schnellen Abriss dessen zu geben, weswegen er hier war. Er wusste natürlich, dass er sich manchmal etwas oberlehrerhaft anhörte, doch das war ihm egal.

»Kein Problem. Brände sorgen in vielen Fällen nicht nur für immense Sachschäden, wie Sie sich denken können. Mein Job ist es, den Grund für das Feuer zu finden. Wenn wir wissen, wo der Herd für die Flammen war und wie er entstanden ist, dann lässt sich mit hoher Wahrscheinlichkeit auch sagen, ob es zum Beispiel ein Kurzschluss in einer Leitung war oder ob Manipulation, also Brandstiftung, im Spiel war. Dazu muss ich sachliche Beweise liefern. Aber Sie können sich sicher sein, wenn da jemand seine Finger im Spiel hatte und gezündelt hat, finde ich das heraus. Spätestens dann liegt der Ball wieder in Ihrem Spielfeld.«

»Na ja, nach Brandstiftung sieht es zumindest bisher zum Glück nicht aus«, meinte Simon, während sie auf die kleine Treppe ins ehemalige Erdgeschoss zugingen.

Beide trugen festes Schuhwerk und einen Helm. Brandt stellte seinen Alukoffer ab, klappte ihn auf, holte einen weißen Schutzanzug heraus, zog ihn über und schob dann seine Finger in die Gummihandschuhe. Anschließend nahm er eine Canon EOS 5 heraus, ehe er den Blick wieder auf Simon richtete.

»Nicht so schnell mit den jungen Pferden. Das lässt sich noch nicht ausschließen. Es sind oft die kleinen Details, die man finden muss, um das abschließend zu klären. Ich hatte schon einige Fälle, da schien es ein Unfall zu sein, und später stand jemand dafür vor Gericht und musste sich für einen gelegten Brand verantworten. Aber das werden wir bald mit Gewissheit sagen können. Doch um das herauszufinden, braucht es nicht nur praktische Erfahrung, sondern auch allseitige naturwissenschaftliche Kenntnisse«, sagte Brandt. »Und nicht jede Brandstiftung ist sofort als solche zu erkennen. Im Gegenteil. Vor allem wenn sich der Brandstifter mit diesem Thema auskennt, dann muss man unter Umständen ganz genau hinschauen, um die entsprechenden Hinweise zu finden.«

»Hallo«, rief eine Männerstimme von außerhalb. Brandt drehte sich um und sah, wie zwei Männer in Uniform auf sie zukamen und sich als Feuerwehrkommandant Walter Hahn und sein Stellvertreter Bernd Meyerle vorstellten.

»Bitte entschuldigen Sie, aber wir wurden in der Wache aufgehalten.«

»Kein Problem«, sagte Brandt. »Ich habe in der Zwischenzeit Herrn Kalt skizziert, was ich hier in den kommenden Stunden und vielleicht Tagen tun werde. Aber Sie kennen das ja schon.«

Hahn und Meyerle nickten eifrig. Sie schienen genau zu wissen, was zu tun war.

Wieder an Simon gewandt sagte er dann: »Feuer strahlt für viele Menschen eine unglaubliche Faszination aus. Es hat eine schöne, ja fast schon ästhetische Erscheinung. Aber es hat bei aller Schönheit ein gewaltiges, beinahe unglaubliches und kaum zu bändigendes zerstörerisches Potenzial. Die Suche nach der Ursache wird daher nicht selten zur Suche nach der berühmten Nadel im Heuhaufen. Aber glauben Sie mir, wenn das Feuer keine natürliche Ursache hatte, finde ich das heraus, und wenn ich jedes Aschekörnchen einzeln umdrehen muss. Feuer ist gefährlich. Und wer mit dem Feuer spielt, der bekommt es mit mir zu tun. Und falls es sich doch um einen tragischen Unfall handelt, wie wir ihn leider fast täglich erleben, dann liefere ich auch hierfür alle notwendigen Beweise, darauf können Sie sich verlassen.«

Brandt sah Simon an, dass dieser durchaus ein klein wenig beeindruckt war vom Selbstbewusstsein, das er an den Tag legte. Genau das hatte er erreichen wollen. So hatte er quasi den Boden bereitet, um in Ruhe seine Arbeit machen zu können, ohne dass ihm jemand dazwischenfunkte.

Und so ließ Brandt den Kommissar stehen, ging in das Haus und machte sich an die Arbeit. Er würde einige Zeit, vielleicht sogar Tage brauchen, um alles zu untersuchen und auszuwerten. Denn die Ermittlung von Brandursachen war eine echte Herausforderung. Auch für einen Profi wie ihn. Zum einen sind Hinweise und Spuren durch den destruktiven Charakter des Ereignisses selbst häufig gering oder verdeckt und folglich nur schwer aufzufinden. Es war also eine zeitraubende Klein- und Kleinstarbeit. Zum anderen erforderten diese Untersuchungen in erheblichem Maße ein interdisziplinäres Verständnis, für das Spezialkenntnisse und Techniken aus unterschiedlichen Wissenschaftsgebieten benötigt wurden. Und obwohl Brandt so was wie ein alter Hase war, faszinierten ihn die Brandorte immer wieder aufs Neue.

Feuer lebte. Und er lebte für das Feuer. Oder zumindest für das, was es übrig gelassen hatte, nachdem es gewütet hatte.

Wenn hier ein Brand gelegt worden war, dessen war er sich sicher, würde er es auch herausfinden und der Polizei die genauen Entstehungsursachen liefern, damit juristische Konsequenzen in die Wege geleitet werden konnten. Wobei er in diesem Fall zwar keine voreiligen Schlüsse ziehen wollte, aber auch der Auffassung war, dass zumindest auf den ersten Blick alles auf einen Unfall hindeutete.

»Kennt ihr den Brandmeister Brandt?«, meinte Simon Kalt mit einem leichten Schmunzeln, als der Gutachter im Inneren des Hauses verschwunden war.

Walter Hahn und Bernd Meyerle schüttelten beinahe synchron den Kopf.

»Aber gehört habe ich schon von ihm. Gilt als eine Art Koryphäe«, meinte der Feuerwehrkommandant gleich darauf. »Aber eines ist sicher. Der brennt für seinen Job.« Hahn gluckste leise, als er begann, über seinen eigenen schlechten Witz zu lachen. Meyerle stimmte irgendwann pflichtschuldig ein.

»Ja. Hat einen verdammt guten Ruf der Kerl«, ergänzte Meyerle.

»Ist ja auch ziemlich von sich überzeugt, wie mir scheint«, sagte Simon, der sich während der Ausführungen des Gutachters wie ein kleiner Schuljunge vorgekommen war. Er mochte es eigentlich überhaupt nicht, wenn jemand so mit ihm sprach, hatte aber erfolgreich dagegen angekämpft, ein kleines Scharmützel zu starten. Außerdem war er durchaus etwas nachhaltig beeindruckt, wie er sich still eingestehen musste.

»Die arme Frau. So zu sterben …« Meyerle schaute in die Runde.

Inzwischen waren noch einige Beamte der Spurensicherung eingetroffen, die den Brandgutachter unterstützen würden. Auch sie wuselten in ihren weißen Schutzanzügen hinter den Absperrbändern durch die Gegend.

»Wenigstens hatte sie schon ein ordentliches Leben hinter sich«, nahm Hahn den Faden wieder auf.

Die beiden ergänzten sich gut, dachte Simon, könnten fast zusammen auftreten und sich die Stichworte wie einen Gummiball hin- und herwerfen. »Mit Blick auf das Alter vielleicht. Den Rest müssen wir uns erst noch anschauen. Und noch wissen wir nicht zu hundert Prozent, dass sie es auch war, denn die Testergebnisse sind noch nicht da.«

»Habt ihr Zweifel?«

»Nein, aber formal sind wir halt noch nicht durch.« Simon gab sich hier bewusst zurückhaltend. Erstens musste er bei laufenden Ermittlungen, und nichts anderes war hier im Gange, darauf achten, dass nichts nach außen drang, bis alles geklärt war. Zweitens hatte er schon so manche Überraschung erlebt, weshalb er sich nicht zu früh in Sicherheit wiegen wollte. Das nahm ihm dann einer der Feuerwehrleute ab.

»Aber es würde mich schon enorm wundern, wenn Brandt etwas anderes als einen Kurzschluss herausfinden würde. Nach allem, was ich gestern gesehen habe, bleibe ich bei meiner ersten Einschätzung. Das war der Sicherungskasten, der gebrannt hat. Und wenn dann noch die Batterie für die Solaranlage Feuer fängt, dann gute Nacht. So gut und wichtig das alles ist, so groß sind auch die Risiken und die Herausforderungen für uns als Feuerwehr«, sagte Hahn.

»Sag mal, Simon, habt ihr denn schon eine Spur von Grete Bürkle?«, fragte Meyerle und wechselte etwas abrupt das Thema.

»Nein, warum?«

»Ich frag nur. Sie war ja auch eine von uns. Tolle Frau, auch wenn sie einen Arsch zum Mann hat. Der wusste doch nie, was er an ihr hat. Grete war das Beste, was dem Deppen passieren konnte. Und was macht der …?« Meyerle vollendete den Satz nicht, denn Ralf Becker kam zu dem Trio geschlendert. Er war eben mit einem VW-Bus vorgefahren und sah etwas zerknittert aus.

Simon hörte nur, wie Hahn brummte: »Ja, der hat doch nur seine Karriere im Kopf. Alles andere interessiert den nicht.«

Für einen Moment war Simon leicht irritiert. Da bekam der äußere Eindruck von unzerstörbarer Kameradschaft und Loyalität doch erste kleine Risse, wenn er hörte, wie Hahn und Meyerle über ihre Kollegen sprachen. Er zwang sich, dem nicht allzu viel Bedeutung beizumessen, speicherte es aber dennoch in seinem Gedächtnis ab. Man konnte ja nie wissen.

»Hi, ich dachte, ich schau mal vorbei«, meldete sich Becker zu Wort. »Gibt es hier noch was zu tun? Ich habe nämlich sonst ein paar Termine heute Mittag.«

Alle schüttelten den Kopf, da sie wussten, dass es ohnehin eine rein rhetorische Frage gewesen war. Becker nickte kurz in die Runde und trollte sich wieder.

»Tja, gleich wirft er sich wieder in Schale, unser Herr Bürgermeister in spe«, meinte Hahn nicht ohne Sarkasmus in der Stimme.

»Meinst du, der schafft das?«, wollte Simon wissen.

»Keine Ahnung. Wenn ihm sein Ego nicht im Weg steht,

hat er gute Chancen. Wer ihn nicht kennt, wird ihn vielleicht sogar wählen. Und die anderen vier sind nicht gerade überzeugend.« Hahn machte eine wegwerfende Geste.

Meyerle klopfte ihm kumpelhaft auf die Schulter. »Ach komm, Walter. Der Ralf ist ein Guter, und das weißt du auch, irgendwo tief in dir drin. Dir ist doch nur angst und bange um deinen Ruhestand, wenn er unser neuer Oberbürgermeister werden sollte. Dann wird er wohl kaum deinen Nachfolger machen können, und du kannst doch noch nicht in Rente. Das ist es doch, was dir eigentlich so sauer aufstößt seit einigen Wochen.«

Im ersten Moment wirkte Hahn etwas zerknirscht, während Meyerles Einschätzung noch in der Luft hing. Doch dann sah Simon, wie sich Hahns Gesichtszüge entspannten und einen leicht versonnenen Ausdruck annahmen, als er sagte: »Ja, da hast du wahrscheinlich recht. Der Ralf ist eigentlich korrekt. Er wäre ein Verlust für unsere Feuerwehr. Aber eigentlich sollten wir ihm die Daumen drücken und Wahlkampf für ihn machen. Denn besser wird es mit keiner der anderen Pfeifen.« Dann drehte er sich zu Simon und sah ihm fest in die Augen: »Aber die Grete, die müsst ihr finden.«

15

JJ scrollte sich mal wieder durch die aktuellen Nachrichten, während langsam der Tag und die Stadt zum Leben erwachten.

Vor ihr dampfte natürlich ein großer Becher mit starkem Kaffee, während ihre Finger mit den schwarz lackierten Nägeln flink über den Bildschirm des Tablets wischten. Sie lümmelte im ebenfalls schwarzen und viel zu großen Schlaf-T-Shirt lässig auf einem Hocker am Tresen ihrer offenen Küche. Aus dem entfernten Bad hörte sie eine elektrische Zahnbürste. Vinzent. Und die Badtür stand mit Sicherheit wieder weit offen. Ein Detail oder besser gesagt eine Eigenheit, mit der sie sich bislang noch nicht so recht anfreunden konnte. Sie musste sich an dieser und anderen Stellen einfach etwas lockerer machen. Man konnte nicht das eine wollen und dann gegen die Folgen rebellieren.

Natürlich bestimmte der Brand die regionalen Nachrichten und hatte für einen Moment sogar die verschwundene Grete Bürkle als Topmeldung abgelöst, zumal es bei den Ermittlungen offensichtlich keine wirklichen Neuigkeiten gab. Der Artikel über Grete Bürkle listete lediglich noch mal die bekannten Fakten und den chronologischen Ablauf auf. Natürlich wurde ihr besorgter Ex-Mann zitiert und die Frage gestellt, was denn mit den Kindern sei. Diese seien aber gut untergebracht und würden betreut werden, hieß es. Auch die Polizei wurde nur mit dem lapidaren Satz zitiert, wonach man weiter und unvermindert auf Hochtouren ermittle und alles dafür tue, Grete Bürkle ausfindig zu machen. Den Satz hatte man dem Polizeisprecher in den Mund gelegt. Dass aber dennoch darüber berichtet wurde, zeigte JJ nur eins: Nach wie vor fieberte die ganze Stadt mit, ob die Frau wiederauftauchte.

Dann poppte eine Werbung auf, die sie gestern schon gesehen hatte. »Bestattungen Leicht«.

So wie es aussah, bekam sie ernsthafte Konkurrenz. Ein neues Bestattungsunternehmen drängte plötzlich in die Stadt. Nicht, dass es nicht genügend Todesfälle für alle geben würde, JJ ärgerte sich darüber, dass sie so rein gar nichts davon im Vorfeld mitbekommen hatte. Und sie ärgerte sich natürlich auch darüber, wie massiv das neue Unternehmen versuchte, sich von Anfang an seine Anteile zu sichern. Das hatte ihr gestern Abend auch Vinzent gezeigt. Nicht nur, dass im Fellbacher Tagblatt ein halbseitiges Porträt über den neuen Mitbewerber zu finden war, sondern dass dieser auch noch eine unübersehbar grelle Eckfeldanzeige geschaltet hatte. Das kostete richtig Geld, wie JJ wusste. War aber für ein hiesiges Unternehmen unablässig, und von Zeit zu Zeit wollte man wahrgenommen werden und im Gedächtnis der Leute bleiben. Der vierspaltige Text mit einem großen Farbfoto unter der Überschrift zeichnete das Bild eines mittelalten, dynamischen, erfahrenen und vor allem einfühlsamen Mannes, der behauptete, im Beruf des Bestatters seine eigene und ganz persönliche Berufung gefunden zu haben.

»Kann ja sein«, brummte sie missmutig vor sich hin.

»Was hast du gesagt?«

Sie war so in ihre Gedanken versunken gewesen, dass sie überhaupt nicht mitbekommen hatte, wie Vinzent hereingekommen war. Sie betrachtete das Bild ihres neuen Konkurrenten. Er sah nicht aus, als könnte man ihn auf die leichte Schulter nehmen. Er wirkte eher wie ein Schwergewicht. Ganz und gar nicht unsympathisch, im Gegenteil. Aber mindestens hundert Kilo schwer und ziemlich groß, wenn sie das Verhältnis seines Körpers zum Sarg nahm, auf den er locker eine Hand gelegt hatte. Er schaffte es sogar, freundlich und offen aus der Zeitung zu ihr heraufzuschauen, ohne zu lachen. Ein Fehler, den viele Kolleginnen und Kollegen ihrer Zunft machten, die häufig auf Fotos ein viel zu gestelztes Lächeln zu Schau trugen. Leicht zeigte, wie man es machte. Ein Profi. Also einer, vor dem sie sich in Acht nehmen musste.

»Ach nichts. Ich habe nur über den Neuen nachdenken müssen.« JJ hatte keine Lust, ihn beim Namen zu nennen, und wollte erst recht nicht von einem Konkurrenten sprechen. Noch nicht. Zuerst würde sie ihn beobachten, seine Arbeit und sein Herangehen studieren, sich ein eigenes Bild von ihm machen. »Er will es offensichtlich wissen und hat nicht mal die Eier, sich mal zu zeigen.«

»Zeigen? Was meinst du?«

»Na, da kommt so ein Schnösel hierher nach Fellbach. Keine Ahnung, was ihn aus dem Rheinland hierher verschlagen hat. Ja, da kommt der jedenfalls hierher, macht große Wellen und sich hier breit, hat aber nicht mal den Schneid, bei uns zu klingeln und zu sagen: Hi, ich bin der Neue. Also ich weiß nicht, was ich davon halten soll.«

Vinzent warf ihr einen erstaunten Blick zu. Doch der brachte sie nur noch mehr in Rage, obwohl sie sich den Ärger über einen neuen Mitbewerber eigentlich selbst nicht erklären konnte.

»Ja, komm, sag mir, was soll ich davon halten«, forderte sie Vinzent mit einer provokanten Handbewegung auf. »Aber wenn er es so will, von mir aus.«

Das klang verärgerter, als sie eigentlich aufgrund der Tatsache sein dürfte. Immerhin schadete etwas Konkurrenz nicht. Außerdem hatten sie in Fellbach bisher immer alle gut zusammengearbeitet, sich gegenseitig ausgeholfen und vertreten. Gut, ihr Vater hatte irgendwann so ein kleines Quasimonopol zumindest für die Kernstadt errichtet. Aber die Stadt wuchs ja auch stetig und mit ihr die Zahl der Todesfälle.

»Und jetzt?«, fragte Vinzent. »Willst du jetzt einen auf beleidigte Leberwurst machen? Dann geh doch du hin, überrumpele ihn. Begrüße ihn freundlich und mit einem kleinen Mitbringsel …«

»Ein Mitbringsel? Spinnst du? Oder soll ich ihm etwa einen Totenschädel oder besser einen ganzen Knochenkarle vorbeibringen?«, giftete JJ.

Doch Vinzent ließ sich ausnahmsweise nicht aus der Ruhe bringen und sprach ungerührt weiter. »Das bringt ihn garantiert in Verlegenheit. Vielleicht ist er aber auch einfach noch nicht dazu gekommen, sich bei dir, bei der alteingesessenen Frau Schwarz, vorzustellen.«

»Alteingesessen. Wie sich das schon anhört. Ich bin doch noch keine hundert.« Sie funkelte ihn kurz an, so als habe er etwas Gemeines gesagt. Dann sah sie lange aus dem Fenster, in den Hof und die sich dahinter auftuende Durchfahrt. Sie hasste dieses Wort. Alteingesessen, so was hatten immer ihr Vater und auch ihr geliebter Großvater gesagt. Aber es beschrieb einen Umstand, den sie nicht akzeptieren konnte, akzeptieren wollte. Sie wusste, dass das kleinlich war. Aber das Wort drückte genau diesen bewahrenden, sich vor Veränderung scheuenden Konservatismus aus, gegen den sie sich immer gewehrt hatte. Und den sie auch heute noch nicht bereit war zu akzeptieren.

»JJ, was ist denn? Bist du jetzt beleidigt?« Vinzent kam auf sie zu und wollte sie in den Arm nehmen. Sie wandte sich ab und konnte aber selbst nicht einmal sagen, warum. War sie etwa wütend? Aber wenn ja, warum dann auf Vinzent? Der konnte ja nichts für diesen Frank Leicht.

Leicht. Was war das überhaupt für ein Name. Und dann noch *Leicht Bestattungen*. Das ging doch gar nicht.

Vinzent schien es sportlich zu nehmen und lehnte sich an die Theke. Er wusste, sie würde sich wahrscheinlich gleich wieder beruhigen.

Schon gestern Abend, als Vinzent ihr die Seite mit dem Artikel gezeigt hatte, war aus irgendeinem unerfindlichen Grund Ärger in ihr aufgestiegen. Aber warum? Das war sogar so weit gegangen, dass sie nicht einmal dann bei der Sache war, als sie nach einer gemeinsamen Flasche Grauburgunder ins Bett gegangen waren und miteinander geschlafen hatten. Vinzent hatte sich abgemüht, wollte sie mitnehmen auf die Reise, doch sie war froh gewesen, als er endlich gekommen war. Dabei war es ihr so vorgekommen, als habe es länger gedauert als sonst.

Was war nur los? Was stimmte nicht mit ihr?

Lag es wirklich nur an Frank Leicht und seinem Bestattungsunternehmen, das ihrem Geschäft wahrscheinlich so schnell überhaupt keine ernsthafte Konkurrenz machen konnte? Sie hatte aus dem angestaubten Betrieb ihrer Eltern ein repräsentatives und gesundes kleines Unternehmen gezaubert, mit dem sie fast ein Dutzend Leute ernährte und dabei selbst mehr als gut über die Runden kam. Also, was beschwerte sie sich? Neue Konkurrenz konnte doch sogar Entlastung für sie bedeuten.

»Vielleicht hast du recht«, sagte sie dann nach einer Pause.

Vinzent sah auf und direkt zu ihr. Er machte ein erstauntes Gesicht. »Geschehen etwa noch Zeichen und Wunder? Du gibst mir recht? Bei was denn?«

»Na, ich werde das machen, was du vorgeschlagen hast. Zu ihm gehen, mich vorstellen und ihm eine gute Zusammenarbeit anbieten.«

»Und willst du ihm dann als schwarzer Engel Angst einjagen oder Eindruck schinden? Oder erschreckst du uns, indem du deine Garderobe für diesen Auftritt mit einem Farbtupfer versiehst?«

JJ verengte ihre Augen zu schmalen Schlitzen, nahm den Schwamm von der Spüle und warf ihn nach ihm. »Na warte, du bekommst schon, was du verdienst. Ich verhex dich, verwandele dich in einen Regenwurm oder eine Schnecke.«

»Oha, jetzt bekomm ich ernsthaft Angst. Ich bin sicher, wenn jemand das kann, dann du.«

»Sei vorsichtig, Vinz. Fordere mich nicht heraus. Du weißt, ich mag Beerdigungen.«

Jetzt flog ihm der Spüllappen entgegen, und beide lachten.

16

Simon saß noch spät am Abend im Büro und brütete über der Akte von Grete Bürkle. Das Verschwinden der jungen und – wie er fand – attraktiven Frau fiel eigentlich nicht in seinen Zuständigkeitsbereich. Simon war hauptsächlich für Kapitalverbrechen zuständig. Aber zum Glück passierte in Fellbach in dieser Hinsicht momentan nicht allzu viel. Und wenn dann so was wie der Vermisstenfall aufkam, dann wurde Revierleiter Günther Harms durchaus kreativ, wenn es darum ging, die dünnen Personalressourcen effektiv einzusetzen.

Während andere Kolleginnen oder Kollegen das nur grummelnd hinnahmen, machte sich Simon im allgemeinen Gemurre nichts daraus und war von Zeit zu Zeit sogar erfreut darüber, andere Ermittlungsarbeit zu übernehmen.

Grete Bürkles Verschwinden stellte beinahe ein Unikum in der Kriminalhistorie der Stadt dar. Die junge Frau war seit über einer Woche wie vom Erdboden verschluckt. Niemand wollte sie gesehen haben. Es gab keine Anhaltspunkte, keine einzige richtige Spur von ihr, der sie nachgehen konnten. Als habe sie sich einfach in Luft aufgelöst.

Der Anruf von gestern, bei dem ein Mann behauptet hatte, er wisse, wo Grete Bürkle sei, war zum Glück noch nicht durchgesickert. Es hätte ihn auch überrascht, aber letztlich war man davor nie gefeit, wie Simon wusste. Er hatte in der internen Runde der SoKo Grete davon berichtet. Da der Anruf aber genauso gut ernst zu nehmen sei, aber auch von einem Spinner stammen konnte, hatte man beschlossen, ihn erst mal nicht publik zu machen. Es war ja auch möglich, dass dahinter ein kleines Ego stand, das seine Chance nutzen wollte, um es vielleicht mal in die Schlagzeilen zu schaffen. So absurd es sich anhörte, aber Simon wusste nur allzu genau, dass es solche Menschen gab, denen es nur darum ging, Publicity zu erreichen – und zwar für sich selbst. Ermitteln konnten sie den Anrufer leider nicht, und auch die Stimme brachte wenig Aufschluss. Sie war verzerrt gewesen. Und selbst mit der richterlichen Anordnung, die er keine fünfzehn Minuten nach seinem Anruf klassisch per Telefax erhalten hatte, waren sie nicht weitergekommen. Der Anruf war von einer ausländischen Prepaid-Nummer erfolgt und somit kaum für sie zu ermitteln.

Einen kurzen Moment hatte Simon gestern am Brandort gedacht, sie würden womöglich die verkohlte Leiche von Grete Bürkle aus den Flammen bergen. Eine Annahme, die sich nicht bewahrheitet hatte. Tragisch genug war jedoch, die einzige Bewohnerin des Hauses in ihrem eigenen Keller als Opfer der Flammen aufzufinden.

Simon war gespannt, was der Gutachter herausfinden würde, auch wenn hier niemand mit Überraschungen rechnete. Man wusste ja nie.

Aus einem nicht näher einzugrenzenden inneren Antrieb heraus griff er zum Handy, suchte JJs Nummer und rief sie an. Sie ging leider nicht ran. Schade. Sie hatte sich den ganzen Tag nicht gemeldet. Wahrscheinlich war sie mit Josefine Arenz beschäftigt. Irgendwie hatte er Lust, sich mit ihr zu treffen, ein paar Gläser Wein zu trinken, zu plaudern, über alte Zeiten zu lachen, all so Zeug. Etwas Ablenkung, das war es, wonach ihm der Kopf stand. Ablenkung von seinem Job, aber auch von etwas anderem. Es hatte seinen Grund, warum er so spät noch im Büro hockte. Seine Ehe mit Mirijam war an einem Tiefpunkt angekommen. Sie hatten sich vor ein paar Tagen gestritten. Zumindest konnte er sich nicht an einen ähnlich intensiven Krach erinnern. Er hatte sie noch nie so aufgewühlt gesehen, während er selbst das Gefühl hatte, den Streit lediglich aus sicherer Distanz beobachtet zu haben, so als sei er nicht selbst dabei gewesen, sondern nur jemand, der in seiner Hülle gesteckt hatte. Das war schräg gewesen.

Seither hatten sie nur das Allernötigste miteinander geredet und waren sich ansonsten so erfolgreich es eben ging aus dem Weg gegangen. Am Wochenende würde sie mit den Kindern zu ihren Eltern fahren. Wenn er ehrlich zu sich war, freute er sich sogar etwas darüber, denn dann hatte er endlich einmal für kurze Zeit Ruhe und konnte durchschnaufen. Er liebte seine lebhaften Kinder über alles. Aber sein manchmal anstrengender und nervenaufreibender Job und abends dann die Familie, beides zusammen war mitunter durchaus eine derartige Belastung, die ihn mehr und mehr an seine Grenzen brachte. Hin und wieder dachte er an das unbeschwerte Leben zurück. An die Zeit vor den Kindern, vor der Heirat und manchmal auch an die Zeit vor Mirijam. Belastend für ihn waren zudem die ständigen Besuche ihrer Eltern, die stets erwarteten, dass man sich ausreichend Zeit für sie nahm. Getoppt wurde das nur noch von den gemeinsamen Wochenenden und Urlauben, die Simon zwar mit der größtmöglichen Würde ertrug, sich an diesen Tagen aber regelmäßig wie ein Fremdkörper vorkam. Er glaubte nicht, dass es für alle einen großen Unterschied machte, wenn er nicht dabei wäre.

Und doch hatte er eigentlich allen Grund zum Glücklichsein. Trotz all dieser mehr oder weniger großen Widrigkeiten war sein Leben bei genauer Betrachtung ein Glücksfall. Wenn auch ein fragiler, zerbrechlicher.

Und über all das konnte er nur mit einer Person sprechen: JJ. Sie war seine Vertraute. Ihr konnte er alles erzählen, sich ihr anvertrauen und öffnen, sein Innerstes nach außen kehren. Doch in letzter Zeit sahen sie sich eigentlich nur noch dienstlich. Simon nutzte natürlich jede Gelegenheit, um sie ins Spiel zu bringen, wenn irgendwo eine Leiche auftauchte. Und war es nicht so, dass auch JJ immer wieder Grund für Spannungen zwischen ihm und Mirijam war? Genau genommen war nach Mirijams Eltern JJ der zweithäufigste Streitpunkt in ihrer Beziehung. Das ärgerte ihn, denn dafür gab es keinen Grund. Oder doch?

Er schob den Gedanken beiseite und überlegte, was morgen alles zu tun war, machte sich ein paar Notizen und fragte sich, wo er noch auf einen Absacker hingehen konnte. Dann packte er seine Sachen und verließ das Polizeirevier in der Cannstatter Straße durch den Haupteingang. Unter dem kleinen Bogengang blieb er einen Augenblick stehen, sog die kühle Abendluft in seine Lungen und lauschte den Geräuschen der abendlichen Stadt.

Gegenüber im Hof, bei einem der besten Weingüter der Stadt, feierte eine Gruppe ausgelassen. Er hörte Lachen, ein vielstimmiges Wortgewirr und Musik, orchestriert von klirrenden Gläsern, zwischen die sich alle paar Minuten der Auspuff eines vorbeifahrenden Autos drängte. Wie klein die Welt doch manchmal wirkte, schoss es ihm plötzlich durch den Kopf, und er wunderte sich selbst über diesen Gedanken. Aber ja, das war sie, klein geworden, seine Welt. Sie bestand nur noch aus Job, Familie, Kinder, Fellbach,

Schmiden und Oeffingen. Wo waren die Pläne geblieben, die große weite Welt zu erkunden, sie zu bestaunen und zu verbessern?

Simon schüttelte den Gedanken ab und wandte sich nach links. Er hatte beschlossen, in die neue Kneipe in der Untertürkheimer Straße zu gehen. Na ja, so neu war die nicht. Nur umgezogen war der Traditionsschuppen, von der Stuttgarter Straße an den Fuß des Kappelbergs. Doch weit kam er nicht, denn auch aus dem Keller des Kunstvereins Fellbach drang ein buntes Stimmengewirr heraus. Oben vor der geöffneten Holztür am Abgang standen einige Gäste herum. Simons Blick fiel auf den aufgeklappten Plakatständer. »Nebraska« stand dort. Und der Name von drei Musikern, die er alle kannte und auch schon öfter in unterschiedlichen Konstellationen im Eff-Club gehört hatte. Jetzt erinnerte er sich auch an die Ankündigung in der Zeitung. Sie spielten heute Abend das legendäre Album von Bruce Springsteen nach, das dieser Anfang der 1980er-Jahre im Alleingang in seinem Schlafzimmer auf einem alten Vierspurrekorder aufgenommen hatte.

Jetzt wusste Simon, wo er seinen Absacker heute nehmen würde.

17

JJ stand an der Bar und bestellte gerade ein Glas Wein. Sie hatte sich schon lange auf den Abend gefreut, ihn aber beinahe vergessen. Es hatte sie durchaus beschäftigt, sich auf einen entspannten Konzertabend zu freuen, während eine Frau vermisst wurde und eine andere bei einem Brand ihr Leben verloren hatte. Doch war sie inzwischen lange genug im Geschäft, um solche Einzelschicksale nicht zu nahe an sich heranzulassen. Schließlich kannte sie auch keine der beiden Frauen persönlich. Und eines war sicher: So war das Leben eben. Manchmal hart, fies, gemein und ungerecht. Und trotzdem lebenswert, da es überwiegend genügend besondere Momente und positive Überraschungen bereithielt. Da machte es also keinen Unterschied, ob sie Trübsal blasend auf der Couch hocken würde oder sich etwas Abwechslung gönnte.

So wie heute Abend. Und die wollte sie sich nicht nehmen lassen. Denn als sie sich mit ihrem Glas Chardonnay von der Bar abwandte, sah sie, wie ein alter Bekannter am Fuß der Treppe den Eintritt zahlte.

»Hallo, Andreas«, sagte sie, als sie sich unbemerkt nahe genug an ihn herangepirscht hatte. Er fuhr erschrocken herum und starrte sie an, als müsste er erst überlegen, ob er sich freuen solle oder nicht. »Hey, was ist das denn für eine Begrüßung? Kennst mich nicht mehr? Oder willst mich nicht kennen? Du guckst wie ein begossener Pudel, wie einer, der dazu auch noch einen Tritt bekommen hat.

Oder habe ich mich in all den Jahren so verändert, dass du mich nicht mehr erkennst?«

Und plötzlich entspannten sich die Gesichtszüge, und sie lag in Andreas Lehmanns Armen. »JJ, natürlich kenne ich dich noch. Wie könnte man jemanden wie dich vergessen? Ich bin zwar älter geworden, aber zum Glück noch nicht dement«, sagte er, lockerte die Umarmung und hielt sie auf Armeslänge vor sich, während er sie anstrahlte. »Also echt jetzt, wie kannst du nur auf den Gedanken kommen, ich könnte dich je vergessen?«

Sie zuckte unschuldig mit den Schultern, als wollte sie bestätigen, dass das wirklich kaum vorstellbar war. Denn das war es in ihren Augen auch nicht.

Er zog sie wieder an sich, drückte sie erneut. Es fühlte sich nur für einen Moment seltsam an, und sie wusste nicht, ob sie es mochte, da sie ja eigentlich kein körperlicher Typ war und Berührungen vermied, wenn es nicht sein musste. Doch gleich darauf floss eine Wärme durch ihren Körper, als wäre sie ihr Leben lang nur in diesen Armen gelegen. Seltsam, dachte sie sich. Dabei hatten sie sich bestimmt zwanzig Jahre nicht berührt. Er war immer wieder für längere Zeit verschwunden, zu seiner Familie, die zwar aus Fellbach stammte, aber wohl in Südamerika lebte, wie er einmal erzählt hatte. Und wenn sie ihm mal auf einem Fest begegnet war, hatte sie ihm höchstens aus der Ferne beim alljährlichen Fellbacher Herbst, dem größten und für alle Fellbacher mit Abstand wichtigsten Weinfest in der Region, aus der Ferne zugewunken. JJ erinnerte sich, dass sie sich nicht getraut hatte, zu ihm zu gehen und ihn anzusprechen. Warum, das wusste sie selbst nicht, denn eigentlich war sie alles andere als schüchtern. Doch bei ihm gab es wohl eine unsichtbare Hemmschwelle. Sie ertappte sich gerade bei dem Gedanken, dass Andreas verdammt gut roch, als um sie herum Jubel aufbrandete. Steff trat eben auf die Bühne.

Natürlich kannte ihn jeder hier im Raum von unzähligen Konzerten im Eff-Club, in verschiedenen Bandkonstellationen. Hatte man die ersten eigenen Stücke seiner Band November noch klar der Indie-Musik zurechnen können, hatten sie später nach Ausflügen in den Art-Rock sogar für einen Tatort und für eine andere Krimiserie bekannte Erkennungsmelodien geschrieben. Und doch wusste sie, dass Steffs große Leidenschaft schon immer Bruce Springsteen galt. Insbesondere seinem 1982er-Album »Nebraska«. Woher sie diese Info seinerzeit aufgeschnappt hatte, konnte sie nicht mehr sagen. Aber sie war sofort wieder präsent gewesen, als JJ die Ankündigung des Konzertes gelesen hatte.

Sie zögerte einen Augenblick, da sich Andreas' Hände auf ihrem Körper noch immer gut anfühlten, machte sich dann aber los und griff wieder nach ihrem Weinglas, das sie auf einem runden Stehtisch abgestellt hatte, und setzte sich auf eine schmale Holzbank an der gegenüberliegenden Wand des Gewölbekellers.

Ein strategisch guter Platz, dachte sie, da man von hier sowohl die Bühne wie Andreas im Blick hatte, ohne sich großartig bewegen zu müssen.

Im Augenwinkel erblickte sie fast in derselben Sekunde Simon, der gerade zur Tür hereinkam und an die improvisierte Kasse trat. Er hatte sie natürlich gleich entdeckt und stand jetzt so ungeschickt vor ihr, dass sie weder Bühne noch Andreas' Hintern erspähen konnte, was sie für einen Moment ziemlich ärgerte.

»Hey«, meinte sie daher nur knapp. »Du hast Zeit für Konzerte zwischen verschwundenen Frauen, Familie und

Kindern?« JJ wusste genau, dass er sich über diese Bemerkung ärgern würde, aber sie hatte Lust, ihn etwas zu piesacken. Doch als JJ sein Gesicht sah, bereute sie ihre forsche Begrüßung sogleich. Die Frau, die neben JJ auf der Bank saß, stand auf, um sich näher an die Bühne zu stellen, also klopfte sie mit der flachen Hand einige Male auf das Holz, um Simon zu verstehen zu geben, dass er sich setzen solle. Das war nicht ganz uneigennützig, denn so hatte sie endlich wieder freie Sicht auf die Band. JJ betrachtete kurz sein Profil, nachdem er Platz genommen hatte. Er sah irgendwie unglücklich aus.

»Ey, was ist los? Du schaust irgendwie ziemlich bedröppelt aus der Wäsche.«

»Ich brauch erst mal was zu trinken«, sagte er unvermittelt, als habe er ihre Frage gar nicht gehört. Simon stand unvermittelt wieder auf, kaum dass sein Hintern die Sitzfläche berührt hatte, und drückte sich an der Menschenmenge zur Bar durch. JJ rutschte so lange etwas in die Mitte der Bank, damit niemand auf die Idee kam, sich zu ihr zu setzen. Nach einiger Zeit kam er mit einem vollen Glas Rotwein zurück. Sie sah, wie er einiges davon aus Versehen verschüttete und ihm die Flüssigkeit über die Finger rann und auf seine Schuhe tropfte. Aber das schien ihn nicht zu stören. Bevor er sich setzte, nahm er noch einen großen Schluck, sodass JJ kurz annahm, er würde das Glas in einem Zug leeren. Als er neben ihr Platz genommen hatte, stellte er sein Glas ab und suchte verzweifelt nach etwas, wo er seine Hände abwischen konnte. Da er nichts fand, musste seine Jeans dran glauben.

JJ legte die Stirn in Falten und sah Simon fragend an.

»JJ, ach, ich weiß doch auch nicht. Eigentlich wollte ich in den Knuddel und mich betrinken. Aber dann habe ich draußen das Plakat gesehen und mich umentschieden. Und jetzt hockst auch noch du hier. Na, wenn das mal kein gutes Omen ist.«

»Ob es ein gutes Omen ist, mich zu treffen, das lassen wir mal dahingestellt«, sagte sie und wuschelte ihm mit der Hand durch die Haare. Sie kannten sich lange genug für solche kleinen Gesten. »Sag, ist es so schlimm?«

Im Hintergrund sang Steff von Atlantic City.

»Ja. Schlimmer sogar. Wir kommen bei der Suche nach Grete Bürkle nicht weiter. Wir haben nichts, außer dämliche Anrufer. Mich hat gestern sogar ein Spaßvogel angerufen und behauptet, er wisse, wo sie sei, und wir sollten uns beeilen. Aber einen Tipp oder gar einen handfesten Hinweis, wo wir suchen sollen, den hat er uns nicht gegeben.«

»Das ist ja ganz perfide. Und du glaubst nicht, dass der Anruf echt gewesen sein könnte?«

»Ja. Ähm, inzwischen eigentlich eher nein. Also zuerst dachte ich, es könnte vielleicht jemand sein, der mehr weiß, vielleicht sogar der Täter, der mutmaßliche Entführer oder eben was auch immer. Wir wissen es ja noch nicht mal so genau. Vielleicht ist sie auch nur mit einer neuen Flamme durchgebrannt, genießt in einem teuren Hotel gutes Essen, feinen Wein und den edlen Spa-Bereich und vögelt sich das Hirn aus dem Kopf. Keine Ahnung.«

JJ warf ihm einen Blick zu, der unmissverständlich zeigte, was sie von seiner Aussage hielt.

»Ja, okay. War blöd. Also, wir glauben inzwischen, dass das einer der üblichen Spinner war, einer, der sich auf so einen Anruf vor lauter Begeisterung wahrscheinlich einen runterholt und sich dabei ins Fäustchen lacht, weil er glaubt, dass das ungeheuer witzig sei. Aber sicher sein kann man sich nie. Wir können keinen Anschlussinhaber ermitteln und kommen einfach nicht weiter. Es ist, wie wenn man permanent gegen eine Wand läuft.«

»Also habt ihr nichts? Wirklich nichts?«

»Keine Spur, JJ. Es ist total verrückt. Auch unsere Suchaktion mit dem Hubschrauber und der Wärmebildkamera war erfolglos. Als ob sie vom Erdboden verschluckt worden wäre oder überhaupt nie existiert hätte. Es gibt kaum eine Tür, an der wir in den letzten Tagen nicht geklingelt haben. Wir haben alle aus ihrem Umfeld befragt, Verwandte, Freunde, Bekannte. Die Soko hat quasi rund um die Uhr gearbeitet. Aber das Ergebnis ist einfach deprimierend. Nichts, einfach nichts. Niemand hat etwas gesehen oder gehört.«

»Ja, weil alle nur noch mit sich selbst und ihren Handys beschäftigt sind.«

»Aber weißt du, was das Seltsame ist?«

JJ wandte sich ihm zu, sagte jedoch nichts und nippte stattdessen an ihrem Wein.

»Sie war total beliebt. Wir haben niemanden in ihrem Umfeld gefunden, der sie nicht mochte. Sie hat sich engagiert, war selber bei der Feuerwehr wie ihr Mann, also genau genommen inzwischen ihr Ex-Mann, auch. Sie wollte sich sogar für die Gemeinderatswahl aufstellen lassen, wie man mir erzählt hat. Hat aber am Ende ihre Kandidatur auf der Liste zurückgezogen, als bekannt wurde, dass ihr Mann Bürgermeister werden will.«

Jetzt zog JJ die Stirn kraus und setzte eine fragende Miene auf. »What?«

»Na, Ralf Becker.« Simon hielt seine Handflächen nach oben. Seine Geste besagte, dass sie das hätte wissen müssen.

»Hä, ich check es nicht.«

Er schlug ihr mit seiner Handfläche sanft gegen ihre Stirn. »Hallo, JJ, wir schreiben 2024. Man kann heutzutage auch heiraten, ohne den Namen des Partners anzunehmen. Aber diese inzwischen alte Neuerung scheint dir bei deinen Weltenbummeleien wohl entgangen zu sein.«

Sie trat nach seinem Schienbein, und er jaulte in gespielter Dramatik auf, was Andreas dazu veranlasste, sich umzudrehen. JJ spürte, wie sie rot wurde. Was war das denn jetzt? Sie wurde sonst nie rot. Verdammt, was war denn los?

Sie sah Simon an, dass er den Blickkontakt zwischen ihr und Andreas bemerkt hatte, und war ihm beinahe dankbar, dass er nichts sagte. Denn normalerweise hätte er sich lieber die Zunge abgebissen, als einen entsprechenden Kommentar runterzuschlucken. Wahrscheinlich war er momentan zu sehr mit seinen eigenen Problemen beschäftigt.

»Na ja, wie dem auch sei, liebe Frau Julia Judith Schwarz …« Er wusste genau, dass sie ihre beiden Vornamen hasste. Und wenn sie derart förmlich angesprochen wurde, erst recht. Daher trat sie gleich noch mal nach ihm. Als er ein schmerzverzerrtes Gesicht zur Schau trug und sich mit beiden Händen an das Schienbein fasste, sagte sie nur: »Jetzt hab dich nicht so. Das war doch nur gestreichelt. Noch so ein blöder Spruch oder eine weitere Provokation von dir und ich trete mal richtig zu. Außerdem hast du es verdient.«

»Nein«

»Doch. Und übrigens: Du hältst dir das falsche Schienbein.«

Er streckte die Waffen.

Aus dem Augenwinkel konnte JJ sehen, wie Andreas sie beobachtete. Sie zwang sich, nicht hinzusehen, was ihr einen weitaus größeren innerlichen Kampf abverlangte, als sie es für möglich gehalten hatte.

»Also, du C-Klasse-Schauspieler, mit der Leistung könntest du wahrscheinlich nicht mal in einer Vorabend-Dokusoap über Streifenpolizisten bestehen. Daher ist es ja ganz gut, dass du Polizist geworden bist, auch wenn ich den Job sicher besser machen würde.« Damit spielte JJ auf ihren vor Jahren gehegten heimlichen Berufswunsch an. Ja, was allerdings nur wenige wussten, denn JJ zählte nicht gerade zu den Menschen, die ihre Gedanken, Wünsche oder Erwartungen nach außen trugen. Polizistin hatte sie werden wollen. Aktiv Verbrechen bekämpfen, das hatte sie sich als sinnvolle Tätigkeit ausgemalt. Aber das Leben hatte ihr damals einen Strich durch die Rechnung gemacht. Sie hatte den notwendigen Sporttest nicht bestanden, obwohl sie mehrmals die Woche joggen ging. Trotzdem hatte sie ihn beim ersten Mal nicht bestanden. Und einen zweiten Versuch machte sie nicht, weil der Unfalltod ihrer Eltern dazwischengekommen war. Somit musste sie sich entscheiden, entweder den Betrieb zu übernehmen und fortzuführen oder ihrem Traum nachzugehen und die Prüfung für die Polizeischule erneut zu machen. Allerdings gab sie sich Simon gegenüber wie üblich voller Selbstbewusstsein, so sehr, dass so manch Außenstehender ihr ohne jeden Zweifel Überheblichkeit attestieren würde. Doch Simon kannte sie natürlich lange genug und wusste sie und ihre Art einzuschätzen. Aber sie hatte Spaß dabei, überspitzte gerne. Und als Geschäftsfrau und als Frau mit dem Sternzeichen Löwen fand sie, dass sie sich diese Freiheit nehmen konnte. »Dann klär mich mal auf, du Mister Neunmalklug. Wer, wann und mit wem?«

»Sag mal«, warf Simon ein und wechselte damit blitzartig das Thema, »wo ist eigentlich Vinzent? Und wem starrst du da die ganze Zeit so unverhohlen auf den Hintern?«

JJ rollte mit den Augen und bohrte Simon schmerzhaft einen Finger in die Seite, was so viel heißen sollte wie »Halt die Klappe«, und sah Simon herausfordernd an. »Mein Leben, meine Blicke, meine Geheimnisse.« Dann zogen sich ihre Mundwinkel mitsamt der rechten Augenbraue zu einem unschuldigen Lächeln in die Höhe. Mehr Informationen würde sie Simon nicht geben.

18

Vinzent wartete. Die Veranstaltung zog sich deutlich länger hin, als er gehofft hatte. Eigentlich wäre er noch gern zu dem Konzert im Kunstkeller gekommen. Stattdessen hockte er jetzt in Schmiden und wartete, dass Ralf Becker endlich zum Punkt kam.

Zwar pfiffen es die Vögel längst von allen Dächern und der Bürkle hatte sich dahingehend ja längst geoutet, aber es fehlte ihm noch der Segen einflussreicher Unterstützer für seinen Wahlkampf. Einige davon hatten sich heute hier in einem Nebenzimmer eines alteingesessenen Hotels versammelt und über die richtigen Strategien diskutiert. Da es ein öffentlicher Termin war, zu dem auch die Presse eingeladen war, hatte die Zeitung ihn zu dieser Auftaktveranstaltung zur Wahl des Oberbürgermeisters geschickt. Wenn sie ihn wie erwartet auf das Schild heben würden, wäre er mit Abstand der aussichtsreichste Kandidat. Natürlich konnte noch niemand sagen, wie das Rennen verlaufen würde und ob nicht doch noch ein Überraschungskandidat auftauchte, der aus einem vorhersehbaren ein knappes Rennen mit Fotofinish machen würde.

Allerdings hoffte Vinzent nicht auf Neuigkeiten zur Oberbürgermeisterwahl. Vielmehr hoffte er auf Berichtenswertes zum Fall Grete Bürkle. Deshalb harrte er hier aus und wartete, bis der offizielle Teil vorüber war, in der Hoffnung, kurz unter vier Augen mit Becker sprechen zu können. Doch der dozierte nun seit einer geschlagenen halben Stunde über die angespannte Haushaltslage, die große Neubauruine, die einmal Fellbachs Aushängeschild hätte werden sollen und die drohende Erstaufnahmestelle für Flüchtlinge. Viele Worte, fand Vinzent, jedoch ohne konkrete Antworten oder auch nur erkennbare Perspektiven zu geben. Wohlformulierte Hülsen ohne Inhalt. Da war aus dem angehenden Feuerwehrchef also rasch ein waschechter Politiker geworden, dachte Vinzent und nuckelte an seiner Cola.

»Es muss endlich wieder Ruhe einkehren«, sagte Becker. »Nach dem tragischen Tod von Peter Weber mussten wir leider feststellen, dass unser Oberbürgermeister sein Amt nicht ganz so gut geführt hat, wie wir es alle vermutet haben. Deshalb müssen wir das Rathaus neu ausrichten. Wir brauchen mehr Nähe zur Wirtschaft, zu den Betrieben in unserer Stadt, in denen viele Bürgerinnen und Bürger tagtäglich zur Arbeit gehen. Wir müssen das Vereinsleben stimulieren und das Ehrenamt stärken. Und all das und noch viel mehr vor dem Hintergrund einer angespannten Haushaltslage, die uns mein Vorgänger …«

Becker machte eine Pause und tat zumindest so, als habe er einen Fauxpas bemerkt, auch wenn Vinz überzeugt war, dass es ein absichtlich eingebauter Versprecher war.

»… entschuldigen Sie, ich meinte natürlich, die uns der leider verstorbene Oberbürgermeister Peter Weber hinterlassen hat.«

Vinzent wäre am liebsten aufgestanden, um den Tisch herumgegangen, hätte Becker am Kragen geschnappt und geschüttelt, denn mit seinem fortwährenden inhaltsleeren Geschwätz stahl ihm dieser nur die Zeit. Aber das kam natürlich nicht infrage. Also harrte er aus und wäre beinahe in Jubel ausgebrochen, als weitere dreißig Minuten später die Veranstaltung zu Ende war und sich die Runde rasch aufzulösen begann. Natürlich nicht ohne gegenseitiges Schulterklopfen und ein paar abgenutzte Motivierungsfloskeln.

Vinz wartete kurz und stellte sich dann zu Ralf Becker, der gerade mit einem einflussreichen Wengerter im Gespräch war. Die Weinbauern der Stadt waren eine kleine Machtbasis für sich. Sie waren angesehen, kannten Gott und die Welt, und wenn sie den Daumen über einem Kandidaten hoben oder senkten, konnte das den Ausgang einer Wahl beeinflussen, auch wenn sich inzwischen die Zeiten geändert hatten.

»Gibt es denn Neuigkeiten?«, fragte Vinz, als sie ein paar Minuten später allein zusammenstanden.

Becker sah ihn an, als verstünde er die Frage nicht. Dann sagte er etwas resigniert: »Das müsste ich eigentlich Sie fragen. Sie sind doch der Starjournalist der Stadt und haben Ihr Ohr überall dort, wo das Gras wächst.«

Becker unterstrich seine Worte, die ansonsten unter Umständen durchaus leicht despektierlich geklungen hätten, mit einem warmen Lächeln, weshalb Vinz beschloss, es einfach zu übergehen.

»Ich frage nicht als Journalist, sondern weil es mich persönlich interessiert. Ich muss auch nichts dazu schreiben. Aber das Verschwinden Ihrer Frau bewegt die ganze Stadt. Das kann auch ich nicht ausblenden. Und mich interessiert einfach, wie Sie damit umgehen, wie Sie sich fühlen.«

In Beckers Augen lag eine gehörige Portion Skepsis. Lange haftete dessen Blick auf Vinz, bis der Kandidat für den OB-Sessel nickte und sich die passenden Worte zurechtgelegt hatte. »Grete war eine echte Frohnatur. Sie fehlt mir. Auch wenn wir schon einige Zeit getrennt waren.« Seine Stimme wurde brüchig, er wandte sich kurz ab, und als er den Kopf wieder hob, stand das Wasser in seinen geröteten Augen. »Wer macht so was? Wer tut einem Menschen so was an?«

Vinz zögerte einen Moment, da er nicht so recht wusste, was genau Becker meinte. »Spielen Sie auf etwas Bestimmtes an?«

»Na, ich glaube nicht, dass sie freiwillig verschwunden ist. Wir sind zwar getrennt, aber haben ein gutes Verhältnis. Das habe ich im Übrigen auch dem Kommissar erzählt, der mich vernommen hat, als ich sie vermisst gemeldet habe.«

Vinz wusste natürlich, dass niemand Ralf Becker vernommen hatte. Aber selbstverständlich gehörte eine etwas intensivere Befragung automatisch dazu, wenn eine Person als vermisst gemeldet wurde. Vernommen wurden nur Verdächtige.

»Sie hätte mich informiert, wenn sie geplant hätte wegzufahren. Allein schon wegen der Kinder. So macht das alles keinen Sinn. Deshalb glaube ich, dass sie jemand entführt oder ihr sogar Schlimmeres angetan hat. Das habe ich auch der Polizei gesagt. Und als wir gestern zu dem Brand gerufen wurden, da hatte ich ein ungutes Gefühl. Woher das rührte und warum, kann ich überhaupt nicht beschreiben. Aber das darf ich eigentlich gar nicht sagen, ich war fast erleichtert und mir kamen die Tränen, als davon ausgegangen wurde, dass die verbrannte Leiche wohl die Bewohnerin des Hauses war. Das dürfen Sie natürlich in keinem Fall zitieren, und ich weiß, dass solche Gedanken verwerflich sind. Aber ich will, dass Sie sich in mich und meine Situation versetzen können. Die Mutter meiner Kinder ist spurlos verschwunden, gleichzeitig soll ich in einen Wahlkampf ziehen und als Kandidat die Herzen der Bürgerinnen und Bürger erobern, während eine solche Bürde auf meinen Schultern lastet. Können Sie sich das vorstellen?«

Vinz war erstaunt über diese Offenheit und schüttelte rasch den Kopf, während er ein mitfühlendes Gesicht machte. Vielleicht hatte er den richtigen Zeitpunkt für das Gespräch erwischt und Beckers aufgestaute Emotionen brauchten ein Ventil. Das war gut. Und vielleicht konnte er einzelne Teile und Aussagen später für einen Artikel verwenden. Als Bewerber auf ein politisches Amt war Becker auch automatisch zu einer Person von öffentlichem Interesse geworden. Vinz hatte zwar nicht vor, ihn vorzuführen, aber es konnte auch nie schaden, wenn man Worte aufschnappte, die man später vielleicht als Druckmittel einsetzen konnte, um an Informationen zu kommen, die einem ansonsten womöglich vorenthalten wurden.

»Was genau, denken Sie, ist mit ihr geschehen?«

»Das weiß ich nicht. Aber ich hoffe, es geht ihr gut und ich täusche mich in meinen Vorahnungen.«

»Haben die Ereignisse Einfluss auf Ihren Kampf um den Bürgermeisterposten?«

»Nein. Das muss man trotz der Umstände und des emotionalen Ausnahmezustandes strikt voneinander trennen. So schrecklich die Umstände sind, die Welt dreht sich weiter und wir mit ihr.«

Vinz spürte, dass die Offenheit Beckers nun einen ordentlichen Schwenk gemacht hatte und sich sehr wahrscheinlich einem raschen Ende zuneigte, weshalb er sich zwang, die Frage, die ihm auf der Zunge lag, herunterzuschlucken und für einen späteren Zeitpunkt aufzuheben: Warum hatte Becker von seiner Frau – oder Ex-Frau – in der Vergangenheit gesprochen?

19

Der nächste Tag begann, wie der vorangegangene geendet hatte: mit Kopfschmerzen.

»Verfluchter Mist, ich bin langsam zu alt für so einen Scheiß«, knurrte JJ, nachdem sie die Augen aufgeschlagen hatte. Sie war für eine berufstätige Frau mal wieder deutlich zu spät ins Bett gekommen. Oder müsste sie nicht sagen, zu früh? Na ja, egal, dachte sie sich, denn unterm Strich hatte sie schlicht und ergreifend mal wieder viel zu wenig Schlaf abbekommen. Dabei hatte sie einiges zu tun. Unten lagen ein paar Leichen im Kühlraum, die für die Bestattung vorbereitet werden mussten, dann wollte sie Frank Leicht einen Besuch abstatten und Vinzent anrufen. Er war nämlich gestern nicht mehr beim Konzert aufgetaucht und auch nicht zu ihr gekommen, sondern anscheinend direkt in seine Wohnung. Stattdessen war Simon bei ihr auf der Couch gelandet, der sich ordentlich abgeschossen hatte und sicher mit nicht weniger fiesen Kopfschmerzen aufwachen würde, als JJ sie malträtierten.

Und sie selbst, sie war in der Nacht von einem echt fiesen Albtraum heimgesucht worden, der dafür gesorgt hatte, dass sie schweißgebadet vor Angst aufgewacht war. Im Traum hatte ihr Vinzent einen Heiratsantrag gemacht. Er hatte sie zu einem Weinberghäusle gelockt und war umringt von angenehm rot gefärbten Blättern auf die Knie gegangen – im Hintergrund war der »Wedding Song« von Angus & Julia Stone zu hören – und hatte ihr ungefragt versucht, einen Ring an den Finger zu stecken. Das runde Metall hatte sich kiloschwer angefühlt wie eine Last, die man unbedingt wieder loswerden musste. Es hatte sich einfach falsch angefühlt. Sie hatte angefangen zu schreien, als würde Pennywise aus Stephen Kings »Es« vor ihr sitzen. Dann war sie zum Glück aufgewacht und hatte sogar so etwas wie Schuldgefühle empfunden.

Sie hatte Simon eigentlich heimgeschickt, da es nur Ärger bedeutete, wenn er nicht heimkommen würde. Und wenn sich dann herausstellte, dass er bei JJ übernachtet hatte, dann würde der Haussegen bei der Familie Kalt erst recht schief hängen, da Simons Frau seit jeher eifersüchtig auf JJ war.

»Ich will aber nicht heim«, hatte er leicht schwammig, aber mit Nachdruck formuliert. Später war daraus ein undeutliches und lang gezogenes »Ich geh da nicht hin!« geworden. Für JJ das deutliche Signal, dass etwas in Simons Beziehung nicht stimmte. Was genau, das konnte oder wollte er aber nicht sagen. Entweder weil er zu betrunken gewesen war. Oder weil er einfach keine Lust hatte und wie die meisten Männer glaubte, alles in sich hineinfressen und mit sich allein ausmachen zu können. Doch da dies auch eine Eigenschaft war, die JJ für sich reklamierte, würde sie ihn durchschauen und ihm am Ende die Würmer aus der Nase ziehen.

Und während Simon sich einen Wein nach dem anderen in den Kopf geleert hatte, hatte sie irgendwann mit Andreas geplaudert. In jedem Fall war die Zeit verflogen, das Konzert vorüber und sie mit Andreas und Simon mit Abstand die letzten Gäste. Erst als die Lichter langsam gelöscht, die Stühle alle eingeklappt und hinter der Theke leichtes Grummeln zu vernehmen gewesen war, was einem sanften Rausschmiss gleichkam, waren sie gegangen. Andreas hatte sie zum Abschied noch einmal lange und fest umarmt. Fast etwas zu lange. Aber es hatte sich gut angefühlt. So gut wie seine Lippen, als er ihr noch einen flüchtigen Kuss auf ihre gehaucht hatte.

»Sehen wir uns bald wieder?«, hatte er zu ihrer Verblüffung gefragt. Das hatte JJ erstaunt. Sie wusste, dass ihr gesamtes Auftreten und ihre manchmal kühle Ausstrahlung mit den dunklen Haaren, den schwarzen Kleidern, den Smokey Eyes auf viele abweisend wirken konnte, und in aller Regel wurde sie nicht nach einem zweiten Date gefragt, sondern sie war diejenige, die fragte. Das machte ihr nichts aus. So mochte sie es gar. Sie war gern Herrin des Verfahrens. Aber das hier, das war seltsam. Und der Abend war ganz anders verlaufen, als sie es beabsichtigt hatte, als sie es gewohnt war. Als sie es wollte. Und eigentlich sollte da gar nichts laufen, denn sie war mit Vinzent liiert. Und zwar fest. Eine echte Beziehung, mit allem Drum und Dran, nicht nur Sex. Sollte sie das alles aufs Spiel setzen nur für diese eine Chance, nach fünfundzwanzig Jahre mit einem Kerl zu pennen, den sie mal angehimmelt hatte? Einem Kerl, der ihr – wahrscheinlich ohne es zu wissen, zumindest hoffte sie das für ihn – das Herz gestohlen hatte und der jetzt so plötzlich und unerwartet wieder in ihrem Leben aufgetaucht war.

»Ich ziehe den alten Betrieb meiner Familie wieder groß auf«, hatte Andreas ihr gesagt, nachdem sie gefragt hatte, was er denn hier überhaupt mache.

»Du machst was?«

»BeLLe-Weinbrand. Die Spirituosenfabrik in Schmiden. Die hat mal meiner Familie gehört. Und jetzt will ich ihr wieder neues Leben einhauchen. Deswegen bin ich zurück. Aber das erzähle ich dir alles gerne bei einem schicken Abendessen.«

JJ zog fragend die Nase kraus.

»Mir ging es damals wie dir. Ich wollte hier einfach nur raus, habe dann Architektur studiert, bin nach Berlin gezogen, habe dort gearbeitet. Und nachdem Petra und die Kinder mich verlassen haben, war es Zeit für einen Umbruch. Ich habe die Architektur schon vor einiger Zeit an den Nagel gehängt und mich eingehend mit unserer Familiengeschichte beschäftigt. Und da ist so was wie Traditionsbewusstsein in mir entstanden. Irgendwann habe ich beschlossen, mich der Geschichte zu stellen und sie wieder zu meiner zu machen. Dazu gehörte, mir das Unternehmen zurückzuholen. Zumindest das kümmerliche bisschen, was davon übrig war. Das war genau genommen eigentlich nur eine Hülle, der Markenname. Und irgendwie denke ich, jetzt wäre der passende Zeitpunkt, um etwas mehr Verantwortung zu übernehmen. Das war jetzt natürlich die Kurzfassung. Die Langfassung erzähle ich dir wie gesagt gerne beim Abendessen.«

Direkt danach hatten sie Nummern getauscht und sich verabredet. Erst danach war ihr wieder eingefallen, dass sie eigentlich sauer auf ihn war. Vor Jahren hatte sie ihn mal über einen Social-Media-Kanal kontaktiert, nachdem er ihr von einem unsichtbaren und anonymen Algorithmus als Freund vorgeschlagen worden war. Ganze zwei Jahren später war eine Rückmeldung in ihrem Postfach gelandet. Mehr allerdings auch nicht. Sie hatte zurückgeschrieben. Er hatte versprochen, sich zu melden, sollte er mal in der Stadt sein. Doch darauf wartete sie bis heute. Dennoch hatte sie beschlossen, großzügig zu sein und ihm eine zweite oder gar dritte Chance zu geben, gutzumachen, was er durch sein Schweigen verbockt hatte.

Kurz darauf hatte Simon im Hintergrund sturzbetrunken an der Mauer des alten Fachwerkhauses gelehnt, unter dem der Kunstverein seinen Gewölbekeller betrieb, während sie Andreas lange hinterhergeschaut hatte.

JJ putzte sich die Zähne, um den leicht fauligen Geschmack der Nacht loszuwerden, und machte sich einen starken Kaffee. Vom Sofa im Wohnzimmer vernahm sie ein Grunzen, das sie nicht direkt an einen Menschen erinnerte, ihr allerdings auch keine Sorge bereitete, da sie ja wusste, dass dort Simon seinen Rausch ausschlief. Aus der Musikbox dröhnte Fury in the Slaughterhouse, eine Band, deren Sound es ihr irgendwie angetan hatte. Und während das Wasser langsam aus dem Filter tropfte, hörte sie schwere, schlurfende Schritte.

»Na, fit?«, fragte sie mit spöttischem Lächeln und hatte längst beschlossen, ihre eigenen Nachwehen für sich zu behalten.

Diesmal gab Simon ein tiefes Brummen von sich und sah mit seinen wirr abstehenden Haaren und den auf Halbmast hängenden Augenlidern nicht aus, als habe er große Lust auf Konversation. Das kam JJ natürlich sehr entgegen. Morgens hatte sie ohnehin am liebsten nur eine dampfende Kaffeetasse vor sich und keinen gesprächswütigen Mann. Trotzdem meinte sie: »Das war jetzt eine einmalige Aktion, klar? Ich höre mir gerne all deine Probleme an, aber ich habe keine Lust, zu eurem persönlichen Zankapfel zu werden.«

Wieder gab Simon einen Brummton von sich, der von irgendwo ganz tief drin aus seinem Körper zu kommen schien und der sich wie Zustimmung anhörte. Er räusperte sich kräftig und krächzte: »Ja klar. Ein Kaffee, dann bin ich weg.«

Sie goss eine zweite Tasse ein und stellte sie vor ihn hin und sagte: »Ich muss mich richten. Heute wartet einiges an Arbeit auf mich. Zieh einfach die Tür hinter dir zu. Und meld dich die Tage mal.« Sie fing seinen müden Blick auf. »Oder wenn du auf der Straße hockst, natürlich.«

Damit verabschiedete sie sich. Sie mochte Simon, schließlich war sie mit ihm am längsten befreundet, aber sie hatte null Bock auf Ärger. Vor allem null Bock auf Ärger mit seiner Frau. Natürlich würde sie für ihn da sein, wenn er Hilfe oder auch nur jemanden zum Zuhören brauchte, aber an die Front würde sie nicht gehen. Seine Frau, sein Problem.

20

Drei Stunden später war Simon hellwach, Adrenalin pumpte durch seinen Körper, und an die Kopfschmerzen verschwendete er keinen Gedanken mehr. Dafür hatten die Nachrichten gesorgt, die ihn während der letzten Stunde erreicht hatten.

Mirijam hatte er nur eine kurze Nachricht geschickt, sich entschuldigt und geschrieben, dass er lange im Büro gewesen und später spontan mit den Kollegen versackt war und von der Bar in der Stuttgarter Straße direkt wieder ins Büro sei. Er glaubte selbst keine Sekunde daran, dass sie ihm diese Geschichte auch nur annähernd abkaufen würde. Natürlich wusste er, dass es damit wahrscheinlich nicht getan war, aber sein Schädel hatte zu sehr gebrummt, um sich mit tiefergehenden Erklärungen zu beschäftigen.

Nach einer schnellen Dusche bei JJ war Simon ins Büro gefahren, wo er zum Glück immer Ersatzkleidung deponiert hatte, für den Fall, dass er wegen einer Ermittlung einmal nicht nach Hause gehen konnte, um sich umzuziehen. Und kaum war er am Schreibtisch gesessen, hatten sich die Ereignisse praktisch überschlagen.

Da war zunächst der Anruf aus der Gerichtsmedizin in Winnenden gewesen. Tanja Schmücker, die Nachfolgerin von Harald Lanz, war am Apparat.

»Sitzen Sie?«, wollte sie wissen.

»Ja, warum?«, fragte Simon, noch leicht desorientiert und sehnsüchtig auf seine Tasse Kaffee schielend.

»Ich habe eine kleine Überraschung für Sie«, meinte sie geheimnisvoll. Und um die Spannung noch weiter zu steigern: »Vielleicht ist es sogar eine große.«

Das sollte wahrscheinlich locker rüberkommen. Simon, überhaupt nicht in der Stimmung für Spielchen, erwiderte allerdings nur leicht genervt über den unnötig aufgebauten Spannungsbogen: »Na, dann schießen Sie mal los.«

»Also, die Brandleiche, die mir aus Fellbach überstellt wurde, ist nicht Josefine Arenz.«

»Was?«, rief er aus und spuckte dabei den heißen Kaffee prustend wieder aus, von dem er gerade einen großen Schluck genommen hatte. Hellbraune Kaffeeflecken landeten auf diversen Papieren und auf dem hellen Schreibtisch. Schlagartig war er hellwach, und der Kater löste sich in seinem Kopf in Luft auf.

Simon schluckte kurz und versuchte fieberhaft seine Gedanken zu ordnen. »Und wer bitte schön ist dort unten im Haus verbrannt?« Und wo, verdammt noch mal, ist in diesem Fall Josefine Arenz, stellte er sich stumm die nächste Frage.

»Wer die Tote war, das hat uns der DNA-Abgleich mit der Datenbank gezeigt. Halten Sie sich fest: Es ist die verschwundene Grete Bürkle. Aber wo Josefine Arenz steckt, das herauszufinden, ist Ihr Job, Herr Kalt«, sagte die Gerichtsmedizinerin und gab ihm damit indirekt eine Antwort auf die nicht laut geäußerte Problematik, vor die ihn dieser Aha-Moment nun stellte.

Okay, da hatte sie natürlich recht. Allerdings wirbelte diese neue und unerwartete Erkenntnis alle bisherigen Annahmen durcheinander. Und mit einem Mal wurden neue Antworten gesucht. Umso interessanter waren nun die Ergebnisse, die der Brandgutachter in seinem Bericht festhalten würde.

Wo war Josefine Arenz? Und wie war Grete Bürkle in das Haus gekommen? Zufall? War sie freiwillig dort gewesen? Hatte man sie festgehalten? Gar entführt?

Simon begann plötzlich, heftig zu schwitzen. Kein Wunder in Anbetracht dessen, was für eine Wende der Fall plötzlich genommen hatte – und vielleicht auch weil er wenig geschlafen und zu viel getrunken hatte. Er rieb sich die Schläfen, während er sich den Hörer zwischen Schulter und Ohr klemmte. Diese verfluchten Kopfschmerzen. Simon musste sich wieder in den Griff bekommen, mit dieser dämlichen Sauferei aufhören, sonst würde er nicht genügend Kapazität haben, um diesen Fall zu lösen, auch nur, um ordentlich zu ermitteln.

»Ja, das stimmt wohl«, antwortete er nach kurzem Zögern. »Aber leichter haben Sie es uns damit nicht gerade gemacht.« Simon hörte selbst, dass es wie ein Vorwurf klang, obwohl die Schmücker ja nur ihren Job gemacht hatte.

»Es kommt eben erstens immer anders …«, murmelte sie aus dem Hörer.

»Und zweitens, als man denkt«, vollendete er ihren begonnenen Satz.

Sie versprach ihm, den endgültigen Bericht so schnell wie möglich zu mailen. Simon bedankte sich, legte auf und rief sofort beim Staatsanwalt an, der den Fall Grete Bürkle unter sich hatte.

Obwohl die Staatsanwaltschaft Stuttgart zuständig war, wusste Simon, dass Robert Köhler aus Fellbach stammte. Das senkte in den meisten Fällen die Hürden für die Kommunikation. Es schien fast so, als ob zwischen Fellbachern so eine Art unsichtbare Verbindung herrschte, denn Simon hatte solche Erfahrungen schon öfter gemacht. Fast so, als wäre das unausgesprochene Credo: einmal Fellbacher, immer Fellbacher. Wobei ja die *echten* Fellbacher eigentlich keine Fellbacher, sondern *Fellbächer* genannt wurden.

Zwar war ihm der junge Staatsanwalt mit seinem ausgeprägten Karrieregespür nicht unbedingt sympathisch, aber durch die gemeinsame Herkunft hatten sie zumindest rasch eine Verbindung gefunden.

»Herr Köhler ist gerade in einer Besprechung«, sagte die Sekretärin des Staatsanwaltes bestimmt, nachdem Simon sein Sprüchlein aufgesagt und darum gebeten hatte, mit Köhler sprechen zu dürfen. Sie ließ durch ihren Tonfall keinen Zweifel daran, dass sie ihren Chef unter keinerlei Umständen stören würde.

»Dann sagen Sie ihm bitte, ich muss mich dringend mit ihm unterhalten. Es gibt neue Erkenntnisse und überraschende Entwicklungen im Fall Grete Bürkle, die ihn interessieren dürften.«

Die Dame versprach, dass er sich, sobald es ging, melden würde, und beendete das Gespräch mit einem distanzierten und irgendwie aus der Zeit gefallenen »Auf Wiederhören«.

Was für eine blöde Kuh, dachte sich Simon.

Als Nächstes informierte Simon den Revierleiter Günter Harms. Der war mehr als überrascht über diese unerwartete Wendung, bedankte sich und bat Simon, ihn auf dem Laufenden zu halten. Simon zog immer wieder den Hut vor seinem Chef. Der wollte zwar gern immer über alles informiert sein. Doch er hielt sich aus den laufenden Ermittlungen in aller Regel raus, gab seinen Leuten genügend Leine und ließ ihnen auch die Lorbeeren am Ende, wenn sie einen Fall erfolgreich abgeschlossen hatten. Ein Zug, den Simon besonders mochte, denn er war alles andere als selbstverständlich. Denn oft kamen die Vorgesetzten nach getaner Arbeit, grinsten in die Kameras, sprachen in die Mikrofone der Reporter und beanspruchten den Erfolg ihrer Leute für sich allein. Das war bei Alphatieren in Behören oft nicht anders als in der Wirtschaft oder Politik. Doch Harms war da zum Glück eine der wenigen Ausnahmen. Er war unangefochten der Chef, dennoch ein ausgesprochener Teamplayer mit zugleich sehr angenehmen Umgangsformen.

Simon hatte sein eigenes kleines Team in den Besprechungsraum im ersten Stock des Fellbacher Polizeipräsidiums gebeten. Als er eintrat, sahen ihn schlagartig alle erwartungsvoll an, so als ahnten sie, dass er einen Koffer voller Überraschungen mitgebracht hatte.

»Kurze Nacht?«, fragte sein Kollege Werner Maier und spielte damit sicher auf die dunklen Ringe unter seinen Augen an, die Simon beim Blick in den Spiegel natürlich nicht verborgen geblieben waren.

»Ja, während ihr alle friedlich im Bettchen schlummert, muss ja einer arbeiten«, gab er knapp zurück, wohl wissend, dass das natürlich so nicht stimmte. Aber sein Tonfall war entsprechend barsch, dass damit jede weitere Diskussion und Alberei im Keim erstickt war.

Neben Maier waren noch Sylvia Rieger und Bernd Fischer anwesend. Zu viert waren sie die SoKo Grete, die bisher über eine Woche ohne Ergebnis und jede Spur nach der verschwundenen jungen Frau gesucht hatte.

»Also, es gibt neue und wichtige Informationen«, eröffnete er die Runde offiziell und schaute keine zwei Minuten später in drei überraschte und erstaunte Gesichter. Mit wenigen Worten hatte er alle bisherigen Ansätze auf den Kopf gestellt.

»Was heißt das jetzt für uns?«, wollte Sylvia Rieger, eine resolute Beamtin mit kantigem Gesicht, mittellangen braunen Haaren und leicht stämmigem Körper, wissen. Ihre beiden Kollegen nickten stumm, aber eifrig, so als hätte sie die alles entscheidende Frage gestellt.

»Tja, womöglich ist das Brandhaus auch ein Tatort. Wir müssen herausfinden, was mit Grete Bürkle geschehen ist, wie sie dorthin gekommen ist und wie sie gestorben ist. Wurde sie ermordet? Wenn ja, ist der Fundort identisch mit dem Tatort? Und was hatte sie im Haus der alten Frau zu suchen? War sie freiwillig dort oder hat man sie gegen ihren Willen dort festgehalten? Das führt direkt zur nächsten Frage. Wir haben bisher nur eine Leiche gefunden. Wo ist also Josefine Arenz, von der wir bisher angenommen haben, dass sie die Tote ist? Und wir müssen uns noch mal unter den geänderten Vorzeichen neu mit der Frage möglicher Verdächtiger beschäftigen, bisher gesammelte Informationen erneut prüfen und den Kreis, in dem wir ermitteln, erweitern.«

»Was sagt der Staatsanwalt?«, fragte Maier.

»Noch nichts. Ich warte auf seinen Rückruf.«

Jetzt meldete sich Fischer zu Wort: »Und, war es Mord? Ist der Bericht der Gerichtsmedizin schon da?«

»Den Zwischenbericht müsste ich demnächst bekommen. Dort wird aber nur festgehalten, dass es sich laut dem vorgenommenen DNA-Abgleich nicht wie erwartet bei der Toten um Josefine Arenz handelt, sondern eben um Grete Bürkle. Der Leichnam war schon zur Bestattung freigegeben und muss nun vom Bestattungsinstitut erst wieder zurück in die Gerichtsmedizin verbracht werden, ehe dort die weiteren Untersuchungen vorgenommen werden können.« Er machte eine etwas resignierende Geste. »Tut mir leid, mehr kann ich leider noch nicht sagen, da ich nicht mehr Informationen habe. Also haben wir nur eine Menge neuer Fragen, denen wir zu den ohnehin offenen nachgehen müssen. Aber die Zeit drängt. Lasst uns an die Arbeit gehen.«

Nachdem Simon die einzelnen Aufgaben verteilt hatte, rafften alle Anwesenden ihre Notizbücher, Stifte, Handys und Kaffeetassen zusammen und verließen den Raum. Simon sank daraufhin schlaff in seinen Lehnstuhl zurück und sah aus dem Fenster. Für einen Moment fühlte es sich an, als wäre jede Kraft aus ihm gewichen. Doch Simon wusste natürlich, dass er gerade in dieser Situation keine Zeit zum Luftholen und Durchatmen hatte. Es galt einen Todesfall aufzuklären, der sich unter Umständen zu einem Mordfall entfalten könnte. Und es galt, die Suche nach einer weiteren verschwundenen Person zu koordinieren, nachdem Grete Bürkle tot aufgefunden worden war.

Gerade als er sich wieder gesammelt und aus dem Sitz gedrückt hatte, begann sein Handy vor ihm auf dem Tisch zu vibrieren. Der Staatsanwalt. Simon nahm das Gespräch unverzüglich an.

21

Ein solches Hin und Her hatte JJ noch nie erlebt. Und sie hatte schon einige Überraschungen mitbekommen, seit es ihr Beruf war, Menschen unter die Erde zu bringen.

Nachdem sie Simon mit Kaffee und Kopfschmerztabletten ausgestattet hatte, war sie hinunter in ihr Beerdigungsinstitut gegangen. Dort warteten nicht nur einige Tote auf sie, die sie herrichten und zur letzten Ruhe betten musste. Es hatte sich auch allerhand unliebsamer Verwaltungskram angesammelt. Sie hatte sich zwar im Laufe der Zeit angewöhnt, alles möglichst gleich zu erledigen, aber das war manchmal nicht möglich. Da sie es nicht mochte, Dinge unnötig lange vor sich herzuschieben, hatte die verhasste Arbeit oberste Priorität. Doch schon am frühen Vormittag war ihr klar geworden, dass diese heute wieder liegen bleiben würde.

Zuerst hatte sie die Order bekommen, die Brandleiche sofort nach Winnenden in die Gerichtsmedizin zu bringen. Auf die Frage, warum, war die Antwort dürr ausgefallen: »Anordnung der Behörden.«

Solche Aussagen liebte JJ besonders. Und wer sie kannte, der wusste, dass damit höchstens ihre Neugier angestachelt wurde. Also hatte sie direkt Simons Nummer gewählt, nachdem sie sich einen Joint gedreht hatte, den sie später rauchen wollte. Sie brauchte diese routinierten Bewegungen, um nachzudenken.

Nachdem er das Gespräch angenommen hatte, hatte

sich JJ nicht lange mit Begrüßungsfloskeln aufgehalten. »Sag mal, du Remstal-Columbo, was ist denn bei euch los? Weißt du, warum die Arenz nun doch noch mal nach Winnenden soll?«

»Wer sagt das?«, hatte Simon missmutig aus dem Hörer in ihr Ohr geknurrt.

»Na, die Gerichtsmedizin. Die haben bei mir angerufen und gesagt, ich solle die Leiche wieder nach Winnenden verfrachten – und zwar pronto. Eine Erklärung, warum ich das tun soll, gab es aber nicht. Und du kennst mich, so was mag ich überhaupt nicht und geht mir gegen den Strich. Ich bin notorisch neugierig und will zumindest verstehen, warum.«

»Ja, und die Neugier wird dir irgendwann mal zum Verhängnis werden, das wissen wir beide. Mir fällt da zum Beispiel spontan der Begriff Weinfass ein.«

Damit spielte Simon auf den Todesfall Markus Weber an.

»Ach komm, du bist nur neidisch, dass ich den Fall vor dir aufgeklärt habe.«

»Blödsinn«, gab er störrisch und schlecht gelaunt zurück. »Du kannst froh sein, dass es keinen Ärger gab. Ich sag nur: Behinderung der Justiz und so.«

JJ überging die Bemerkung, obwohl sie wusste, dass er wahrscheinlich sogar recht hatte. »Ja und, was ist jetzt? Warum soll die Leiche wieder zurück?«

»Weil unsere Arbeit es erfordert. Wir ermitteln in einem Todesfall.«

»Aha, ein Mordfall. Also etwas mehr schuldest du mir schon. Was ist los, was steckt dahinter?«

»Ich kann gerade nicht sprechen und will dir eigentlich auch gerade nicht mehr sagen. Sieh zu, dass die Tote wieder nach Winnenden kommt. Ich schaue heute Abend auf ein Glas bei dir vorbei, dann bekommst du deine Antworten. Okay?«

»Es geht mich ja nichts an, aber solltest du nicht lieber heute Abend woanders hin?«

Jetzt war es an ihm, ihre Anmerkung zu überhören, wie JJ sehr wohl registrierte.

»Dann bis heute Abend. Bis später, JJ.«

So plötzlich, wie es begonnen hatte, war das Gespräch beendet, und es tutete aus ihrem Handy.

Was sollte das denn jetzt, ärgerte sie sich und stierte für einen Moment grimmig auf das Display. Dass er nichts zu laufenden Ermittlungen sagen konnte, geschenkt, so war er eben. Ein kleiner Paragrafenreiter und Spießer war er schon. Wenn auch ein netter. Und natürlich leuchtete ihr das ein und verstand sie auch komplett, wenn er sich im Büro etwas zugeknöpft gab. Sie wusste ja auch nicht, ob jemand mit ihm im Raum gewesen war. Aber es passte ihr überhaupt nicht, wenn sie gewissermaßen als Spielball für Beziehungskrisen herhalten musste. Sie war selbst ziemlich gut darin, welche zu verursachen. Und danach sah es aus, wenn sich Simon heute Abend lieber zu ihr flüchtete, statt nach Hause zu Frau und Familie zu gehen. Sie würde ihm also die Würmer aus der Nase ziehen, die sie mit Blick auf die Ermittlungen interessierten, und ihm dann die Leviten lesen, bevor sie ihn vor die Tür setzen würde.

Ihre Verärgerung über Simons Verhalten ließ nicht nach. Auch nicht, als sie kurze Zeit später alles für die Verschickung von Frau Arenz vorbereitet und organisiert hatte. Zwei ihrer Leute hatten die verkohlte Leiche wieder nach Winnenden gefahren.

Irgendetwas musste passiert sein, irgendetwas Unvorhergesehenes. Deshalb war Simon so einsilbig. Und auch nur so konnte sie sich erklären, warum man die Tote noch mal untersuchen wollte.

Aus einem inneren Impuls heraus, den sie nicht näher beschreiben konnte, wählte sie die Nummer des Sohnes von Frau Arenz. Der ihr unsympathische Geschäftsmann meldete sich.

»Was gibt's?«, drang die Stimme des Mannes kratzig und unwirsch an ihr Ohr. Kein Name, keine Begrüßung. Das ging ja gar nicht. In Sachen Manieren vergab sie schon mal eine klare Sechs.

Umso freundlicher trällerte JJ ihren Namen ins Telefon und sagte ihr Sprüchlein auf. »Ich wollte mich eigentlich nur erkundigen, ob Sie noch irgendwelche Wünsche haben. Und wir müssen dann noch den Termin für die Trauerfeier und die Beisetzung festlegen«, log sie sich einen Vorwand für den Anruf zusammen. »Wir können das natürlich alles schieben, bis Sie wieder da sind, aber ich könnte dann bereits alles vorbereiten.«

»Ich bin noch einige Zeit unterwegs«, antwortete er kurz angebunden. Und als JJ schon befürchtete, dass da nichts mehr kommen würde, nahm er den Faden wieder auf. »Die Trauerfeier wird also ohnehin ohne mich stattfinden müssen. Ich komme hier nicht weg. Und die Frage wird sein, inwieweit wir überhaupt eine Trauerfeier benötigen. Meine Mutter war alt, sie war längst im Heim. Und wer soll denn eigentlich zu einer solchen Feier kommen? Sie hat außer mir keine Verwandten mehr. Ihre Freundinnen sind längst tot, und sonst ist da auch niemand mehr. Also muss der Aufwand sein?«

Ja was denn sonst, hätte sie am liebsten in den Hörer gebrüllt. Sollen wir ihre Mutter einfach so verscharren? Am besten noch in einem anonymen Grab in irgendeinem

Friedwald? Aber sie behielt die zornigen Gedanken für sich. Sie kannte ihr Gegenüber am Telefon ja nicht. Und dennoch fragte sich JJ, während sie mit offenem Mund und fassungslos die gehörten Worte nachklingen ließ, wie gefühllos ein Mensch sein konnte. Zwar war sie selbst kein Ausbund an Emotionen. Zumindest nicht nach außen hin. Und auch wenn es ihr eigentlich nicht zustand, das Verhalten anderer Menschen zu kommentieren, konnte sie sich eine spitze Bemerkung nicht verkneifen. Doch Jan Arenz reagierte ganz anders, als sie es erwartet hatte.

»Ich weiß genau, was Sie denken«, behauptete er mit einer Stimme, die nun einen sanften Klang angenommen hatte und weich und zart wirkte. »Zumindest glaube ich es. Sie denken, ich bin ein geldgeiler Wichtigtuer, ein gefühlloser Karrierist. Sie sind entsetzt über meine Reaktion und mein Verhalten. Und ja, vielleicht haben Sie sogar recht. Aber Sie kannten meine Mutter nicht. Und Sie kennen unsere Geschichte nicht. Sie war keine liebenswerte Frau. Und auch keine gute Mutter. Glauben Sie mir ruhig. Und ich will auch nichts von dem Erbe. Das werde ich alles einer gemeinnützigen Einrichtung spenden und sogar noch was obendrauf packen. Ich will ihr Geld nicht, ich brauche ihr schmutziges Geld nicht. Denn alles, was ich in meinem Leben erreichen wollte, war, unabhängig zu sein von dieser Familie, unabhängig zu sein von dieser Frau. Und das habe ich erreicht. Und von ihrem Tod lass ich mich jetzt nicht wieder in ein familiäres Korsett schnüren.«

JJ war sprachlos. Ziemlich verdutzt über dieses ungefragte Geständnis rang JJ für einen Moment mit den Worten. Sie wusste nicht recht, was sie erwidern sollte.

»Ja, vielleicht habe ich so was gedacht. Aber das tut ja auch nichts zur Sache. Ich mache meinen Job. Wenn Sie sagen, Ihre Mutter war im Heim, dann wohnte sie also nicht mehr unter der angegebenen Adresse?«

»Ja, das stimmt. Sie war zwar dort noch immer gemeldet und ist am Anfang auch immer wieder aus dem Heim abgehauen und in ihr altes Haus gelaufen. Aber gewohnt hat sie dort schon seit einiger Zeit nicht mehr.«

»Wer hat dann dort gewohnt? Hat sie das Haus an jemanden vermietet?« JJ merkte, dass ihre Fragen eine Spur zu neugierig klangen. Schließlich hatten sie ja nichts mit dem vorgeschobenen Grund ihres Anrufs zu tun. Arenz' Antwort dagegen überraschte sie. Und wenn das alles stimmte, warf sie ein neues Licht auf den Brand und seine Folgen. JJ musste unbedingt mit Simon sprechen.

22

»Warum?«, wollte Simon wissen und schaute ziemlich irritiert in die Runde. Er war mit der Entscheidung keineswegs einverstanden und war sich sicher, dass der Staatsanwalt dies in seinem Gesicht ablesen konnte wie in einem aufgeschlagenen Buch. Und Simon machte keine Anstalten, seine Mimik an die Kandare zu nehmen. Sollte sein Gegenüber ruhig sehen, was er von der Ansage hielt, die der Jurist gemacht hatte.

Der junge Staatsanwalt Robert Köhler erwiderte den Blick hingegen ungerührt, als wolle er damit sagen: Es läuft so, wie ich will. Die Antwort auf die Frage blieb er allerdings schuldig. Stattdessen drang ein genervt klingender Seufzer aus dem Lautsprecher, und das Gesicht des Anklagevertreters wirkte mit einem Mal ziemlich gelangweilt, so als sei es ihm lästig, Zeit damit zu verbringen, sich mit Simons Fragen befassen zu müssen. Diesen Eindruck unterstrich er, indem er völlig ungeniert auf seine Armbanduhr schaute, die er mit einer ruckartigen Bewegung unter den Manschetten seines strahlend weißen, glatten Hemdes hervorschob.

Doch Simon wich seinen Augen nicht aus, starrte kopfschüttelnd und mit verständnisloser Miene in die Kamera seines Laptops. Er wusste natürlich genau, dass es hier um eine Art des Kräftemessens ging und Köhler sein Revier abstecken wollte. Simon hatte allerdings keine Lust, sich ausbooten zu lassen, wo er sich besser auskannte. Und er hatte absolut nicht vor, als Verlierer vom Platz zu gehen.

Irgendwann raffte der Staatsanwalt seine Unterlagen zusammen, ohne jedoch aufzusehen. »Ich muss dann auch los«, kam es aus dem Lautsprecher. Er sagte dies in einem Tonfall, der deutlich ausdrückte, dass er Wichtigeres zu tun habe.

Simon zog die Stirn kraus. »Moment«, sagte er und sah sich kurz um, um sich zu versichern, dass sie allein waren. Das waren sie, alle anderen Mitglieder seiner Ermittlungsgruppe waren längst wieder an die Arbeit gegangen.

»Was gibt es denn noch?«, meinte Köhler mürrisch und sichtlich genervt darüber, noch immer in dem Videocall bleiben zu müssen.

»Einen Augenblick bitte. Ich kann das jetzt nicht so stehen lassen. Ich weiß, Sie sitzen im Zweifel am längeren Hebel. Aber ich will es verstehen. Und sosehr ich mich anstrenge, ich schaffe es nicht. Vielleicht bin ich zu blöd dafür, mag sein, ich bin schließlich nur ein einfacher Bulle und kein Jurist mit Staatsexamen. Aber dann helfen Sie mir doch bitte auf die Sprünge und klären mich bitte auf.«

Es war dem Staatsanwalt deutlich anzusehen, dass es in dieser Minute wenig Dinge gab, auf die er noch weniger Lust hatte, als einem Fellbacher Kriminalkommissar Rede und Antwort für seine Entscheidungen zu stehen. Doch Simon wusste auch, dass er sich nicht wie ein Schulbub abspeisen lassen wollte.

»Hören Sie, Herr Kalt, Sie wissen ja, wie das manchmal läuft …«

Oh ja, das wusste er. Und genau darauf hatte er keine Lust.

»… und glauben Sie mir, das ist der vernünftigste Weg. Niemand hat etwas davon, wenn wir die Ereignisse unnötig dramatisieren. Schlimm genug, was geschehen ist.«

»Ja, genau. Weil es schlimm genug ist, was geschehen ist, werden die Menschen zu Recht Antworten haben wollen. Sie haben mit Grete Bürkle mitgefiebert, bei der Suche geholfen. Eine ganze Stadt war in Sorge und im Ausnahmezustand. Und jetzt stellen wir fest, sie wurde Opfer eines Brandes, und das war es?« Die Erregung war Simons Stimme anzuhören. Er atmete einmal kräftig durch, stieß die restliche Luft aus den Lungen, sog frische ein und zwang sich so, wieder ruhiger zu sprechen. »Das kann ich nicht akzeptieren. Wie kam sie dahin, was hatte sie in dem Haus zu suchen, wo war sie seit ihrem Verschwinden? Und wo ist Josefine Arenz? Wo leben wir denn, wenn wir solchen Fragen nicht mehr nachgehen?«

»Das zu akzeptieren, das werden Sie eben lernen müssen. Es wird keine weiteren Ermittlungen geben. Alle Indizien deuten darauf hin, dass Grete Bürkle Opfer eines tragischen Unfalls geworden ist. Sie war in einer hilflosen Situation, als der Brand in dem Einfamilienhaus ausgebrochen ist, und wurde so zu einem Opfer der Flammen. Es spielt dabei keine Rolle, wie sie dahingekommen ist oder was sie dort gemacht hat. Da es keinerlei Anzeichen auf Fremdeinwirkung oder Gewalt gibt, sehe ich keinen Anlass, den Fall zu etwas aufzubauschen, was er gar nicht hergibt. Wir müssen auch Rücksicht auf die Menschen nehmen, dürfen sie nicht unnötig verunsichern. Erst die Einbruchserie, dann die Geschichte um Markus Weber und nun der Vermisstenfall Bürkle. Wenn da jetzt was Größeres daraus wird, glauben die Leute ja, sie leben in Detroit oder Mexiko-Stadt und nicht im beschaulichen Fellbach.«

Simon hörte ein glucksendes Lachen aus dem Lautsprecher. Da freute sich wohl jemand über seinen schlechten Vergleich. Obwohl er aus Fellbach stammte, wurde ihm der junge Staatsanwalt immer unsympathischer. Es sah aus, als würde er ganz eigene Ziele verfolgen.

»Woher wissen Sie denn, dass die Bürkle in einer hilflosen Situation war? Was meinen Sie überhaupt mit hilfloser Situation?«

»Wir wissen doch, dass viele Menschen heutzutage unter Stress zu allerlei Mitteln greifen, um ihren Alltag zu bewältigen. Dazu gehören neben den Sanitätern auch Feuerwehrleute.«

»Aha, Sie meinen also, die Bürkle war einfach total zugedröhnt, dachte in dem Zustand, ich geh mal in den Keller und lege mich dort auf den Boden, weil es so schön und bequem ist zwischen Staub und Spinnen. Und dann ist wie von Geisterhand ein Feuer ausgebrochen, und sie hat quasi nicht mitbekommen, dass sie verbrannt ist. Bravo. Eine echt steile These. Na wunderbar. Da weiß ja die Staatsanwaltschaft in jedem Fall mehr als die Polizei. Im Bericht steht davon nämlich nichts. Zumindest nicht in der Version, die ich bekommen habe.«

Der Staatsanwalt starrte ihn mit einem durchdringenden Blick an, der ihn wahrscheinlich sofort getötet hätte, würde der Jurist mit Simon in einem Raum sitzen und nicht nur auf dem Bildschirm zu sehen sein.

»Mein lieber Herr Kalt«, schallte es jetzt eisig aus den Lautsprechern. »Ich rate Ihnen dringend, sich zu mäßigen. Sie stehen hier nicht mit einem Ihrer Kollegen am Tresen beim Feierabendbier, das Sie ja gerne nehmen, wie man hört. Ich bin der zuständige Staatsanwalt. Also treffe ich die Entscheidungen und mache die Ansagen. Und wenn es Ihnen nicht passt, dann kann ich Sie auch ganz schnell abziehen.«

Verdammt noch mal, dachte sich Simon. Was ging hier ab? Die ganze Geschichte stank doch zum Himmel. Das konnte einfach nicht wahr sein, dass die Staatsanwaltschaft die Ermittlungen in einem vermeintlichen Mordfall blockierte und unterband. Nein, das würde er sich nicht bieten lassen. Dafür war er nicht Polizist geworden. Und die Konsequenzen, die waren ihm in dem Moment egal. Er hatte ohnehin nicht mehr viel zu verlieren. Seine Ehe war am Arsch, er selbst kam sich vor wie ein Wrack. Und wenn er jetzt noch nicht einmal mehr seinen Job ausüben durfte, was machte dann das alles noch für einen Sinn?

»Auf mich wartet der nächste Termin«, sagte Staatsanwalt Köhler. Simon las die Worte mehr von den Lippen ab, als dass er sie hörte. Es war, als würden sie nur gedämpft oder von weit weg an seine Ohren dringen. Er war wütend. Und er wurde noch wütender, nachdem Köhler die Verbindung ohne ein weiteres Wort beendet hatte.

Was für ein arrogantes Arschloch, dachte sich Simon. Von wegen Fellbacher Connection. Innerlich aufgewühlt, wie er nach dem Gespräch war, musste er seinen Frust rauslassen. Er trat mit voller Wucht gegen seinen Mülleimer, der unter dem Schreibtisch stand. Das runde Plastikteil flog auf der anderen Seite des Tisches in die Luft, ehe es an die gegenüberliegende Wand prallte und scheppernd zu Boden fiel.

Das konnte doch alles nicht wahr sein. Es war keine zwei Wochen her, da war Grete Bürkle verschwunden. Eine Meldung, die die ganze Stadt beschäftigt hatte. Und jetzt, einfach so, soll es ein tragischer Unfall gewesen sein.

»Das ist doch Quatsch. Vollkommener Blödsinn. So eine Scheiße«, rief Simon in den leeren Raum hinein. Aus dem Augenwinkel sah er, wie jemand vorsichtig den Kopf in den Türrahmen schob und diesen sofort wieder zurückzog. Simon galt als grundsätzlich besonnener Ermittler, der allerdings manchmal seinem Ärger Luft machen musste. Wer ihn einmal so erlebt hatte, wusste, dass diese Phase schnell vorüber war und man so lange ein Aufeinandertreffen besser vermied.

Simon schnaubte ärgerlich und atmete dann tief durch, zwang sich zur Ruhe und Konzentration. Er versuchte, sich an den Yogakurs zu erinnern, zu dem ihn Mirijam während ihrer Schwangerschaft an einigen der wenigen freien Abende geschleppt hatte. Nichts davon hatte er je angewendet. Er hatte nicht viel übrig für diesen esoterischen Quark, er hatte lediglich Mirijam einen Gefallen tun wollen. Und wie das in vielen modernen Familien eben war, waren sie beide irgendwie schwanger gewesen, wenn man das so sagen konnte. Zumindest war er sich so vorgekommen. Jetzt bemühte er sich, ruhig und gezielt in seinen Bauch zu atmen, um so seinen beschleunigten Puls unter Kontrolle zu bekommen. Zu seiner Überraschung gelang es ihm sogar, und er stellte bald erstaunt fest, wie er wesentlich ruhiger wurde.

Als er sich und seine Gedanken fokussiert hatte, wusste er, er würde den Fall nicht einfach zu den Akten legen. Sollte ihn der Staatsanwalt doch mal kreuzweise. Er war Polizist, und sein Job war es, Verbrechen aufzuklären. Und wenn das der Karriere eines jungen Aufsteigers in Robe im Weg war, hatte das nichts mit ihm zu tun und sollte auch nicht sein Problem sein. Trotzdem schüttelte er den Kopf, denn es wollte ihm nicht einleuchten, warum ein Staatsdiener sich gegen Ermittlungen in einem Fall aussprach, in dem die Umstände und die Todesursache noch nicht zweifelsfrei geklärt waren. Das war doch Humbug, das glich der Vereitlung eines Verbrechens und brachte Simon zur Weißglut. Er atmete erneut mehrmals tief ein und aus. Er war nicht bereit, das auf sich beruhen zu lassen.

23

Natürlich war es für Vinzent nicht schwer gewesen herauszufinden, wer denn der Brandsachverständige war, der das Feuer untersuchte. Er war ja Journalist und Recherche sein tägliches Geschäft. Und auch wenn ihn JJ immer wieder damit neckte, dass er kein Bob Woodward war, so war er doch überzeugt, ein ordentlicher Rechercheur zu sein. Zumindest so hartnäckig, dass er in der Regel die Antworten bekam, die er für seine Fragen suchte. Wenig überraschend war, dass ihm mit vielen Worten wenig erzählte wurde.

»War es also Brandstiftung?«

»Wissen Sie, Herr Elsässer, selbst wenn ich dafür Belege hätte, würde, könnte und dürfte ich sie ja gar nicht mit Ihnen teilen, ehe mir die Polizei grünes Licht gegeben hat. Also warum rufen Sie nicht den Kommissar an, der den Fall bearbeitet?«

Genau darauf hatte Vinzent keine Lust, denn obwohl er Simon schon eine halbe Ewigkeit kannte, wusste er genau, dass dieser ihm gegenüber extrem zugeknöpft reagieren und überhaupt nichts sagen würde.

»Aber damit bestätigen Sie mir doch eigentlich indirekt den Verdacht auf Brandstiftung. Sonst wären Sie doch nicht gezwungen, die Informationen vertraulich zu behandeln. Wahrscheinlich aus ermittlungstaktischen Gründen, wie es so schön heißt.«

»Vielleicht sind auch einfach noch nicht alle Untersuchungen abgeschlossen. Haben Sie daran schon mal gedacht?«

»Möglich. Halte ich aber nicht für wahrscheinlich. Also gehe ich davon aus, dass mehr dahintersteckt. Aber auch dann oder besser gerade dann hat die Öffentlichkeit doch ein Recht darauf, mehr darüber zu erfahren, wie eine Mitbürgerin zu Tode gekommen ist. Meinen Sie nicht?«

»Ja, aber ich bin nicht dafür zuständig, die Öffentlichkeit zu informieren. Wann und in welchem Umfang, das entscheiden allein die Polizei oder die Staatsanwaltschaft. Und jetzt muss ich weitermachen, ich habe nämlich zu tun. Rufen Sie auf dem Revier an, vielleicht kann man Ihnen dort mehr sagen.«

Damit war das Gespräch beendet. Eigentlich war es fast so verlaufen, wie Vinzent es erwartet hatte. Aber er wäre ein schlechter Journalist, wenn er bei einem solchen Fall nicht jede mögliche Quelle versuchen würde anzuzapfen.

Daher war das Gespräch für Vinzent eher einer von vielen Punkten auf seiner Liste, die er abarbeiten musste, um zu einer hintergründigen und gut recherchierten Story zu kommen. Interessanter fand er, was er über die Eigentumsverhältnisse des Hauses herausgefunden hatte. Auch wenn der darin enthaltene Nachrichtenwert seiner Meinung überschaubar war. Sicher, die Redaktion würde ein paar Zeilen von ihm haben wollen, was es Neues bei dem Brand mit der Toten gab. Er griff zum Hörer und tippte die Nummer von Karl Selge in das Telefon.

24

»Wie ich höre, wollen Sie das Haus verkaufen, das vor wenigen Tagen abgebrannt ist«, sagte der Journalist, nachdem er sich und sein Anliegen vorgestellt hatte.

»Was quasseln Sie da? Wer behauptet so was?«, bellte Karl Selge unwirsch in den Hörer. Er hasste diese Schmierfinken. Und diesen hier im Moment ganz besonders.

»Ich habe es von einer meiner Quellen«, antwortete es aus dem Hörer.

»Ihre Quellen, wissen Sie, was Sie mit denen machen können? In die Tonne treten können Sie die. Die verbreiten doch nur Mist.«

»So, ist das so?«

»Was soll die Nachfrage? Wenn ich Ihnen das doch sage«, giftete Selge, der keine Lust hatte, das Gespräch weiter fortzusetzen. Er konnte ohnehin nichts sagen. Er durfte nichts sagen. Der Eigentümer hatte es ihm strikt untersagt und sogar eine Passage darüber in den Vertrag aufnehmen lassen. Familienzwistigkeiten, hatte er knapp erklärt, und Selge hatte damals gleich gemerkt, dass es besser war, nicht nachzufragen. Also hatte er es auch nicht getan. Der Kunde war schließlich König, und wenn er die Hütte verkauft bekommen würde, brachte ihm das eine ordentliche Provision ein, denn der Verkäufer hatte zum üblichen Satz noch ordentlich etwas obendrauf geschlagen. Er glaubte zwar nicht, dass es dabei wirklich nur um

Familienzwistigkeiten ging. Aber letztlich war ihm das auch herzlich egal. Hauptsache, der Rubel rollte und er wurde in keine illegalen Machenschaften verwickelt. Das war hier nicht der Fall. Er hatte das überprüft.

Selges Büro befand sich in einer zentralen Lage an der unteren Bahnhofstraße. Er ärgerte sich zwar gelegentlich über die Stadtentwicklung und die Zusammensetzung der Läden um ihn herum, aber die Laufkundschaft nahm er dennoch gerne mit. Ein buntes Sammelsurium an Handyläden, Glücksspiel und fremdartigen Speisen aus aller Herren Länder. Das war alles nichts für ihn. Schon gar nicht, wenn gleichzeitig die traditionelle Küche, wie sie seine Mutter jeden Sonntag für ihn zubereitete, mehr und mehr in Vergessenheit geriet. Was war schon so ein gerollter kalter Fisch mit klebrigem Reis gegen einen echten Gaisburger Marsch oder geschmälzte Maultaschen? Er verstand die jungen Leute nicht.

Sein Büro mit den großen Fenstern, den teuren und dennoch dezenten Möbeln in den Räumen einer ehemaligen Metzgerei konnten sich sehen lassen. Gegenüber waren in Sichtweite eine Fahrschule und ein Bäcker eingezogen. Durch die Glaswand neben seiner Bürotür konnte er unbemerkt einen Blick auf Maria werfen und sah, wie sie sich gerade einen ihrer roten Fingernägel nachlackierte. Er beobachtete sie für einen Moment so intensiv, dass er fast seinen Anrufer vergaß, der noch immer in der Leitung war und eine Frage nach der anderen stellte, die er nicht beantworten wollte.

»Sagen Sie, Herr, ähm, Herr …« Selge kannte den Namen des Journalisten natürlich genau, aber es gab ihm ein gutes Gefühl, wenn er dem Schmierfinken den Spiegel seiner Bedeutungslosigkeit vorhalten konnte.

»Elsässer. Vinzent Elsässer«, drang es aus dem Hörer an seine Ohren.

»Jaja, ich weiß schon«, tat er die Namensnennung dann rasch ab, um zu unterstreichen, wie egal ihm das eigentlich war. »Also, Herr Elbgässner«, sprach er seinen Namen absichtlich falsch aus, »was wollen Sie eigentlich von mir? Ich bin Immobilienmakler. Mir vertrauen Menschen ihre Immobilien an, wenn sie sie verkaufen wollen. Und ich sehe zu, dass sie den dafür bestmöglichen Preis bekommen. Mehr habe ich dazu nicht zu sagen. Ich gebe Ihnen weder Auskunft über meine Kunden noch zu den Hintergründen irgendwelcher Verkäufe, wenn es denn überhaupt welche gibt. Wenn Sie glauben, Sie könnten mich aushorchen, dann sind Sie schlichtweg schief gewickelt. Das wird Ihnen nicht gelingen.«

Selge hatte genug von dem unangenehmen Telefonat. Er wollte seine Ruhe haben und lieber Maria beim Lackieren ihrer Nägel zuschauen, sich an ihr ergötzen. Das war schließlich wesentlich ansprechender als ein Telefonat mit einem Wald- und Wiesenjournalisten. Entsprechend unwirscher wurde nun auch sein Tonfall. »Hören Sie, für die Begriffsstutzigen unter uns: Ich habe Ihnen nichts zu sagen, und glauben Sie mir, ich habe weitaus Wichtigeres zu tun, als meine Zeit mit Klatschreportern zu vergeuden. Daher ist das Telefonat jetzt auch beendet. Auf Wiederhören. Nein, besser auf Nimmerwiederhören.«

Er knallte den Hörer auf, ohne auf eine Antwort zu warten. Als er sich aus dem Sessel drückte und aufstehen wollte, sah er, dass Maria vor ihm stand und ihn leicht verunsichert anschaute. Er konnte sehen, wie es in ihrem hübschen Köpfchen arbeitete und sie versuchte, die Worte zu finden, die sie ihm gleich mit ihrer hohen, leicht kieksigen Stimme präsentieren würde.

»Was?«, blaffte er wesentlich barscher als beabsichtigt.

»Ähm, die Polizei ist da«, sagte Maria leise, schob ihren Kopf nah an seinen und flüsterte: »Was wollen die denn?«

Selge hob hilflos die Schultern. Er hatte keine Ahnung. Aber die Polizei im Haus zu haben, bedeutete nie etwas Gutes, das war etwas, das ihn sein altes Leben gelehrt hatte und an das er sich allzu ungern erinnerte. Wenigstens waren es keine Uniformierten, dachte er sich, als er an Maria hinweg einen Blick auf den jüngeren Mann warf. Dann schob er seinen massigen Körper an seiner Mitarbeiterin vorbei in den Vorraum. Angriff war schließlich die beste Verteidigung.

Mit einem breiten Lächeln im fleischigen und glatt rasierten Gesicht mit der zu kleinen Brille hielt er dem Beamten die Hand hin. »Karl Selge, was kann ich für Sie tun? Wollen Sie ein Haus kaufen? Dann sind Sie hier bei mir genau richtig.«

»Simon Kalt, Kriminalpolizei«, sagte der Polizist, ohne auf Selges locker vorgebrachten Spruch einzugehen. »Ich hätte da ein paar Fragen.«

25

Das Telefonat mit Jan Arenz hatte JJ ziemlich ratlos gemacht. Sie dachte noch einmal darüber nach, als sie in ihrer Küche stand und Nudeln abkochte und etwas Salat wusch. Simon würde bald kommen, und sie hatte Hunger. Es würde Spaghetti Carbonara geben. Einen passenden Wein hatte sie schon im Kühlschrank. Man konnte Pasta nicht ohne einen schönen Weißwein genießen. Deshalb hatte sie zwei Flaschen von einem wunderbar mineralischen Sauvignon Blanc ausgesucht. Aus den Lautsprechern dröhnten die synthetischen Klänge von xPropaganda, einer deutschen Electronic-Band, die in den 1980ern mit »Dr. Mabuse« einen veritablen Welthit gelandet hatte, aber danach in der Versenkung verschwunden war. Sie hatte in einer Zeitschrift gelesen, dass ein neues Album unter neuem Bandnamen fertig war, und es gleich in ihre Playlist geladen.

Eine halbe Stunde später hockten Simon und sie an ihrem ausladenden Holztisch, wickelten die al dente gekochte Pasta um die Gabeln und unterhielten sich über Belanglosigkeiten, während sie Biss für Biss genossen.

»Du kannst mir eigentlich öfter mal etwas kochen«, warf Simon in den Raum. »Schmeckt echt saugut.«

»Ja, warum nicht?«, meinte JJ und sah einen Moment gedankenverloren in die Luft, so als überlege sie ernsthaft, diesen Wunsch umzusetzen. »Zum Mittagstisch wäre doch nett, oder? Ich brutzle uns was, du kommst schnell von der Wache rüber, wir essen zusammen, dann noch ein Espresso, und wir können gestärkt den Rest des Tages angehen. Gute Idee, oder?«

»Echt jetzt?«, hakte Simon ungläubig nach.

Sie stemmte sich hoch, beugte sich über den Tisch, und ihre flache Hand klatschte auf seine Stirn, wo sie ihren roten Umriss hinterließ. »Natürlich nicht. Ich glaub, es hakt bei dir!« Sie sah ihn strafend an. »Andersrum könnte ein Schuh draus werden. Du bekochst mich. Das wäre mal was.«

Simon gab sich geschlagen und verzog den Mund. »Na, dann halt nicht.«

»Ach so, stimmt ja, da war doch was«, sagte JJ. »Ja, die eifersüchtige Ehefrau. Die wäre sicher begeistert, egal für welche Variante wir uns entscheiden würden. Wir könnten ja auch noch ein gemeinsames Nickerchen dranhängen und ihr ein Selfie schicken.«

»JJ, ist gut jetzt. Ich hab ja verstanden.«

»Sicher?«

»Ja, sicher.«

Einige Zeit starrten beide auf ihre Pasta-Teller. Keiner sprach.

»Weißt du schon, wen du wählst?«, wollte Simon wissen.

Die Bürgermeisterwahl. Die hatte JJ ganz verdrängt. JJ schüttelte zur Antwort nur den Kopf. Sie war leicht genervt und bereute es schon fast, ihren alten Freund überhaupt zu sich eingeladen zu haben. Vielleicht wäre es besser, wenn er zunächst mal seine Eheprobleme in den Griff bekommen und am besten noch den Fall lösen würde, der ganz Fellbach umtrieb.

Die Wahl fand eine Woche vor dem Fellbacher Herbst statt, also in wenigen Tagen. Der Fellbacher Herbst war ein großer Rummel, zu dem sie als Kind immer mit ihren Eltern gegangen war. Damals hatte sie, sobald sie sich dem Heimatfest genähert hatte, ihre Eltern so lange am Ärmel gezogen, bis sie bei den Karussells angelangt waren. Heute wurde ihr schon vom Zuschauen dieser sich in alle Richtungen drehenden Ungetüme schlecht. Daher kam sie meist gar nicht mehr in diesen Bereich und über die Stände an der Schwabenlandhalle nicht hinaus. Von ihren Eltern wusste sie noch, dass der Herbst früher viel kleiner gewesen war und sich von der heutigen Endhaltestelle der Linie 1, der Tainer Straße, entlang bis zur Silcherschule gezogen hatte. Heute besetzte das Fest die Straßen vom Rathaus über die Hintere Straße zum Entenbrünnele, über die Kirchhofstraße und rund um die Schwabenlandhalle bis zur Esslinger Straße. Wo früher die Boxautos und ein Kettenkarussell die Highlights gewesen waren, standen nun ein Riesenrad und mehrere Fahrgeschäfte für Adrenalinsüchtige. Dazwischen allerlei Stände mit Süßigkeiten, der unvermeidbaren Festwurst und Spezialitäten aus der Region und dem Rest der Welt.

Eigentlich mochte JJ solche Rummel überhaupt nicht. Und doch ertappte sie sich jedes Jahr dabei, wie sie sich heimlich auf den Fellbacher Herbst freute. Und dieses Jahr wurde vorab noch ein Nachfolger von Peter Weber gewählt. Den Termin fand sie irgendwie ziemlich unglücklich ausgesucht. Aber darüber hatten andere zu entscheiden. Sie würde nur am Wahltag ihr Kreuzchen bei einem der Kandidaten machen. Einem Kandidaten. Zu ihrem Verdruss hatten sich nur Männer gemeldet. Wahrscheinlich war die Suche nach Befriedigung der persönlichen Eitelkeiten bei diesem Geschlecht etwas stärker ausgeprägt als bei Frauen. Männer wollten Macht. Und um sie zu ergreifen, neigten sie nicht selten zur Selbstüberschätzung. Und zur realen Einschätzung ihres Könnens und Wirkens stand ihnen oft das eigene Ego im Weg. Nur so konnte sich JJ erklären, warum sich fünf Typen ein Rennen um einen Bürgermeisterposten lieferten, von denen sie keinen auch nur annähernd für geeignet hielt, das Amt auch nur halbwegs auszufüllen. Nun gut. Man würde sehen, wer in das frei gewordene Büro einzog. Und wie hieß es doch so schön? Man wuchs schließlich immer auch mit den Aufgaben.

Bis es so weit war, glich die Stadt einer einzigen riesigen und bunten Plakatwand, wie sie sie in dieser Fülle sonst nur aus Stuttgart und da vom Theaterhaus am Pragsattel kannte. Nur dass dort Künstlerinnen und Künstler von der Wand lächelten und für ihre Shows warben, während hier die fünf um die Wette lachten und sich mit ihren Plattitüden auf den Plakaten gegenseitig überboten. Oder besser unterboten, denn seichter konnte es kaum werden.

»Und du? Weißt du etwa schon, für wen du stimmst?«, fragte sie dann nach einigen Sekunden erneutem Schweigen.

»Nein, ehrlich gesagt nicht.«

»Und was macht dein Fall?«, lenkte JJ das Gespräch gezielt auf ein anderes Thema. Sie bemerkte, wie Simon plötzlich etwas unruhig auf seinem Stuhl hin und her rutschte. Ihre Frage war ihm offensichtlich nicht sonderlich recht. Oder er wollte sich schlicht um eine Antwort drücken, ohne seine alte Freundin zu enttäuschen.

»Gibst du mir noch einen Schluck Wein?«, fragte er wahrscheinlich, um etwas Zeit zu schinden.

»Klar«, sagte JJ, stand auf und holte die Flasche aus dem Kühlschrank. Als sie nachgoss, streifte sie ihn mit einem auffordernden Blick. »Ich bin ganz Ohr«, sagte sie und genoss es, ihn damit unter Druck zu setzen. Er zappelte wie ein Fisch an der Angel, und JJ würde einen Teufel tun und ihn wieder vom Haken lassen.

Simon drehte den Stiel seines Glases zwischen den Fingern, nahm zwei oder drei kleine Schlucke und wartete, bis JJ die Flasche zurück in den Kühlschrank stellte und sich wieder zu ihm an den Tisch setzte.

»Der Staatsanwalt will, dass wir den Fall einstellen«, sagte er etwas betreten.

»Der will was?«, fragte JJ entsetzt nach. Sie war sicher, sich verhört zu haben.

»Er hat mir gesagt, er möchte nicht, dass wir den Fall der verkohlten Leiche weiterverfolgen. Es sei ein tragischer Unfall, nicht mehr.«

»Nicht dein Ernst?« Jetzt war es JJ, die ihr Glas an den Mund hob und einen großen Schluck Wein nahm.

»Doch, JJ, mein voller Ernst.«

»Aber die Tote ist doch nicht die alte Arenz?« JJ wusste natürlich, dass sie spätestens jetzt eine Grenze überschritt.

»Nein«, flüsterte Simon.

»Wie, nein?« JJ warf ihm einen fragenden Blick zu. »Nein, es war nicht die Arenz? Oder nein, JJ, deine Vermutung ist falsch und es war die Arenz?«

»Nein, es war nicht die Arenz.«

»Wer war es dann?«

Simon sagte lange nichts, begann, wieder das Glas zwischen den Fingern zu drehen, und stierte in die goldgelbe Flüssigkeit. »Du weißt, wer es war«, sagte er dann irgendwann.

»Aber wie kann es sein, dass du dann nicht ermitteln darfst?«

»Ich kann dir die Frage nicht beantworten. Aber ich habe ein ganz ungutes Gefühl dabei.«

»Also für mich hört sich das an, als wenn hier etwas vertuscht werden soll.«

Simon sah sie mit großen Augen an und schüttelte mit dem Kopf. Doch aus seinem Blick konnte sie seine Zustimmung herauslesen. »Dann fangen wir mal an, einigen Leuten auf die Zehen zu treten.«

»Ja, das müssen wir wohl. Hier läuft mindestens ein Mörder frei herum. Ich bin mir sicher. Er hat mindestens Grete Bürkle auf dem Gewissen. Und wahrscheinlich auch die Arenz, wenn sie nicht plötzlich wieder irgendwo unvermittelt auftaucht. Und wir müssen rausfinden, warum.«

JJ hörte das »wir« mit Freude und nickte stolz.

»Aber wir müssen vorsichtig sein. Wenn der Staatsanwalt Wind davon bekommt, dass ich mich über seine Anordnung einfach hinwegsetze, bekomme ich bestenfalls einen Rüffel. Schlimmstenfalls zieht er mich ab, und mir winkt eine Suspendierung. Okay?« Simon blickte sie durchdringend an.

JJ fand das unnötig, schließlich wusste er, dass er sich auf sie verlassen konnte. »Na klar, ich schweige wie ein Grab. Du kennst mich doch.«

»Und wir suchen jemanden, der in der Lage ist, einen Menschen zu töten. Also müssen wir vorsichtig sein, denn wir wissen nicht, ob der Staatsanwalt womöglich mit dem Mörder unter einer Decke steckt.«

Sofort machte sich eine ungewohnte Anspannung im Raum breit. Simon hatte etwas ausgesprochen, was so unglaublich schien, dass es sich wie Angst über alles im Raum legte.

»Der Bericht von Michael Brandt …«

»Von wem?«, fragte JJ und verzog das Gesicht.

»Michael Brandt, der Brandsachverständige. Sag nichts, wahrscheinlich ist zu der Verbindung von Namen und Job schon jeder Witz gemacht worden. Sicherlich mehr als zu einer gewissen Frau Schwarz und ihrem Beerdigungsinstitut. In jedem Fall hält er es laut seinem Bericht nicht für ausgeschlossen, dass es sich um Brandstiftung handeln könnte, auch wenn er sich nicht ganz eindeutig festlegt. Grund genug also, in alle Richtungen weiterzuermitteln, sollte man meinen. Ich glaube, da soll der Mantel des Schweigens über etwas ausgebreitet werden.«

»Was sagst du? Ist das nicht etwas arg weit hergeholt?«

Simons Schultern zuckten fragend nach oben, als sie hörten, wie jemand schleichend das Haus betrat.

»Erwartest du jemanden?«

JJ schüttelte den Kopf, und Simon stand auf.

26

Vinzent starrte mit vor Angst aufgerissenen Augen in den Lauf von Simons Dienstwaffe. Als er sah, wer die Glock hielt, blaffte er los: »Sag mal, geht's noch? Du hast sie doch nicht mehr alle.«

Anschließend fauchte er auch in Richtung JJ. »Was macht der denn überhaupt hier?«

Dann funkelte er wieder Simon an. »Und jetzt nimm das scheiß Ding endlich runter oder willst du mich erschießen? Dann hättest du endlich freie Bahn bei JJ. Ist es das, was du willst?« Vinzent war mit jedem Wort lauter geworden. JJ konnte nicht anders, als ihn einfach nun anzustarren. Was war denn jetzt los? Waren jetzt alle verrückt geworden?

Simon hatte die Pistole längst gesenkt und verstaute sie wieder in seinem Hüftholster. Vinzent bemerkte einen verunsicherten Blick seines Freundes in Richtung JJ.

»Was schleichst du dich hier auch einfach so rein?«, giftete Simon zurück, als er fertig war, und die beiden sahen für einen Moment so aus, als würden sie gleich aufeinander losgehen.

JJ beeilte sich, sich zwischen sie zu stellen, und hob abwehrend ihre Arme, um die Männer zu beschwichtigen.

»Hey Jungs«, rief sie und sah erst Vinzent und dann Simon streng in die Augen. »Jetzt kommt mal ganz schnell wieder runter. Was ist denn in euch gefahren? Was soll denn dieser ganze Testosteronkindergarten? Wollt ihr euch jetzt noch an die Gurgel, euch auf die Fresse hauen oder können wir einfach zu dritt gemütlich ein Glas Wein trinken?«

Es dauerte einen Augenblick, bis sich die Stimmung wieder etwas beruhigt hatte. Vinzent und Simon standen etwas unentschlossen herum, und JJ holte rasch noch ein Glas aus dem Schrank, füllte es mit dem Rest des Sauvignon Blanc und stellte es auf den Tisch. Dann nahm sie wieder Platz und machte eine auffordernde und einladende Handbewegung in Richtung der beiden, damit sie sich zu ihr setzten.

»Also, zum Wohl, ihr Chaoten«, sagte sie jetzt mit einem aufmunternden Lächeln und hob das Glas. Nach kurzem Zögern klirrten die Gläser aneinander. »So gefällt mir das doch schon viel besser.«

»Hab ich euch etwa gestört?«, fragte Vinzent dann, nachdem er einen großen Schluck genommen hatte. Jetzt war er es, der erst JJ und dann Simon abwechselnd anschaute. Natürlich verbarg sich hinter seiner Frage eine versteckte Provokation. So ganz hatte er die Situation von eben wohl noch nicht verdaut.

JJ sah, wie Simon zur Antwort ausholen wollte, und kam ihm zuvor. »Nein, überhaupt nicht. Wir haben uns nur erschrocken, weil wir gerade über den Fall gesprochen haben und so vertieft waren, dass wir dich nicht gehört haben«, sagte JJ bewusst defensiv. Sie wollte kein Öl ins Feuer gießen.

»Welchen Fall?« In Vinzents Frage lag immer noch der Hauch einer gewissen Gereiztheit. Er hatte noch nicht ganz seinen Frieden mit Simon und JJ gemacht.

»Die Fälle Bürkle und Arenz«, sagte Simon irgendwann.

»Ihr glaubt also, die hängen zusammen«, kombinierte Vinzent aus der Antwort. Schlagartig hatte sich die Stimmung zwischen den drei Freunden im Raum verändert. Selbst Vinzent klang jetzt interessiert und nicht mehr verärgert.

»Wäre möglich«, sagte JJ.

»Würde mich beinahe wundern, wenn es nicht so wäre«, kam es von Simon.

Dann erzählte Simon, was heute geschehen war.

»Okay, jetzt verstehe ich zumindest ein klein wenig, warum ihr etwas nervös gewesen seid. Auch wenn es etwas übertrieben ist, denn wie soll der Mörder, für den ihr mich ja wohl offensichtlich gehalten habt, wissen, dass ihr euch an seine Fersen heften wollt? Das wäre doch wohl zu viel des Guten. Ich glaube, ihr habt da ein paar schlechte Filme zu viel geschaut.«

Er sah JJ und Simon an, dass sie wussten, dass er recht hatte. Beide machten jetzt ein leicht zerknirschtes Gesicht und nickten.

»Komplett überreagiert«, knurrte Simon heiser und leise. Dann räusperte er sich vernehmlich und sprach weiter: »Ich meine, ja, ich hab vorhin total überreagiert. Ich weiß auch nicht, was in mich gefahren ist. Sorry.«

Vinzent sah ihn lange und durchdringend an. So lange, dass JJ wahrscheinlich vermutete, es würde gleich wieder zum Streit kommen. Gerade als sie ansetzte, etwas zu sagen, meinte Vinzent mit einer wegwerfenden Handbewegung: »Ach, Schwamm drüber. Wir drei Musketiere haben einen Fall zu lösen.«

Dann klirrten die Gläser aneinander, und Simon warf das Unvermeidliche »Einer für alle, alle für einen« in den Raum, das immer kommen musste, wenn jemand den Bezug zu Alexandre Dumas' erstem großem Erfolg »Die drei Musketiere« sprach.

27

Es war eine lange Nacht geworden. Mal wieder. In der sie mehr als eine weitere Flasche geleert hatten. Später hatte JJ noch eine Flasche BeLLe aus dem Schrank geholt.

»Kennt ihr den noch?«, hatte sie gefragt.

Simon und Vinzent hatten eifrig genickt.

»Natürlich. Wer kennt den nicht? Kommt doch von hier. Hat nur früher anders ausgesehen, war etwas angestaubt«, hatte Simon geantwortet.

»Fürchterliches Gesöff. Wo hast du den denn her?«, wollte Vinzent wissen. Sie reichte ihm die elegant geschwungene, bauchige Flasche mit dem ungewohnt langen Hals, auf der allerdings bereits das neu gestaltete Etikett prangte, das frisch und modern aussah. Das B als Blickfang in groß und dann der klangvolle Name des französischen »Belle« in ansprechender Typografie. Es sah zumindest nach einem gelungenen Relaunch der Traditionsmarke aus. Die Flasche stach einem ohne Zweifel ins Auge, ohne schrill zu sein. Das Etikett wahrte Tradition, ohne altbacken zu wirken.

»Und wisst ihr was?«, warf Vinzent in die Runde und goss etwas von der bronzenen Flüssigkeit in drei Schwenker, die JJ vor ihm auf den Tisch gestellt hatte.

Allgemeines Kopfschütteln.

»Ich habe ihn interviewt.«

»Wen?«, fragte JJ neugierig und war gespannt auf die Antwort, da sie in diesem Moment den gedanklichen Bogen nicht zu spannen vermochte.

»Na den, der jetzt hinter der Marke steckt. Andreas Lehmann«, begann er stolz. Kaum hatte er den Namen ausgesprochen, musste sich JJ beherrschen, ihre Gesichtszüge zu kontrollieren.

»Aha«, war Simons nüchterne Reaktion. »Sag mal«, schwenkte Simon dann zu einem anderen Thema. »Hast du was zu rauchen da?«

»Kippen?«, schoss JJ ihre Gegenfrage ab, obwohl sie genau wusste, was Simon meinte.

»Nein. Natürlich nicht.«

»Mein Lieber, du bist ein Bulle, falls dir das entfallen sein sollte.«

»Na und? Ist doch nichts Illegales mehr. Also, hast du?«

Sie nickte breit grinsend und zauberte aus dem Nichts eine sauber gedrehte Tüte hervor, zündete sie an, nahm einen ersten tiefen Zug und inhalierte den Rauch, dann reichte sie den Joint weiter. Sofort breitete sich der leicht typische süßliche Geruch aus, und JJ griff neben sich, um das Fenster zu öffnen. Normalerweise rauchte sie hier oben nicht in den Räumen.

»Und wie ist der so, der Herr Lehmann?«, wollte JJ dann an Vinzent gerichtet wissen.

»Der Herr Lehmann ist die Hauptfigur aus den höchst vergnüglichen Romanen von Sven Regener«, dozierte Vinzent. Der wusste natürlich, dass sie damit an das vorherige Thema anknüpfen wollte. Aber er hatte die Lust verloren. Dennoch antwortete er einsilbig. »Keine Ahnung. So ein Macher-Typ eben. Der Sonnyboy von nebenan. Ich kannte ihn ja selber nicht, obwohl er von hier kommt. Aber ich bin froh, wenn es zwischen OB-Wahl, verschwundenen Frauen und Hausbränden auch noch ein paar andere Themen gibt.«

Den Rest des Abends hatten sich dann alle drei Mühe gegeben, um JJs Joint-Bestand deutlich zu dezimieren. Es wurde getrunken, geraucht und gelacht. Und irgendwann waren alle drei auf JJs großem Sofa eingeschlafen. Allerdings erst, als sie sich einen Plan zurechtgelegt hatten.

Zum Glück hatte sich die vorübergehende Missstimmung zwischen Simon und Vinzent nach und nach aufgelöst wie Morgennebel im Frühling. Wie Simon allerdings seiner Frau eine weitere Nacht fern vom Ehebett klarmachen wollte, das blieb ihr ein Rätsel. Aber eines, mit dessen Lösung sie nichts zu tun hatte. Überhaupt nichts zu tun haben wollte.

Stattdessen würde sie heute Abend Andreas treffen. Sie haderte noch damit, ob sie es Simon und Vinzent sagen sollte. Vielmehr: sagen wollte. Simon ging es nichts an. Außerdem hatte der schon genug eigene Probleme. Aber Vinzent, ihm musste sie es vorher erzählen. Nachher sah sie jemand mit Andreas. Der Teufel war bekanntlich ein Eichhörnchen. Und JJ wusste, wie schnell sich der Dorftratsch in einer großen Kleinstadt wie Fellbach verbreitete. Aber sie hatte den richtigen Zeitpunkt nicht gefunden, was ihr jetzt einen kleinen Stich in der Magengegend versetzte. Sie würde Vinzent später anrufen.

Doch zuvor musste sie einiges an Arbeit bewältigen. Außerdem hatte sie sich vorgenommen, dem neuen Mitbewerber einen persönlichen Besuch abzustatten.

Nachdem sie vor den beiden wach gewesen war, hatte sie Kaffee gemacht und war im Bad verschwunden, damit sie kurz ihre Ruhe hatte. Als sie frisch geduscht und wie immer in Schwarz gekleidet wieder herauskam, war Simon verschwunden. Vinzent saß in der Küche und schaute sie aus müden Augen an. JJ konnte nicht nur sehen, dass er verkatert war, sie konnte etwas erkennen, was er niemals aussprechen würde. Aber es war ihm deutlich anzusehen: Vinzent war eifersüchtig. Simon war aus unerfindlichen Gründen plötzlich zu einem Nebenbuhler geworden. Eine Erkenntnis, die JJ belustigte und irritierte zugleich. Vor allem aber hemmte sie sie dabei, Vinzent von ihrem Treffen mit Andreas Lehmann zu erzählen. Er würde mit Sicherheit mehr wollen als eine lapidare Ankündigung. Er war ihr Freund, und wenn sie genau darüber nachdachte, hatte er als solcher durchaus das Recht zu wissen, was sie machte.

»Was?«, fragte sie und ging auf ihn zu.

»Nichts.«

Da sie keine Lust hatte, weiter nachzubohren oder gar in eine Diskussion einzusteigen, gab sie ihm einen Kuss und sagte, sie müsse jetzt nach unten, in ihr kleines Totenreich. Dann verschwand sie und sah in der Spiegelung der Glasscheibe, dass Vinzent ihr hinterherschaute. Also alles gut, dachte sie und musste zufrieden grinsen. Er war ihr nicht böse. Im Gegenteil. Sie würde ihn also nachher anrufen.

Bevor sie sich in ihren Arbeitsräumen jedoch dem ersten Toten widmete, versuchte sie noch einmal Jan Arenz zu erreichen. Letzte Nacht hatten sie sich die Arbeit aufgeteilt, und jeder wollte einige Nachforschungen anstellen.

Drei Musketiere eben.

Ihre Arbeit war nun, erneut mit dem Sohn der Vermissten und nun doch nicht Toten zu telefonieren. JJ dachte an ihre Gespräche von letzter Nacht zurück und musste kurz auflachen. Simon war extrem aufgebracht gewesen und im Laufe des Abends sogar so weit gegangen, dass er angekündigt hatte, zur Not seinen Job an den Nagel zu hängen, wenn er nicht weiter ermitteln dürfe. Er war der Überzeugung, dass Grete Bürkle Opfer eines Verbrechens geworden war. Und JJ hatte ihre Befürchtung bestätigt bekommen, dass die verkohlte Leiche in ihrem Institut eben nicht Josefine Arenz gewesen war, sondern wahrscheinlich eben die Gesuchte Grete Bürkle.

Irgendetwas sagte JJ, dass die Geschichte der Familie Arenz der Schlüssel war, um Licht ins Dunkle zu bekommen. Woher sie diese Intuition hatte, wusste sie nicht. Sie sah nur ein Puzzle vor sich, bei dem einige Teile fehlten, während andere nicht zueinanderpassen wollten. Und vielleicht konnte der Sohn von Josefine Arenz eines der fehlenden Teile beisteuern. Es würde an ihr liegen, das herauszubekommen.

Also versuchte sie mehrfach, Jan Arenz anzurufen. Vergeblich. Sie hinterließ ihre Nummer auf seiner Mailbox zusammen mit der Bitte, er möge sich bei ihr melden. Wenn sie Glück hatte, tat er dies. Und wenn er anrief, würde sie ihn fragen, ob er mal in der Gegend sei und ob sie sich nicht treffen könnten. Es waren seine Worte aus dem letzten Telefonat, die sie neugierig gemacht hatten. Er hatte seine eigene Mutter als keinen guten Menschen bezeichnet. Wer machte so was? Und warum? Dazu kam: Wenn die Tote auf ihrem Tisch nicht Josefine Arenz war, dann musste es sich um Grete Bürkle handeln. Aber wenn dem so war, warf das wiederum einige neue Fragen auf. Fragen, die sie eigentlich nichts angingen, die sie aber trotzdem beschäftigten. Ihr Instinkt war geweckt. Sie spürte den inneren Drang, den Dingen nachzugehen.

Und lief zunächst gegen eine Wand. Eine Wand des Schweigens, wie sie sich auch vor Simon und Vinzent nach und nach aufgebaut hatte. Einige Tage waren sie eigentlich so schlau wie zuvor und keinen Millimeter weitergekommen. JJ hasste so was.

Aber beinahe noch mehr hatte sie geärgert, dass Andreas ihr Treffen einfach abgesagt hatte. Zum Glück, bevor sie Vinzent darüber eingeweiht hatte. So konnte sie sich den Anruf und die möglichen Fragen sparen. Es sei ihm etwas »Unaufschiebbares« dazwischengekommen, hatte Andreas sich wortreich am Telefon entschuldigt. Sie war irritiert und wusste nicht so recht, was sie davon halten sollte. Stimmte das, was er sagte? Log er sie an? Sie wusste selbst nicht, was sie sich eigentlich von dem Abend versprochen, was sie erwartet hatte. Nur ein Abendessen? Oder wäre sie womöglich offen gewesen, wenn sich mehr ergeben hätte? Sie wusste es nicht. Ihre Gefühle spielten bei diesen Fragen Pingpong. Nun würde sie es nicht erfahren. Zumindest nicht heute. Aber vielleicht war auch das bereits Antwort genug.

So hatte sie allerdings Zeit, heute Abend in die Schwabenlandhalle zu gehen, um sich dort die fünf Kandidaten um das Bürgermeisteramt anzuschauen und anzuhören.

JJ zog sich an. Es war kühl draußen. Sie holte sich ihre warme Jacke aus dem Schrank, nahm ihren Helm und ging zu ihrer Vespa. Sie hatte vor, ihren neuen Konkurrenten aufzusuchen. Sie war gespannt, was er sagen würde, wenn sie einfach so in seinem Laden stehen würde. Doch kurz darauf parkte sie ihren Roller vor der verschlossenen Eingangstür. Ihr Konkurrent schien ausgeflogen zu sein. Also beschloss sie spontan, ihrem Instinkt zu folgen. Sie wusste, dass Ralf Becker im Bruckwiesenweg in einer Erdgeschosswohnung lebte. Sie würde ihn besuchen. Denn vielleicht wusste er doch mehr, als er bisher zugegeben hatte. Es konnte ja auch sein, dass er eben nicht nur der besorgte Ex-Mann war.

Als sie läutete, geschah nichts. Sie versuchte es erneut. Wieder nichts. Sie wollte sich gerade zum Gehen umwenden, als die schwere Holztüre aufschwang. Eine ältere Frau kam heraus, schaute sie im Vorbeigehen an, grüßte sie freundlich und ging dann weiter. JJ hielt die Tür offen und blickte der Frau hinterher, und als sie dann vom mannshohen Busch des kleinen Vorgartens verdeckt wurde, huschte JJ ins Haus. Seltsamerweise stand die Tür zur Erdgeschosswohnung einen Spalt offen. Sie ging die fünf Stufen der typischen Siebzigerjahre-Treppe nach oben, läutete noch mal und wartete. Als nichts geschah, klopfte sie gegen das Holz. Durch den Druck ihrer Fingerknöchel schwang die Tür weiter auf. JJ rief in die Wohnung: »Herr Bürkle?« Noch mal etwas lauter. Keine Antwort. Sie wagte sich Schritt für Schritt weiter vor. Die Tür zum Arbeitszimmer war ebenfalls offen. Vorsichtig spähte sie in alle Räume, dann ging sie einen Schritt weiter in den Raum, der von einem großen Schreibtisch beherrscht wurde. Dort fiel ihr direkt ein Schriftstück in die Hände, das groß mit »Testament« überschrieben war. Rasch überflog sie den Inhalt und begann zu staunen, obwohl es eigentlich gar nicht so überraschend war. Es war offensichtlich ein Schriftstück, das Grete Bürkle nach der Trennung von ihrem damaligen Mann, Ralf Becker, verfasst hatte. Und es regelte, dass er nichts bekommen sollte. Anscheinend war Grete Bürkle durchaus vermögend. Woher das Geld stammte, war natürlich nicht in dem Dokument vermerkt. Aber was hier vor ihr lag, war zumindest ein Motiv. Und eine Story: Bürgermeisterkandidat ermordet Frau aus Habgier, sah sie schon Vinzent den Titel texten. Sie nahm ihr Handy und fotografierte alles. Dann hörte sie ein Geräusch. Eine Tür, Schritte, die von unten, vom Keller zu kommen schienen. Bis zur Wohnungstür würde sie jetzt nicht mehr kommen können. Sie schaute sich um und sah eine Tür, die wahrscheinlich zu einer Vorratskammer oder einem Abstellraum führen musste. Ohne ein Geräusch zu machen, verschwand JJ darin, ließ die Tür aber einen Spalt offen, sodass sie hinaussehen konnte.

Kurz darauf erkannte sie Ralf Becker, wie er mit einer Metallkiste in der Hand in sein Büro ging. Dort stellte er die Kiste ab, nahm ein Feuerzeug, griff nach dem Testament, zündete das Papier an, sah den Flammen einen Moment versonnen zu, wie sie begannen, das Papier zu fressen, dann ließ er es hineinfallen. Der beißende Geruch nach verbranntem Papier breitete sich aus und stach ihr in die Nase. Dann ertönte ein Klingelton. Beckers Handy. Er nahm den Anruf an, und JJ vernahm, wie er sich meldete.

»Ja, ich weiß, wer dran ist. Nein, damit habe ich nichts zu tun. Ihre Familiengeschichte interessiert mich nicht. Das ist doch Jahrzehnte her. Also, was wollen Sie von mir?«

Es war still. Anscheinend lauschte Becker dem Anrufer. JJ konnte nicht verstehen, was am anderen Ende gesprochen wurde.

»Ganz sicher nicht. Kümmern Sie sich um Ihre Angelegenheiten und lassen Sie mich meine erledigen.«

Wieder Stille.

»Dafür haben Sie keinen Beweis.«

Erneut Stille.

»Okay. Ich komme. Dann klären wir das.«

Becker lief in der Wohnung umher, nahm seine Jacke und verschwand. JJ atmete kurz durch. Zum Glück hatte er seine Haustür nicht abgeschlossen. Sie wartete etwas, dann stahl sie sich lautlos wieder ins Freie. Dort kam ihr die alte Frau entgegen, der sie schon bei ihrer Ankunft begegnet war. JJ nickte ihr wieder freundlich zu und ging rasch weiter.

Was JJ nicht sah, war, dass Ralf Becker sie aus seinem Auto heraus beobachtet hatte.

28

Es war zum Kühe-Melken. Simon hätte am liebsten seinen Kaffeebecher an die Wand gepfeffert, nachdem Revierleiter Günter Harms die Tür hinter sich geschlossen hatte. Aber er konnte sich gerade noch beherrschen.

Er hatte Harms immer vertraut. Und dieser ihm. Doch jetzt hatte er das ungute Gefühl, als gehe ein Riss durch dieses Vertrauensverhältnis. Simon fühlte sich hintergangen, denn Harms hatte ihm eben noch einmal unzweideutig zu verstehen gegeben, dass die Ermittlungen im Fall Grete Bürkle einzustellen seien. Der ermittelnde Staatsanwalt Köhler und sogar der Oberstaatsanwalt hätten ihn diesbezüglich heute früh bereits aus dem Bett geklingelt.

»Du seist sehr unkooperativ gewesen«, hatte Harms ihm an den Kopf geworfen. »Uneinsichtig. In der eigenen Eitelkeit gekränkt.«

Sie waren natürlich per Du, so wie es eigentlich unter Polizeibeamten üblich war. Deshalb wunderte sich Simon immer darüber, wenn sich die Kolleginnen und Kollegen in den zahlreichen Fernsehkrimis siezten.

»Was? Das hat er so gesagt? Ich soll in meiner Eitelkeit gekränkt sein? Wenn, dann werde ich bei meiner Arbeit behindert. Aber das scheint ja hier niemanden zu interessieren. Die Staatsanwaltschaft ruft an und wir machen Männchen, oder was?« Simon hatte gar nicht erst versucht, seine Wut zu unterdrücken.

Harms hatte ihn zuerst überrascht angeschaut und dann einen sehr förmlichen Ton angeschlagen, der deutlich machte, wer hier letztlich das Sagen hatte.

»Ich erwarte, dass du dich an diese Anweisung hältst. Und falls nicht, musst du dir über die möglichen Konsequenzen im Klaren sein.« Dann war er verschwunden.

Wenig später hatte Simons Telefon erneut geklingelt.

»Wir haben einen Leichenfund«, hörte er seinen Kollegen Bernd Fischer sagen.

»Was, noch einer?« Was war denn nur los mit dieser Stadt, dachte er eine Sekunde. Fellbach, von der Tageszeitung »Die Welt« einmal fälschlicherweise als tiefste Provinz bezeichnet, war jetzt nicht gerade als das Zentrum des Verbrechens bekannt. Natürlich machte die Kriminalität vor den Stadtgrenzen nicht halt. Trotzdem war die Stadt weit weg davon, ein Brennpunkt zu sein oder einen ähnlich gelagerten Stadtteil zu haben.

»Ja«, sagte Fischer. »In den Weiherhalden zwischen Fellbach und Rommelshausen. Auf einem Gartengrundstück.«

Simon wusste, welche Ecke von Fellbach er meinte. Sein Großvater hatte dort einen Garten besessen, in dem Simon in seiner Kindheit auf Bäume geklettert war und Verstecken gespielt hatte. Ein ruhiges, beschauliches Fleckchen. Und jetzt womöglich Schauplatz eines weiteren Verbrechens.

»Wissen wir schon etwas zur Todesursache?«, wollte Simon wissen.

»Es sieht ganz nach einem Verbrechen aus, aber das müssen KTU und der Gerichtsmediziner bestimmen.« Die Stimme im Hörer zögerte. »Und Simon … als Besitzer des Gartengrundstücks ist ein Joachim Kalt eingetragen.«

Simon zuckte zusammen. Es war das Grundstück, das vor einigen Jahren, nach dem Tod seines Großvaters, auf Simons Vater überschrieben worden war. Der hatte sich allerdings nichts aus Gartenarbeit gemacht und es verwildern lassen, bis sich der Nachbar so sehr darüber aufgeregt hatte, dass er es kurzerhand gepachtet hatte, denn verkaufen wollte Joachim Kalt damals aus rein emotionalen Gründen nicht.

War es Zufall, dass ausgerechnet auf dieser Parzelle die Leiche gefunden wurde? War es Absicht? Gar eine Verwechslung? Und vor allem, wer war der Tote? Simon ertappte sich dabei, wie ihn der Umstand nervös machte, verunsicherte. Vor lauter Fragen kam er sich plötzlich vor wie ein Verschwörungstheoretiker in einem drittklassigen Fernsehkrimi. Wahrscheinlich interpretierte er zu viel hinein und sah Verbindungen, wo keine waren oder diese nur zufälliger Natur waren.

»Ich komme«, sagte er und legte auf.

Von unterwegs rief er JJ an, doch sie wies den Anruf ab. Dann versuchte er es bei Vinzent auf dem Handy. Aber auch der rasende Reporter, wie er ihn in Anlehnung an den Spitznamen von Egon Erwin Kisch immer wieder foppte, war nicht erreichbar. Dabei hätte er sich liebend gerne mit jemandem unterhalten.

Dann fiepte sein Handy, und Simon erstarrte. Mirijams Name wurde auf dem Display angezeigt. Verflucht. Und jetzt? Was sollte er tun? Den Anruf ignorieren? Rangehen und sich dem Gezeter stellen?

»Hallo Schatz«, sagte er und versuchte dabei, locker, lässig und gleichzeitig geschäftig zu klingen.

»Lass den Unfug, Simon. Jetzt ist sicher nicht die Zeit für Nettigkeiten.« Mirijam war hörbar verärgert. Na ja, wirklich überraschend war das nicht. Er wäre an ihrer Stelle auch stinkesauer. »Wo steckst du?«

»Ich fahre gerade in die Weiherhalden. Man hat einen leblosen Körper gefunden. Auf dem Grundstück, das meinem Vater gehört.«

»Was?«

Und plötzlich wusste er, dass er vielleicht Glück hatte und die Nachricht zumindest für einen Moment von den eigentlichen Themen und Problemen ablenken würde.

»Ja, ist irgendwie gruselig, oder? Wir wissen aber noch nicht, wer es ist.«

»Simon«, sagte sie jetzt wesentlich sanfter als vorhin. »Pass auf dich auf. Und lass uns heute Abend reden. Okay?«

»Okay.«

»Aber freu dich nicht zu früh. So einfach kannst du dich nicht entziehen. Du warst jetzt zwei Nächte hintereinander nicht daheim. Wir haben ein fettes Hühnchen zu rupfen, vergiss das nicht.«

Da flog sie also hin, die Hoffnung, vielleicht ohne große Erklärung davonzukommen. Allerdings musste er sich auch eingestehen, dass der Gedanke mehr als naiv gewesen war. Sie beendeten das Gespräch, und er trat das Gaspedal durch. Aus dem Lautsprecher erscholl ein neuer Song von Lola Young.

29

Vinzent beugte sich über die Unterlagen auf seinem Tisch. Draußen dämmerte inzwischen der Abend, und Vinzent hatte eigentlich weiter an seinem Artikel über den neuen Besitzer von BeLLe arbeiten wollen. Aber es war mal wieder anders gekommen.

Ein erneuter Brandanschlag brachte seine Pläne durcheinander. Diesmal war ein neues Auto in Brand gesetzt worden. Auf den Resten hatte man rechtsradikale Symbole gefunden, was laut Polizeibericht einmal mehr auf einen entsprechenden Hintergrund hindeutete. Und es war bei Weitem nicht der erste Anschlag dieser Art. Er selbst hatte bereits über mehrere im Landkreis berichtet. Seit dem Spätsommer hatte es verschiedentlich brennende Mülltonnen, Autos und Häuser gegeben. War man anfangs noch von jugendlichen Tätern ausgegangen, hatte man diese Theorie inzwischen längst zu den Akten gelegt. Und spätestens mit dem Auftauchen einschlägiger Symbole war bei der Betrachtung der Opferhintergründe rasch klar geworden, dass hier etwas anderes dahintersteckte.

Vinzent beschloss, zum Tatort des Brandanschlags zu fahren. Während er unterwegs war, ging ihm die gestrige Nacht durch den Kopf. Dabei kam ihm der womöglich völlig absurde Gedanke, dass die Brände im Haus der Arenz und die wahrscheinlich von Rechtsradikalen gelegten Feuer zusammenhängen könnten. Als er gerade die

Redaktion am Cannstatter Platz verlassen wollte, sah er auf seinem Handy, dass Simon ihn anrief.

»Ja«, meldete er sich knapp, ohne seinen Namen zu nennen. Der Kripomann wusste ja schon, wessen Nummer er gewählt hatte.

»Hast du Zeit? Ich habe vielleicht eine Geschichte für dich.«

Vinzent hörte kurz zu, und Simon schilderte ihm in knappen Worten, was er bisher wusste. Das war zwar nicht viel. Aber es sah ganz danach aus, als könnte das für ihn interessant sein. Also sprang er in seinen alten, rostigen Opel Corsa und fuhr Richtung Weiherhalden statt nach Oeffingen, wo der ausgebrannte Wagen stand. Um sich die Story zu sichern, ging er noch den offiziellen Weg und klingelte bei seinem Kontaktmann von der Pressestelle des Polizeireviers durch. Der versprach, ihm nachher alle relevanten Infos zukommen zu lassen. Einmal mehr war Vinzent froh, gut vernetzt zu sein.

In dem Gartengebiet angekommen, das bereits über dem Kappelbergtunnel begann, brauchte er einen Moment, bis er die richtige Parzelle gefunden hatte. Direkt dorthin gelangte er ohnehin nicht, denn kreuz und quer auf den Wegen und neben den umliegenden Gärten parkten mehrere Einsatzfahrzeuge der Polizei. Außerdem sah er einen Feuerwehrwagen und einen Notarzt, was ihn dann doch überraschte, da Simon von einem Leichenfund gesprochen hatte. Das Gartenstück war zudem weiträumig abgesperrt.

Als Simon ihn aus einiger Entfernung erblickte, winkte er ihm und bedeutete ihm mit einer Handbewegung zu warten. Ein paar Minuten später kam er zu ihm herüber, hob das weiß-rote Absperrband und schlüpfte darunter hindurch.

»Ich glaube, wir haben Josefine Arenz gefunden«, sagte er ohne weitere Begrüßung.

»Und wie kommt sie hierher? Ist das ihr Grundstück?«

Vinzent sah, wie Simon auf einmal etwas verlegen wurde und herumdruckste. »Nein. Und vertraue darauf, dass das, was ich dir jetzt sage, aus deinem Artikel, den du sicher schreiben wirst, draußen bleibt. Klar?«

Vinzent zuckte mit den Schultern und nickte zustimmend.

»Das Grundstück gehört nicht Josefine Arenz.« Er zögerte einen Atemzug lang. »Es gehört offiziell meinem Vater.«

»What?«, entfuhr es Vinzent eine Spur zu laut, und einige der geschäftigen Beamten der Spurensicherung in ihren weißen Overalls hoben die Köpfe und wandten sich zu ihnen beiden um.

Vinzent beugte sich zu Simon hinüber. »Glaubst du an einen solchen Zufall? Die Frau, in deren Haus die verkohlte Leiche von Grete Bürkle gefunden wird, liegt ausgerechnet tot auf dem Grundstück des Vaters des Polizisten, den der Staatsanwalt von den Ermittlungen im Fall Grete Bürkle abgezogen hat?«

Vinzent war einen Moment stolz auf sich, wie er die verschiedenen Fälle und Ereignisse miteinander kombiniert hatte. Dann bemerkte er aus dem Augenwinkel, wie ein dunkler Leichenwagen vorfuhr. Er erkannte ihn, obwohl er beinahe wie ein normaler schwarzer Lieferwagen wirkte und die dezente Werbung auf der Seitentür kaum ins Auge fiel. Aber er hatte das Kennzeichen erkannt und JJ hinter dem Steuer entdeckt. Sie war natürlich in Schwarz gekleidet und zog den Mantel zu, als sie aus dem Wagen sprang. Mit wenigen ausladenden Schritten war sie dann rasch bei ihren Freunden angelangt.

»Josefine Arenz?«, fragte sie, nachdem sie zur Begrüßung in die Runde genickt hatte.

»Ja, sieht ganz danach aus.« Simon sprach mit gedämpfter Stimme. »Wie kommst du drauf?«

»Weibliche Intuition«, lautete ihre knappe Antwort. »Also das, was euch Kerlen meist abgeht.«

Simon und Vinzent verdrehten ihre Augen.

»Und warum hier?«

»Wissen wir noch nicht.« Dann weihte Simon sie in die Eigentümerverhältnisse des Grundstücks ein, und JJ staunte nicht schlecht. »Und wie passt das jetzt alles zusammen?«

»Keine Ahnung«, antwortete Vinzent. »Da haben wir eine ganz schöne Nuss zu knacken.«

»Vielleicht steckt aber auch nichts dahinter und hier prallen einfach nur einige zufällige Ereignisse aufeinander.« Simon schaute in die erstaunten Gesichter seiner beiden Mitstreiter.

»Alles möglich«, meinte Vinzent. »Aber mal ehrlich: Glaubst du an so was? Nicht wirklich, oder?«

Simon schüttelte leicht den Kopf. Dann näherte sich eine dunkelblaue E-Klasse, und wenig später sprang ein für diesen Job sehr korrekt gekleideter Mann heraus, zog sein Sakko zurecht und richtete die schmale Krawatte an seinem weißen Hemd. Fehlte nur noch, dass er sich durch seine gegelten Haare fuhr, dachte Vinzent.

»Auch der noch«, brummte Simon, drehte sich um und blickte zu Boden. Er schien es vorzuziehen, die Grashalme vor sich zu zählen, die im Licht der aufgestellten Scheinwerfer der KTU gut zu erkennen waren. Es war wohl alles besser, als mit dem Neuankömmling zu sprechen.

Der Schlipsträger kam auf sie zu und raunte ein »Guten Abend«, als er zu der Runde trat.

»Herr Kalt, Sie geben schon eine Pressekonferenz?« Staatsanwalt Robert Köhler warf Vinzent einen abschätzigen Blick zu, tat ansonsten aber so, als sei dieser nicht anwesend. »Also, bevor ich es aus der Zeitung erfahren muss, was haben wir?«

Vinzent sah Simons Kiefer mahlen, ehe er antwortete und einen kurzen Abriss der dürren Erkenntnisse gab. Der junge Staatsanwalt schien einige Sekunden zu überlegen. Vielleicht musste er die Informationen erst mal sortieren. »Wem gehört das Grundstück?«

»Meinem Vater.«

Sichtbares Erstaunen des Anklagevertreters war für alle zu erkennen. Für einen Moment weiteten sich seine Augen, bevor er sie zusammenkniff und damit seinem Gesicht den Ausdruck eines Bullterriers gab. »Verarschen Sie mich?«

»Nein.«

»Aha. Und hat Ihr Vater oder haben Sie irgendeine Beziehung zu dem Opfer, über die Sie mich bisher vergessen haben in Kenntnis zu setzen?«

»Nein.«

Vinzent und JJ verfolgten das Schauspiel wie ein Tennismatch. Es ging hin und her und her und hin.

»Und jetzt?«, wollte Köhler wissen.

»Nichts.«

»Was, nichts?«, grollte Köhler und hörte sich dabei an wie ein schweres Sommergewitter.

»Ja, wir ermitteln«, gab Simon zurück. »So wie wir das eigentlich immer tun. Zumindest immer tun sollten, wenn …«

»Passen Sie auf, was Sie sagen. Ich habe gerade eine sehr kurze Lunte, da mir gerade zu viel gestorben wird in der

Stadt, die in wenigen Tagen eine OB-Wahl vor sich hat und bald darauf ein großes Fest feiern möchte.«

Doch Simon ließ sich nicht beirren. »Wenn man uns unsere Arbeit machen lässt.«

Köhler war größer als Simon, und der Blick, den er jetzt dem Kriminalbeamten leicht von oben herab zuwarf, war voller Verachtung. »Sie ermitteln, wenn ein Verbrechen vorliegt. Oder der Verdacht besteht. Aber nicht, wenn es sich um einen Unfall handelt.« Köhlers Stimme wandelte sich ins Gegenteil eines Donnergrollens. Er zischte die Worte und hörte sich dabei jetzt an wie eine verärgerte Viper.

»Und ob ein Verdacht vorliegt, das entscheiden Sie. Ich weiß. Sie allein, in Ihrer unermesslichen Weisheit.« Simon wusste selbst, dass er sich mit seiner Provokation auf ganz dünnem Eis befand. Und entsprechend eisig war auch das darauffolgende Schweigen.

»Im Zweifel ja«, presste Köhler dann zwischen seinen zusammengekniffenen Lippen hervor. »Seien Sie lieber froh, dass ich Sie nicht gleich von dem Fall abziehe. Sie scheinen mir befangen zu sein.«

»Tun Sie doch, was Sie nicht lassen können.«

Köhler überging den letzten Satz und wandte sich jetzt direkt an Vinzent. »Und über dieses unsinnige Scharmützel will und werde ich kein Wort in der Zeitung lesen, ist das klar?«

»Pressefreiheit? Schon mal davon gehört?«, konterte Vinzent.

»Nachrichtensperre, schon mal davon gehört?« Köhler schoss wie der Blitz herum, als er die Worte hörte, machte sich groß und stierte Vinzent lange in die Augen. Inzwischen hatten auch die umstehenden KTUler das Spektakel mitbekommen und beobachteten neugierig den Schlagabtausch.

Vinzent beschloss, es nicht weiter darauf ankommen zu lassen. Am Ende würde er ohnehin schreiben, was er wollte. Sollten sie doch nach Erscheinen seines Textes versuchen, rechtliche Schritte gegen ihn einzuleiten. Daher zuckte er nur die Schultern. Dann zwängte sich der Staatsanwalt absichtlich zwischen Vinzent und Simon hindurch, obwohl er es einfacher gehabt hätte, wenn er um sie herumgegangen wäre.

»Was war das denn?«, fragte JJ, nachdem Köhler außer Hörweite war.

Simon antwortete direkt. »Die Spezies Karrierearsch als ermittelnder Staatsanwalt.«

Vinzent nickte zustimmend, klopfte Simon aber gleichzeitig auf die Schulter und meinte: »Best Buddys. Bestimmt. Wart es nur ab. Wird schon zwischen euch.«

Dann trennten sie sich, und jeder ging seiner Aufgabe nach. Vinzent verschwand und machte sich auf Richtung Oeffingen, um vielleicht doch noch das ausgebrannte Autowrack zu begutachten. JJ machte sich an den Abtransport der Leiche von Josefine Arenz. Und Simon besah sich den Tatort und dachte nach. Staatsanwalt Robert Köhler beobachtete unterdessen alles ganz genau.

30

JJ machte sich mit der toten Josefine Arenz im Zinksarg auf den Weg zum Kreiskrankenhaus in Winnenden. In dem Gebäude war auch die zuständige Gerichtsmedizin untergebracht. Während der Fahrt plagte sie einmal mehr die Frage, was sich gerade in ihrer Heimat zutrug und wie das alles möglicherweise zusammenhing.

Warum wurde die Leiche von Grete Bürkle in dem für sie fremden Haus gefunden? Hatte sie dort jemanden getroffen? Und wenn ja, wen? Kannte sie Josefine Arenz? War sie freiwillig im Keller gewesen? Oder hatte man sie entführt? Und wo war sie die Tage vor dem Brand gewesen? Wie war der Brand entstanden? Und viel gewichtiger schien ihr die Frage: Warum wollte die Staatsanwaltschaft offensichtlich nicht, dass in dem Fall ermittelt wurde? Das war ein unglaublicher Vorgang. Hatte etwa jemand etwas zu verbergen?

Und nicht weniger Fragen warf der Fall von Josefine Arenz auf. Woher kam die Ablehnung des Sohnes seiner Mutter gegenüber? Wo hatte sie sich aufgehalten, als sie als verschwunden, als vermisst galt? Hatte sie Grete Bürkle in ihr Haus gelassen? Wie war sie gestorben? Und warum hatte man ihre Leiche auf dem Stückle von Simons Vater gefunden?

Die beiden Fälle wiesen noch zu viele Unklarheiten und Lücken auf.

JJ fuhr über die Zufahrt in den hinteren Teil des Krankenhauses, wo sie die Tote abliefern konnte.

In den Räumen der Gerichtsmedizin wartete Tanja Schmücker bereits auf sie. Die Frauen begrüßten sich kurz, bevor sie die eisigen Hallen betraten. Auf einem Metalltisch sah JJ die verkohlte Leiche einer Frau. Das war sicherlich der Leichnam von Grete Bürkle. So viele Brandopfer in diesem Zustand gab es im Kreis nun wahrscheinlich nicht. Außerdem glaubte JJ die Überreste wiederzuerkennen. Denn sie hatten ja schon bei ihr gelegen, als man entdeckt hatte, dass es nicht Josefine Arenz war.

»Tragischer Fall«, sagte Schmücker, und ihr Kopf zuckte in Richtung der verkohlten Frau. Die Gerichtsmedizinerin hatte JJs Blick bemerkt. »Ich bin ja einiges gewohnt, schon von Berufswegen her, aber ich möchte mir nicht ausmalen, was sie hat ertragen müssen.«

»Wie meinen Sie das?«

Schmücker zögerte einen winzigen Augenblick, schien zu überlegen, welche Informationen sie preisgeben konnte und welche nicht. »Na ja, ein schöner Tod ist das nicht. Wenn es so was wie einen schönen Tod überhaupt gibt.«

JJ nickte nachdenklich. »Ja, das stimmt. Verbrennen stelle ich mir auch fürchterlich vor. Die Hitze. Und dann langsam von den Flammen verschlungen werden. Das müssen unvorstellbare Schmerzen sein, wenn man bei Bewusstsein ist. Ich hoffe, sie hat nicht mehr viel davon mitbekommen.«

»Gar nichts«, sagte Schmücker trocken, und JJ brauchte eine Sekunde, um die knappe Information zu verarbeiten.

»Wie geht das? Das muss man doch bemerken.« Doch kaum hatte sie das gesagt, erinnerte sie sich an das Gespräch am Brandort. Meist verloren die Brandopfer durch die giftigen Dämpfe ihr Bewusstsein, ehe sie von den Flammen versengt wurden.

»Sie definitiv nicht. Ihr Körper war vollgepumpt mit Curare …« Schmücker sah JJs Blick.

Sie hatte den Namen zwar schon gehört, wusste allerdings nicht, wie es wirkte.

»Curare ist eigentlich die Sammelbezeichnung für verschiedene alkaloide Gifte. Von den indigenen Ureinwohnern Südamerikas werden diese häufig als Pfeilgift eingesetzt, um Tiere zu jagen. Herstellen lässt sich das Gift aus den eingedickten Extrakten, die von Blättern und Rinden verschiedener Lianenarten gewonnen werden. Das Gift führt zu Muskellähmung und somit häufig zum Tod durch Atemstillstand, da die Atemmuskulatur auch gelähmt ist.«

»Aber wenn der Körper durch das Gift gelähmt wird, hört doch das Herz ohnehin irgendwann auf zu schlagen, oder?«

»Nein. Der Herzmuskel ist von der Lähmung nicht betroffen. Dort hat das Gift keine Wirkung, da der Herzmuskel nicht aus Nerven, sondern aus umgewandelten Muskelzellen besteht.«

»Okay, das heißt also, wer das Gift verabreicht bekommt, der ist dem Tode geweiht.«

»Schön formuliert. Könnte man so sagen. Aber es gibt zum Glück ein Gegengift. Acetylcholin hilft. Die ausreichende Verabreichung des Gegenwirkstoffs verdrängt die Wirkung des Curare. Allerdings ist das nicht so einfach, da hier letztlich mit Giften gegen ein Gift angekämpft wird, die teilweise sogar eine ähnliche Wirkung aufweisen wie Curare – wenn auch schwächer. Aber auch sie können falsch dosiert zum Erstickungstod führen.«

»Oje, das ist ja grausig.«

»Wie man es nimmt. Ursprünglich war Curare ja wie gesagt für die Jagd auf Tiere gedacht und nur dort im Einsatz. Aber wie der Mensch eben so ist, erfindet er ständig und gerne neue Tötungsmöglichkeiten. Da ist ihm jedes Gift recht.« Schmücker lächelte ein böses Lächeln, mit dem sie zeigte, dass sie keine allzu große Meinung von den meisten Menschen hatte.

»Okay«, begann JJ. »Dann wurde sie also vergiftet ...«

»Das wissen wir nicht genau. Vielleicht hat sie es ja auch selbst genommen.«

»Aber das wäre doch höchst ungewöhnlich, oder?«

Schmücker wiegte zustimmend den Kopf.

»Okay, dann so: Sie hatte in jedem Fall Gift in ihrem Körper, das sie gelähmt hat und wahrscheinlich zum Atemstillstand führte.«

»Ja und nein.«

»Hä? Wie jetzt?« JJ war langsam verwirrt. Stellte sie sich wirklich so doof an oder gab es da noch mehr? Sicher, der ganze naturwissenschaftliche Quatsch war noch nie ihr Ding gewesen, und sie hätte in der Schule gut und gerne darauf verzichtet.

»Na ja, sie starb schon, bevor sie erstickt ist.« Jetzt machte sie eine Kunstpause, als wolle sie JJ auf die Folter spannen. Und die glaubte beinahe, einen imaginären Tusch zu hören, der langsam lauter wurde, je länger die Spannung anhielt.

»Sie ist nicht am Gift erstickt. Sondern sie wurde stranguliert. Wahrscheinlich mit einem Tuch oder einem Seil. In jedem Fall wurde ihr so das Zungenbein gebrochen. Und zwar gleich zweimal. Das heißt also, sie war längst tot, als das Feuer ausbrach. Irgendjemand wollte also auf Nummer sicher gehen. Und soweit ich das sehe, hat dieser jemand sie einige Zeit durch die richtige Dosierung von Gift und Gegengift gelähmt und gleichzeitig am Leben erhalten, ehe er sie erdrosselt oder womöglich erhängt hat. Also ein kleines Martyrium, das sie durchleben musste. Ich würde sagen, da war wohl jemand richtig sauer.«

JJ musste wohl ziemlich verdutzt dreingeschaut haben, denn Schmücker fragte plötzlich: »Was ist?«

»Sagen Sie, kennt der Staatsanwalt eigentlich die Ergebnisse der gerichtsmedizinischen Untersuchung?«

Jetzt war es Schmücker, die etwas verdutzt aus der Wäsche schaute. »Ja. Warum?«

»Nur so.«

»Ob und gegen wen ermittelt wird, das entscheidet natürlich am Ende die Staatsanwaltschaft. Das ist nicht mein Metier. Ich liefere nur die Ergebnisse und Befunde und meine Bewertungen dazu.«

»Und die sagen im Fall von Grete Bürkle – sie ist es doch, nehme ich an –, dass es Mord war, oder?«

»Sehr wahrscheinlich. Sie kann sich natürlich das Gift selbst verabreicht und sich dann erhängt haben. Aber das halte ich für eher unwahrscheinlich.«

Die Ärztin sah JJ milde lächelnd an. Sie war klein und drahtig und hatte schulterlange, brünette Haare, ein energisches Kinn, aber sympathische Lachfalten um die Mundwinkel und die Augen. »Übrigens, ich bin Tanja, wenn Sie mögen.«

»Aber gerne. JJ.« Sie schüttelten sich kurz die Hand. Die neue Gerichtsmedizinerin gefiel ihr mit ihrer lockeren Art. Das schien auf Gegenseitigkeit zu beruhen, warum sonst hätte sie JJ derart bereitwillig Informationen anvertrauen sollen?

Gleichzeitig war JJ ziemlich irritiert über das Gehörte. Umso absurder kam ihr die Order des Staatsanwaltes vor, mit der dieser Simon von den Ermittlungen zurückgepfiffen hatte. Unglaublich. Da musste mehr dahinterstecken.

»Und was führt dich hierher?«, fragte Tanja Schmücker jetzt die Bestatterin.

»Ich habe neue Kundschaft für dich.«

»Ach, davon habe ich schon gehört. Das ist dann wohl Josefine Arenz, von der wir mal dachten, sie sei bereits verbrannt. Gut, schieb sie rein, ich schau sie mir an, und Kommissar Kalt bekommt dann seinen Bericht, sobald ich fertig bin.«

31

Sie hatten sich spontan in der »Mitte« verabredet. Der Name entsprach etwa der Lage des modern eingerichteten Restaurants, das direkt in der Mitte von Schmiden lag. Nachdem sich jeder eine Kleinigkeit zu essen und einen Wein bestellt hatte, verfiel Simon in grüblerisches Schweigen. Vinzent tippte eine Nachricht auf seinem Handy, und JJ starrte aus dem Fenster und spürte, wie mit jeder verstrichenen Sekunde der Ärger in ihr hochkroch. Was sollte das denn jetzt? Hatten sie sich etwa nichts mehr zu sagen? Von wegen Musketiere und so. Schlafwagenclub traf es wohl eher.

»Hey, was ist los, Leute?«

»Wir stecken fest«, grummelte Simon zerknirscht.

»Ich ersauf in Arbeit«, kommentierte Vinzent.

»Ja, und ich war bei Ralf Becker in der Wohnung«, sagte JJ wie beiläufig. Sie hatte sich für eine Art Sizilianische Eröffnung entschieden, über die sie mal in einem Buch über Schach gelesen hatte.

»Bitte, was warst du?«, fragte Simon ungläubig.

Vinzent starrte nur. Sein Gesicht war zu einem einzigen Fragezeichen geworden.

»Jetzt schaut nicht so. Ich war bei Becker in der Wohnung. Er hat mich aber zum Glück nicht bemerkt.«

»Was? Er war da?«, schlussfolgerte Simon schnell.

JJ zuckte die Schultern. »Na ja, er hat mich nicht wirklich hereingebeten. Ich wollte mit ihm reden. Ihm auf den

Zahn fühlen. Und die Tür stand halt zufällig offen. Da bin ich rein.«

»Oh nein, das darf doch nicht wahr sein.« Simon schlug entsetzt die Hände vor das Gesicht. Er war sichtlich nicht erfreut über diese Information. »Wenn das rauskommt, dann macht mich Köhler einen Kopf kürzer und Harms assistiert ihm dabei.«

»Ach, mach dir keine Sorgen. Der hat nichts bemerkt. Ist vor mir gegangen, und ich hatte mich versteckt.«

»In der Besenkammer, gib's zu.«

»Woher weißt du das, Vinz?«

»Seit dem Geständnis von Boris Becker ein beliebter Ort für allerlei Dinge.«

»JJ«, begann Simon ernst. Doch bevor er weiterreden konnte, brachte die Bedienung drei Teller und stellte sie auf den Tisch.

Es duftete herrlich. Hier wurde junge Küche in Wohnzimmeratmosphäre geboten. Und die Mischung der kleinen Karte reichte von Schwäbisch bis Asiatisch. JJ hatte sich für ein Kürbisrisotto entschieden, Simon hatte gebratene Semmelknödel mit Waldpilzragout vor sich und Vinzent eine Dinsa, eine Mischung aus schwäbischer Dinnete und italienischer Pinsa.

Kaum hatten sie ihr Besteck in der Hand und JJ ihren ersten Bissen im Mund, legte Simon wieder los.

»JJ, du hast sie doch nicht mehr alle. Wir haben Becker doch längst befragt. Er hat ein Alibi. Es heißt Mira und ist sehr hübsch.«

»Wäre nicht der erste Kerl mit falschem Alibi«, gab sie zurück, ohne aufzusehen.

»Danke für den Hinweis. Auf die Idee wäre dein Freund und Helfer natürlich niemals selbst gekommen.« Simon klang genervt. Er ärgerte sich ganz offensichtlich über den Umstand, dass JJ gehandelt hatte, ohne sich vorher abzustimmen.

»Das war unverantwortlich und gefährlich«, griff nun auch Vinzent in das Gespräch ein.

JJ kommentierte die Maßregelung nicht. Doch Vinz legte nach. »Dir hätte was passieren können. Was, wenn er doch ein Mörder ist?«

»Ach komm, der Becker doch nicht. Der nimmt sich wichtig, mehr nicht.«

Vinzent wirkte nachdenklich, als er weitersprach. »Aber er hat mir gegenüber auch von Grete Bürkle in der Vergangenheitsform gesprochen. Das war mir aufgefallen, aber ich bin dem dann leider doch nicht nachgegangen.«

»Okay, das sind interessante Informationen, mein Lieber«, meinte Simon. »Und was hat dein illegaler Besuch, dein Einbruch bei Bürkle gebracht?«

»Ich habe gesehen, dass er ein Testament verbrannt hat. Grete hat darin geregelt, dass er nichts bekommt.«

»Was? Und das sagst du erst jetzt? Himmelherrgott noch mal! Zum Glück bist du Bestatterin und nicht Polizistin geworden. Das wirft doch ein ganz neues Licht auf Bürkle. Sieht so aus, als müsste ich den OB-Kandidaten noch mal befragen.«

32

JJ langweilte sich am nächsten Abend, während sich die fünf Kandidaten auf der Bühne stritten. Sie bereute es längst, in die Schwabenlandhalle gekommen zu sein, um das Duell der Bewerber um das Amt des Bürgermeisters live zu verfolgen. Dabei war sie mit den Gedanken ohnehin ganz woanders. Sie hatte bisher weder Simon noch Vinzent erreichen und ihnen die Neuigkeiten aus der Rechtsmedizin mitteilen können.

Ihre Laune hob sich erst, als sie Andreas erblickte. Er war auf dem Weg nach draußen, und JJ beschloss kurzerhand, ihm zu folgen.

Einen Moment erinnerte sie sich daran, dass er sie ja versetzt hatte, und sie hielt inne. Sollte sie ihm nach der Absage wirklich hinterherlaufen?

Ihre Antwort fiel anders aus, als sie es von sich selbst erwartet hätte. Also setzte sie ihren Weg fort.

Vielleicht hatte er ja Lust und Zeit, mit ihr ein Glas Wein zu trinken. Sie stand auf, schlängelte sich elegant durch die Reihe und verließ den Saal durch die nächste Tür. Im Foyer sah sie sich um, konnte allerdings Andreas zuerst nirgendwo finden. Endlich sah sie ihn. Allerdings gefiel ihr ganz und gar nicht, was sie erkennen konnte. Er stand mit Robert Köhler zusammen. Verwundert darüber, dass die beiden sich überhaupt kannten, schob sie sich in den Schatten einer Säule und beobachtete die Männer. Es sah aus, als stritten sie über etwas, auch wenn sie kein Wort verstehen konnte, da sie zu weit weg war. Sie konnte sich nicht näher heranpirschen, ohne bemerkt zu werden. Plötzlich klopfte sich der Staatsanwalt mit dem ausgestreckten rechten Zeigefinger mehrfach an die Stirn, und Andreas hob entschuldigend die Hände. Köhler hatte seinem Gegenüber deutlich den Vogel gezeigt, während Andreas zu sagen schien, dass er nichts dafür könne. So zumindest interpretierte JJ das Spiel aus Mimik und Gestik. Anschließend vergrub der wie immer geschniegelte Staatsanwalt seine Hände tief in den Hosentaschen und ließ Andreas einfach stehen. Jedoch nicht, ohne ihn beim Weggehen grob anzurempeln.

Angestachelt von der Neugier, was diese Szene denn nun sollte, schlenderte JJ in Richtung Theke und tat so, als sei sie ganz vertieft in die Nachrichten auf ihrem Handybildschirm. Dabei wusste sie, dass Andreas gar nicht anders konnte, als sie zu sehen – es sei denn, er würde sie absichtlich ignorieren. Aber das konnte, das wollte JJ sich nicht vorstellen.

An der Theke angekommen, bestellte sie sich einen Cuvée der Fellbacher Weinmanufaktur, und während der Junge hinter der Theke sich mit dem Öffnen einer neuen Flasche und dem Eichstrich am Glas abmühte, tat sie so, als würde sie erst jetzt Andreas entdecken, der etwas verloren neben einem Pfeiler stand und für einen Moment ins Leere stierte.

Schwungvoll nahm sie das Glas, nachdem sie das Geld plus ein großzügiges Trinkgeld auf die Theke gelegt hatte, und ging auf ihn zu. Sie erkannte an seiner Reaktion, dass er sie längst gesehen hatte, auch wenn er jetzt so tat, als wäre er total überrascht, sie hier zu treffen.

»Hey, du hier …«, sagte sie.

»Ja, in Hollywood waren schon alle Rollen besetzt«, ergänzte er mit einem müden Begrüßungsspruch.

»Na, komm schon, etwas mehr Freude wäre schon angebracht. Immerhin wolltest du mit mir essen gehen, was du bis heute nicht getan hast. Gut, so lange ist es ja noch nicht her, seit wir uns gesehen und du mich danach versetzt hast. Aber immerhin lange genug, dass ich etwas beleidigt sein könnte.« Sie zog einen Schmollmund. »Na ja, bin ich aber nicht. Soll heißen, ich verzeihe dir und wir können noch mal von vorne anfangen. Na, wie findest du das?«

Andreas schaute sie leicht irritiert an. Er sah aus, als wisse er nicht, ob er lachen oder sie einfach stehen lassen solle. Als eine Reaktion ausblieb, fragte sie ihn direkt: »Was ist los? Ist etwas passiert?«

Ihre Frage schien ihn aus einer kleinen Trance aufzuwecken, ihn in die Gegenwart zurückzuholen.

»Nein, alles gut. War nur ein langer Tag. Anstrengend.«

»Warum, was treibst du denn so?«

»Hatte ich dir doch erzählt. Ich versuche, das Unternehmen meiner Familie wiederaufzubauen. Deswegen bin ich wieder hier.«

»Oh ja, das hattest du so nebenbei erwähnt, ich erinnere mich dunkel. Eine Erklärung bist du mir noch schuldig. Denn ich wusste nicht, dass ihr hier ein Unternehmen hattet. Zumindest nicht, als du noch hier in Fellbach warst«, gab sie sich ahnungslos.

»Ist eine lange Geschichte.«

»Stimmt, das war ja die, die du mir eigentlich beim Abendessen ausführlich erzählen wolltest. Also ich hätte Zeit«, meinte sie keck und sah leicht amüsiert, wie sie ihn damit überrumpelte. »Und ich hätte Lust auf einen schönen Weinbrand. Den BeLLe trinke ich gerne. Wir wäre es? Auf ein Glas? Oder zwei?«

»Vielleicht ein andermal, JJ. Ich bin echt müde.«

Noch eine Abfuhr. Das passierte ihr selten. »Schade. Vielleicht hätte ich deine Laune und die miese Stimmung aufbessern können.«

»Nö, lass mal, da ist heute nichts zu holen. Glaub mir. Ich meld mich. Versprochen.« Dann ließ er sie stehen und ging.

Jetzt war es JJ, die wahrscheinlich ziemlich irritiert aus der Wäsche schaute.

»Alles gut bei dir?«, hörte sie dann eine Frauenstimme und drehte sich um. Vor ihr stand Vera Weber in einem schwarzen Kleid, einen Mantel locker über den Arm geworfen.

»Ach, du bist auch hier?«

»Ja klar. Das Spektakel wollte ich mir nicht entgehen lassen, wenn sich die möglichen Nachfolger für meinen heimlichen Geliebten präsentieren.« Sie verzog den Mund zu einem sarkastischen Lächeln. JJ wusste als eine der wenigen von ihrer Affäre mit Peter Weber, dem getöteten Bürgermeister.

»Und, zufrieden mit den Kandidaten?«

»Auf keinen Fall. Becker vielleicht noch am ehesten. Aber echtes Format hat keiner. Außerdem finde ich es schon irritierend, dass er so kurz nach dem Tod seiner Frau ohne Unterbrechung weiter Wahlkampf macht. Was ist nur los mit diesen Typen? Das ist doch nicht normal. Macht, Geld und Weiber, mehr scheinen die nicht im Kopf zu haben.«

JJ fiel das Testament ein, das sie in Beckers Wohnung

gesehen hatte. »Ja, das ist schon schräg. Meinst du, der hat was damit zu tun?«

»Ralf? Nein, das kann ich mir nicht vorstellen. Ist zwar ein Macho und Wichtigtuer, aber unterm Strich doch sanft wie ein Lamm.«

»Kennt ihr euch näher?«

»Nein, JJ, eigentlich nicht. Markus hat ihn besser gekannt. Und sie waren schon ab und zu mal bei uns in der Vinothek. Aber kennen, das wäre wirklich zu viel behauptet.«

JJ nickte und schaute kurz auf Veras Mantel. »Du gehst schon?«

Vera nickte.

»Was dagegen, wenn ich dich ein Stück begleite?«

Hatte sie natürlich nicht. Also holte JJ auch ihre Jacke von der Garderobe, und die Frauen traten in die Nacht hinaus. Dort hatte bereits der Aufbau für den Fellbacher Herbst begonnen. Früh, dachte JJ, doch als sie den Kalender überschlug, wurde ihr klar, dass es in weniger als eineinhalb Wochen mit der traditionellen Weinprobe in der Schwabenlandhalle losging.

In einer dunklen Ecke sah JJ im Vorbeigehen zwei Männer. Sie hielten sich eng umschlungen und schienen sich innig zu küssen. Nicht nur der Hinterkopf, den sie im Halbschatten sah, auch das Parfüm, von dem ein Hauch herüberwehte, kam ihr bekannt vor. Aber sie wusste in dem Moment nicht, an wen es sie erinnerte. Sie schlenderten weiter.

»Sag mal, was ich dich schon länger fragen wollte. Weißt du eigentlich, warum uns die Polizei nicht noch mal befragt hat?«

»Zu Grete und ihrem Verschwinden und ob wir sie davor womöglich noch gesehen haben? Aber wir haben doch ausgesagt.«

»Na ja, so wie ich das sehe«, meinte Vera, »waren wir beide die Letzten, die Grete Bürkle gesehen haben.«

»Haben wir?«, fragte JJ nach.

»Ja, da bin ich mir ziemlich sicher. Und danach war sie verschwunden.«

»Ja. Aber das haben wir ja auch genau so ausgesagt.« JJ hatte nicht vor, sie in die Details einzuweihen, die sie unter anderem dank Simon kannte. Zum Beispiel, dass es Zeugenaussagen gab, die behaupteten, eine Frau, die eindeutig Grete Bürkle gewesen sei, zu Fuß in Richtung Kappelberg gesehen zu haben. Und nicht irgendwann, sondern ziemlich genau in dem Zeitraum, als JJ mit Vera auf dem Weg vom Waldschlössle zur Kelter war.

Vera antwortete zögerlich. »Wie gesagt, ich kannte sie ja nur flüchtig. Aber als ich ihr Bild dann in der Zeitung gesehen habe, da hat es angefangen zu rattern. Und inzwischen bin ich mir fast sicher, dass sie es war, die dort auf der Bank saß.«

»Das hast du ja der Polizei auch gesagt, oder?«

»Ja, wollte ich zumindest. Aber als ich dort gestern noch mal angerufen habe, sagte man mir, der Fall sei abgeschlossen. Aber wie kann das sein? Hat man den Mörder denn gefunden?«

JJ überlegte, was sie jetzt erzählen sollte. Ob sie überhaupt etwas erzählen sollte. Entschied sich dann aber für eine oberflächliche Antwort. »Soweit ich weiß, nicht.«

»Wie, hat dir Simon nichts erzählt?«

»Nein. Was die Arbeit anbelangt, ist er meist verschwiegen wie ein Grab.« Das stimmte zwar nicht, aber JJ wollte auch Vera nicht alles erzählen.

»Simons Frau war übrigens gestern Abend in der Vinothek. Allein. Also zumindest am Anfang.«

Jetzt wurde JJ hellhörig, obwohl sie Simons Eheprobleme natürlich nichts angingen.

»Sie hat später mit dem Typen geredet, der dich vorhin hat stehen lassen.«

Sie hatte also alles mitangesehen, dachte JJ und ärgerte sich grundlos. Andreas Lehmann war in der Vinothek gewesen und hatte mit Mirijam Elsässer geflirtet. Zumindest interpretierte JJ das Gehörte so und sah vor ihrem inneren Auge, wie sich Andreas nah zu Mirijam beugte, sie flüchtig berührte. Sie wusste, dass es wahrscheinlich ganz anders und vermutlich völlig harmlos abgelaufen war, aber in diesem Moment störte sie sich an dem Gedanken. Und zwar in doppelter Hinsicht. Sie mochte sich nicht damit anfreunden, dass Andreas ihr absagte, aber Zeit mit anderen Frauen verbrachte. Und noch weniger mochte sie den Gedanken, wonach Mirijam, die Frau eines ihrer engsten Freunde, einfach so mit anderen Männern anbandelte. Aber letztlich ging sie beides nichts an. Andreas konnte tun und lassen, was er wollte. Und Mirijam natürlich auch. Zumal das ganz klar Simons Baustelle war und nicht die von JJ.

»Und gibt es Gossip? Sind die beiden zusammen gegangen?«, fragte sie dennoch neugierig.

»Nein. Mirijam war artig. Ein richtiges Lämmchen, wenn du mich fragst. Aber sie schien anfangs etwas verärgert, hat den ersten Wein im Nullkommanichts weggekippt und gleich noch ein Viertel bestellt. Dann war sie irgendwann ruhiger geworden. Später am Abend hockte der Kerl bei ihr und hat offensichtlich die große Baggerschaufel ausgepackt. Wie es dazu kam, habe ich nicht genau mitbekommen. Ich war gestern allein und hatte ordentlich zu tun.«

Vielleicht also nur eine flüchtige Barbekanntschaft. Wobei JJ schon gerne gewusst hätte, ob sich da etwas anbahnte. Vielleicht hatte Simon sie betrogen und sie wollte sich dafür rächen. Das wäre zumindest eine Erklärung für die momentane Krise der beiden. Erzählt hatte er JJ zwar nichts von einer Liebelei, aber vielleicht wollte er dieses kleine Geheimnis auch für sich behalten.

Inzwischen waren sie die Ochsenstraße an der Kreuzung zur Burgstraße angekommen. JJ bemerkte erst jetzt, dass sie vor lauter Plauderei einen Umweg gemacht hatte. Sie verabschiedeten sich voneinander, und Vera ging über die Grabenstraße dem Weingut Weber entgegen, während JJ die Lutherstraße entlang in Richtung Weimerstraße spazierte.

JJ war derart in Gedanken versunken, dass sie nicht bemerkte, wie ihr jemand folgte.

33

Vinzent hockte im Büro vor seinem Bildschirm und tippte seinen nächsten Artikel, als er durch ein Klirren aufgeschreckt wurde und zusammenzuckte. Er war der Letzte in der Redaktion, wie so oft. Aber er mochte die Ruhe bei der Arbeit. Sein zweites Standbein als Fotokünstler hatte er seither komplett vernachlässigt. Und auch den Nebenjob als Sargträger nur noch stiefmütterlich wahrgenommen. Stattdessen hatte er sich vollkommen auf seine Arbeit als Journalist konzentriert, und derzeit hatte er damit alle Hände voll zu tun.

Draußen war es längst dunkel, aber er hinkte mit seinen Texten hinterher. Also wollte er unbedingt dranbleiben. Dass er dadurch das Bühnenduell der fünf Kandidaten um den Bürgermeisterposten verpasste, würde ihm unter Umständen Ärger vom Redaktionsleiter bringen. Aber er konnte es jetzt nicht mehr ändern. Er wusste, dass JJ dort war, und hatte beschlossen, sie zu fragen, was die Kandidaten von sich gegeben hätten und wie sie sich schlugen, in der Hoffnung, dass es keine Überraschungen gegeben hatte. Wenn dem nicht so war, konnte er ganz einfach alte Zitate von früheren Artikeln recyceln. Das war zwar journalistisch nicht ganz sauber, aber er hatte ja alle einzeln interviewt und sich mit ihren Programmen beschäftigt, soweit sie denn welche hatten. Und schließlich konnte er nicht auf allen Hochzeiten gleichzeitig tanzen.

Das Klirren hatte ihn allerdings aus der Konzentration gerissen. Es hatte sich angehört, als hätte jemand eine Flasche gegen etwas Hartes geworfen und dabei wäre sie mit einem lauten Klirren zerborsten.

Aber da war noch ein Geräusch. Etwas, das ihn aufhorchen ließ. Plötzlich sah er Flammen. Sie loderten vor dem Fenster der Redaktion. Und während er realisierte, dass es brannte, sah er eine weitere Flasche in seine Richtung fliegen. Er konnte die Kontur des Glases erkennen. Im Hals steckte ein Tuch, und Flammen züngelten wild daran. Ein Molotowcocktail. Verflucht, dachte er und duckte sich instinktiv weg, wobei das natürlich Unfug war. Er hörte, wie die nächste Flasche gegen die Wand schlug und zerbrach. Zum Glück hatten sie nicht die Scheibe getroffen. Vinzent war sich nicht sicher, ob die standgehalten hätte.

Die Flammen vor dem Büro züngelten inzwischen höher, suchten gierig nach Nahrung. Vinzent versuchte, durch die Scheiben etwas zu erkennen. Vielleicht waren der oder die Werfer noch zu sehen. Doch draußen war es dunkel, und er konnte nicht wirklich etwas erkennen. Er ging rasch zu seinem Tisch zurück, griff nach seinem Handy und rief die 112 an. Dann riss er den Feuerlöscher von der Wand, zog die Tür auf und stürmte nach draußen, ohne sich Gedanken zu machen, was ihn dort erwartete. Er nahm den Schlauch und richtete ihn auf die Flammen, drückte den roten Hebel nach unten und sprühte stoßweise den weißen Löschschaum auf den Brand am Haus der Redaktion des Fellbacher Tagblatts.

Als er es geschafft hatte, die Flammen zu ersticken, traf ihn ohne Vorwarnung etwas an der Schulter und riss ihn herum, so heftig, dass er zu Boden ging und das Bewusstsein verlor, bevor er auf dem Asphalt aufschlug. Was ihn getroffen hatte und woher der Schlag gekommen war, hatte er nicht mitbekommen.

Als er wieder zu sich kam, nagten die Flammen wieder am Haus. Vinzent richtete sich mühsam auf, betastete die schmerzende Schulter und seinen brummenden Kopf, konnte aber zum Glück keine Verletzungen ertasten. Dann sah er auf die Uhr. Er war wohl nur ein paar Sekunden weg gewesen.

Es dauerte nicht lange, bis der erste Feuerwehrwagen eintraf. Bald darauf folgte ein Polizeiwagen mit Blaulicht. Als die Feuerwehr die Flammen nach wenigen Minuten gebändigt hatte, bedankte sich Vinzent für das schnelle Eingreifen.

»Haben Sie uns gerufen«, rief ihm der Feuerwehrmann zu.

Vinzent nickte. Ein uniformierter Polizist trat zu ihm.

»Können Sie uns sagen, was vorgefallen ist?«

Vinzent erstattete Bericht, was sich in den letzten Minuten zugetragen hatte. Der Polizist nickte ein paarmal, machte sich in enger, krakeliger Handschrift Notizen auf einem kleinen Block.

»Haben Sie eine Vermutung, wer das gewesen sein könnte?«

Natürlich hatte er eine Meinung dazu. Doch er überlegte, ob er sie mitteilen sollte. Dann fiel sein Blick auf ein gesprühtes Symbol an der Wand, das eine eindeutige Sprache sprach. »Ich fürchte, es gibt einen Zusammenhang mit dem da.« Vinzent zeigte auf das verbotene Erkennungssymbol der Nationalsozialisten. »Ich habe mehrfach über die Brandanschläge der letzten Zeit berichtet. Das hat wahrscheinlich einigen nicht gefallen. Und da das

Tagblatt meine Texte veröffentlicht und ich dort angestellt bin, wollten sie uns wahrscheinlich eine Nachricht zukommen lassen. Oder eine Warnung. In diesen Tagen sinken ja die Hemmschwellen immer weiter, und die neuen Nazis scheuen immer weniger das Tageslicht.«

»Sie meinen also, die Tat galt womöglich sogar Ihnen persönlich.«

In dem Moment sah er Simon Kalt aus seinem Passat aussteigen. Er war soeben angekommen und hatte zwischen den anderen blinkenden Fahrzeugen geparkt.

»Ja, das wäre möglich, dass der Anschlag mir galt.«

»Na ja, ob es ein Anschlag war oder einfach nur ein Dummejungenstreich, das wird sich zeigen«, warf der uniformierte Polizist ein.

»Dummejungenstreich mit Hakenkreuz? Ich hab mich wohl eben verhört, Kollege«, raunzte Simon, als er sich ihnen jetzt näherte. Offensichtlich hatte er die letzten Worte seines uniformierten Kollegen aufgeschnappt.

»Ja, könnte ja sein, dass nicht unbedingt immer ein rechtsradikaler Hintergrund dahintersteckt. Vielleicht war die Schmiererei ja auch schon vor dem Feuer da.«

»Nein, war sie nicht«, sagte Vinzent entschieden. »Das hätten wir gesehen und sofort entfernt. Dafür hätte unser Verleger sofort gesorgt.«

»Ich halte das für ziemlich unwahrscheinlich. Wenn Molotowcocktails fliegen, geschieht das eigentlich nicht zufällig. Das ist Absicht. Jemand baut die Dinger in der Regel mit dem klaren Ziel, sie auch einzusetzen. Und wenn sie dann vor die Räume einer Redaktion geworfen werden, dann ist das ein klarer Anschlag für mich. Und zwar einer auf die Pressefreiheit. Das war Absicht. Oder sehen Sie das anders?«

Der Uniformierte schien etwas überrascht von der klaren Haltung des Kriminalkommissars. Aber so schnell war er nicht gewillt aufzugeben. »Und Sie sind?«, verlangte er daher erst mal zu erfahren.

»Kriminalkommissar Simon Kalt, Mordkommission, Kollege Wendt«, antwortete dieser und sah dabei demonstrativ auf das Namensschild, während er dem anderen seinen Dienstausweis vor die Nase hielt.

»Ah, okay. Ich kenn Sie vom Sehen.«

»Ich würde sagen, ich übernehme dann mal ab hier, wenn Sie einverstanden sind.«

»Aber es gibt doch gar keinen Toten. Und ermitteln müssen wir ja zunächst in alle Richtungen.«

Simon warf ihm einen Blick zu, der sagte, dass sich das blitzschnell ändern könnte, wenn Wendt weiter so dämliche Anmerkungen machte. Der Polizist verstand und trollte sich.

Simon wartete, bis sein Kollege außer Hörweite war. »Glaubst du ernsthaft, dass das ein Anschlag auf dich war? Oder richtete sich das gegen eure Redaktion insgesamt?«

»Was weiß denn ich? Keine Ahnung. Beides möglich. In der Beliebtheitsskala der Bevölkerung rangieren wir Journalisten doch inzwischen nur noch knapp vor den Politikern. Was will man auch erwarten, wenn seriöse Berichterstattung als Lügenpresse verunglimpft werden darf.« Vinzent schilderte ihm noch mal kurz, was geschehen war. »Ich meine, was soll denn sonst dahinterstecken? Denen passt nicht, was wir schreiben, und zack, versuchen sie uns mundtot zu machen. Da sie das mit Argumenten nicht schaffen, machen sie es eben auf die Art, wie sie es früher schon gemacht haben. Ganz ehrlich, Simon, alles andere ergibt doch keinen Sinn.«

»Aber was hätten irgendwelche Naziflegel davon?«

»Zumindest ihren Spaß wahrscheinlich. Der Lügenpresse in die Fresse, so heißt es doch immer wieder. Genau das haben sie gemacht.«

Simon grübelte. »Aber warum jetzt? Und woher wussten sie, dass du noch in der Redaktion warst?«

»Vielleicht wussten sie das überhaupt nicht und es war reiner Zufall. Vielleicht haben sie aber auch die Redaktion beobachtet und abgewartet. Ich hab doch keine Ahnung. Aber eins weiß ich.« Vinzent straffte sich jetzt, also wollte er die kommenden Sätze unterstreichen. »Wenn sie glauben, mich damit einschüchtern und die Berichterstattung beeinflussen oder gar verhindern zu können, dann haben sie sich aber geschnitten. Und zwar gründlich. Jetzt werde ich den Idioten erst recht auf den Zahn fühlen, wann immer ich kann. Ich lass mir doch von denen nicht meine Meinung verbieten und die Demokratie kaputtmachen. Noch gibt es hier Pressefreiheit.« Vinzent war über sich selbst erstaunt. Er war derart aufgebracht wie schon lange nicht mehr. Weniger wegen der Molotowcocktails, vor allem, weil sie ihn niedergeschlagen und einfach liegen gelassen hatten.

»Okay, Vinz, wir gehen dem in jedem Fall nach. Ich glaube dir. Das kling plausibel. Sorry, wenn ich eben so penetrant und kleinlich nachgefragt habe. Damit wollte ich nicht sagen, dass ich deine Story für Spinnerei halte. Mich wundert langsam auch überhaupt nichts mehr.« Er machte eine kurze Pause, und sein Blick wanderte über den Cannstatter Platz. Dann fragte er: »Soll ich dich noch irgendwohin mitnehmen?«

Vinzent sah sich um. Die Feuerwehr rückte ab, die KTU begann, den Tatort nach Spuren zu untersuchen, und neben ihm tauchte eine Frau mit einem Arztkoffer auf, die ihn untersuchen wollte. Vinzent schüttelte den Kopf. Bis auf leichte Kopfschmerzen fühlte er sich gut. Sie zog schulterzuckend wieder ab und verschwand wenig später in dem geparkten Krankenwagen.

»Nein, passt schon«, sagte Vinzent in aller Kürze. »Ich spazier gemütlich zu JJ. Frische Luft tut mir jetzt bestimmt gut.«

Simon sah ihn forschend an, sagte dann aber: »Gut, wie du meinst. Aber pass auf dich auf. Wenn deine These stimmt, solltest du in nächster Zeit vorsichtig sein. Sie könnten sich angestachelt fühlen und noch mal versuchen, dich einzuschüchtern.« Simon warf Vinzent einen prüfenden Blick zu. »Und du bist sicher, dass wir dich nicht irgendwo absetzen sollen?«

Vinzent schüttelte den Kopf. »Nein, danke. Ich muss ein paar Schritte gehen, brauche frische Luft, um den Kopf frei zu bekommen.

Simon gab noch nicht auf. »Ich kann dir einen Beamten mitgeben, der dich begleitet.«

Wieder Kopfschütteln. Diesmal entschiedener. »Nein, lass mal gut sein. Echt. Ich kenne das Risiko. Aber ich muss jetzt kurz durchschnaufen. Alleine.«

Simon gab sich geschlagen. Nach einigen Sekunden Schweigen sagte er leise: »Der ausgebrannte Wagen in Oeffingen, das war übrigens das Auto von Grete Bürkle.«

Mit einem Mal war Vinzent regelrecht elektrisiert von der überraschenden Neuigkeit. »Was? Und wie passt das in das Bild?«

»Gar nicht, wenn du mich fragst. Wir haben keinerlei Hinweise auf Kontakte in die rechte Szene bei Grete Bürkle gefunden. Auch die Kinder der beiden sind da offensichtlich weit weg. Meine Kollegen haben sie alle unter die Lupe genommen. Ich kann es mir also nur so erklären, dass der Täter eine falsche Spur legen möchte.«

»Hm«, brummte Vinzent nachdenklich.

»Hm«, kam es von Simon schwerfällig zurück.

»Kann ich rein und meine Sachen holen?«, fragte Vinzent, der sah, dass jemand im weißen Overall durch die Redaktion ging und nach Spuren suchte.

»Ja, der eigentliche Tatort ist ja vor der Tür.«

Daraufhin schnappte sich Vinzent seine Jacke und seinen Rucksack und ging in die Fritzstraße und dann die Traubenstraße entlang zum Hintereingang von JJs Bestattungsinstitut. Als er die Tür mit seinem Schlüssel aufschloss und dann über die Treppe nach oben in JJs Wohnung ging, kam es ihm erstaunlich ruhig vor. Wenn JJ daheim war, dröhnte meistens von irgendwoher Musik. Sie gehörte zu den Menschen, die mit dem Aufwachen sofort das Radio oder eine Playlist starteten. Oben sah er dann, dass es dunkel war. JJ war wohl noch nicht zu Hause. Schade, dachte er. Er hätte einiges zu erzählen gehabt. Oder einfach jemandem zum Reden gebraucht.

34

Vor diesem Moment hatte sich Simon lange gedrückt. Er wusste, sobald er die Wohnung betrat, würde die Stimmung schlechter werden. Mirijam würde ihn entweder gleich oder, wenn sie so fair war, spätestens dann zur Rede stellen, wenn die Kinder im Bett waren. Er hätte sie gerne noch gesehen, aber ein Blick auf die Uhr sagte ihm, dass sie längst schliefen. Er saß in seinem Wagen und sah noch Licht brennen. Mirijam war sicher noch wach. Die Stunde der Wahrheit für ihre Beziehung rückte unweigerlich näher.

Den ganzen Tag hatte er sich in die Arbeit gestürzt, immer wieder versucht, Ralf Becker zu erreichen, um ihn erneut zu befragen. Er hatte wissen wollen, ob sein Alibi einer zweiten Vernehmung standhalten oder wie ein Kartenhaus in sich zusammenfallen würde. JJ hatte recht gehabt, er wäre nicht der erste Tatverdächtige, der sich mit einem falschen Alibi aus der Affäre stehlen wollte. Doch er hatte den ganzen Tag über niemanden erreicht. Auch in seiner Wohnung und auf der Wache hatte er Becker nicht angetroffen. Jetzt war er es, der wie vom Erdboden verschluckt war. Aber die Zeit war gekommen, den Fall, so wichtig er auch war, nach hinten zu schieben und einen Versuch zu starten, seine Ehe zu retten.

Simon atmete noch einmal tief ein, ehe er aus dem Wagen stieg. Er wusste genau, dass er sich beschissen verhalten hatte. Er hatte Mirijam und die Kinder links liegen gelassen, sich tagelang nicht gemeldet nach dem großen Streit, den er ja eigentlich mit ausgelöst, genau genommen sogar provoziert hatte. Er kannte die Triggerpunkte seiner Frau, wusste genau, wie er sie mit wenigen Worten auf die Palme bringen konnte, wenn er wollte. Und an dem Abend war es einfach so gewesen. Der Fall, überhaupt die Arbeitsbelastung der letzten Zeit, die Kinder, all das war ihm Stück für Stück, aber stetig über den Kopf gewachsen. Und dann hatte der Abend schon mit schlechter Stimmung begonnen. Aus lauter Unzufriedenheit hatte er zum Weinbrand gegriffen und einiges getrunken. Zuerst den von der Vinothek Weber und dann den von BeLLe, den ihm ein paar Tage später auch JJ eingeschenkt hatte. Und dann noch mal ein Glas und noch mal ein Glas, bis er ordentlich einen im Tee gehabt hatte. Dann waren sie irgendwann aneinander hochgegangen. Eigentlich wegen Lappalien, wegen Kleinigkeiten. Und doch hatte ein Wort das andere ergeben, währenddessen war sie immer giftiger und er immer lauter geworden, weil er sich in die Enge gedrängt gefühlt hatte. Irgendwann waren die Kinder wegen ihres Geschreis aufgewacht. Ihm hatte das Herz geblutet, und er war dann einfach abgehauen. Es war eine Flucht gewesen. Doch diese war heute zu Ende. Jetzt musste er sich stellen.

»Mirijam«, rief er leise, als er in die Wohnung trat. Sie antwortete nicht, aber er hörte ihre Stimme. Ein leises Kichern. Sie war allein, wahrscheinlich am Telefon.

»Findest du?«, hörte er sie in geschmeicheltem Tonfall sagen. Dann kicherte sie wieder vergnügt. Er mochte diese Art, diese Fröhlichkeit, die sie normalerweise umgab. Nur zwischen ihnen, da war sie ihr abhandengekommen, fand er. Daran war er sicher nicht unschuldig, wie sich Simon eingestehen musste.

Als sie ihn im Türrahmen stehen sah, huschte ein winziges Lächeln der Erleichterung und ein Hauch Freude über ihr Gesicht. Der Ausdruck verschwand ebenso schnell, wie er erschienen war.

»Ich muss Schluss machen«, hörte er sie sagen. Dann legte sie das Handy auf den Tisch.

»Wer war das?«, fragte er.

»Niemand, den du kennst.« Ihr Ton sagte ihm zugleich, dass es sich nicht lohnte nachzufragen, da er ohnehin keine Antwort bekommen würde. Sie hatte also auch ihre Geheimnisse.

In jedem Fall war das nicht die Antwort, die er erwartet hatte. Und schon gar nicht die, mit der er gerechnet hatte. Und plötzlich fühlte er einen Stich in seiner Brust wie eine scharfe Klinge, die sich langsam in sein Fleisch bohrte.

»Tag«, sagte Simon. »Da bin ich.«

»Schön. Ich hatte früher mit dir gerechnet. Und jetzt eigentlich schon nicht mehr.«

»Wie meinst du das?«

»Ich hatte gedacht, es wäre dir wichtig, deine Kinder zu sehen. Und ich dachte, es würde dir etwas bedeuten, unsere Ehe wieder auf die Reihe zu bekommen. Aber lass mich raten. Es kam mal wieder etwas dazwischen.« Sie zögerte kurz, und Simon bemerkte, wie ihre Stimmung umschlug und ihr Ton gemein wurde. »Oder bist du jemandem dazwischengekommen? Vielleicht zwischen JJs Beine oder so?«

Da war sie wieder, die ewige Eifersucht. Spätestens jetzt war seine Hoffnung auf ein vernünftiges Gespräch dahin. Wie sollte er Mirijam erklären, dass er zwar bei JJ übernachtet hatte, aber viel zu voll war, als dass da etwas gelaufen wäre. Aber auch nüchtern hätte keinerlei Gefahr bestanden. Das wusste er, auch wenn Mirijam wohl grundsätzlich anderer Ansicht war.

»Wir hatten noch eine Tote. Und einen Brandanschlag auf die Zeitung. Es tut mir leid, aber es ging nicht früher. Wirklich.«

Ihr Gesichtsausdruck ließ keine Milde erkennen. Die zusammengepressten Lippen und die heruntergezogenen Mundwinkel sprachen eine deutliche Sprache. Trotzdem fand er sie genau in diesem Moment und mit dieser Mimik im Schein der Wohnzimmerbeleuchtung attraktiv. Er hätte sie gern angelächelt, aber das hätte seine Position nur noch mehr verschlechtert. Sie würde das Gefühl bekommen, nicht ernst genommen zu werden. Mirijam war sehr selbstbewusst. Schon immer gewesen. Und sie hatte es auch stets verstanden, ihre äußere Attraktivität dezent einzusetzen. Und eines Tages war Simon ihr ins Netz gegangen und hatte gar nicht erst versucht, sich wieder daraus zu befreien, da es zwecklos gewesen wäre.

Nein, er war freiwillig dort hängen geblieben; und sie hatte ihm das Gefühl gegeben, etwas Besonderes für sie zu sein. Das war über zehn Jahre her. Eine glückliche Zeit lag hinter ihnen. Und doch hatten sie sich irgendwann in dem Dickicht aus Familie und Arbeit verloren. Der Gedanke daran versetzte Simon erneut einen Stich mitten ins Herz, diesmal noch tiefer, noch schmerzhafter. Nein, dachte er, so durfte es nicht enden. Es durfte überhaupt nicht enden.

Doch ein Blick auf Mirijam genügte zu erfahren, dass sie ihm gegenüber nicht zur Milde bereit war. Sie saß jetzt mit verschränkten Armen und verschlossenem Blick auf dem Sofa und starrte an ihm vorbei ins Nichts. Sie erwartete eine Entschuldigung, einen Kniefall mindestens, das wusste er. Dazu kannte er sie zu gut. Und obwohl er spürte, dass er den ersten Schritt machen musste, um die Verletzungen der letzten Tage zu heilen, fühlte er sich in diesem Moment nicht bereit dazu.

Daher war er beinahe dankbar, als sein Handy klingelte, bevor das Schweigen und die Verlegenheit, endlich eine Antwort auf die verfahrene Situation zu geben, zu lange andauerten.

Er machte eine entschuldigende Handbewegung und sah noch ein genervtes Augenverdrehen, ehe Mirijam ihren Kopf wandte und so tat, als würde sie aus dem Fenster ins Dunkel schauen.

»Ja, was ist?«, meldete er sich mit leicht genervtem Unterton. Es war JJ. Wie passend, dachte er noch.

JJ sprach ruhig, aber er konnte den Worten dennoch eine gewisse Aufregung entnehmen. »Ich schick dir jetzt meinen Standort. Kannst du kommen? Ich bin zwar auf dem Weg zu mir, aber ich glaube, ich werde verfolgt.«

»Ich bin gleich da«, sagte Simon und legte auf.

35

Sie spürte es mehr, als dass sie es wirklich wusste. Aber sie hatte das Gefühl, als würde sie jemand beobachten. Das Gefühl, als würden sich aus dem Dunkel der nur spärlich beleuchteten Straße Blicke an ihren Nacken heften. Sie war immer wieder versucht, stehen zu bleiben und zu lauschen, ob sie hinter sich Schritte hören würde, so, wie man es aus unzähligen Filmen kannte. Aber sie fürchtete sich davor, sich das womöglich nur eingebildet zu haben. Also hatte sie Simon angerufen.

JJ ging einfach weiter, beschleunigte beinahe unbemerkt ihre Schritte. Was, wenn ihr wirklich jemand folgte? Wer konnte das sein. Sie war inzwischen fast an der Schmerstraße angekommen. Weit war es nicht mehr zu ihr nach Hause. Dort würde sie den letzten Rest Angst dann wahrscheinlich mit einem Lächeln und einem Glas BeLLe-Weinbrand hinunterspülen und sich über sich selbst ärgern.

Als sie irgendwo hinter sich eine Autotür zuschlagen hörte, zuckte sie unwillkürlich zusammen und sah sich um. Sie konnte niemanden entdecken. Kein Mann in schwarzen Kleidern mit über dem Kopf gezogener Kapuze.

Da war niemand.

Dann hörte sie, wie ein Motor angelassen wurde und die Scheinwerfer aufleuchteten. Sekunden später sah sie, wie der Fahrer vor- und zurückstieß, um aus einer engen Parklücke zu kommen. JJ drehte sich um und ging erleichtert weiter. Knapp darauf rollte der Wagen, ein dunkler

Van, an ihr vorbei. JJ kannte sich mit Autos nicht sonderlich aus, aber sie dachte, dass es ein ähnliches Modell sein musste wie der, den sie vor Grete Bürkles Verschwinden am Kappelberg gesehen hatte. Allerdings war damals der Fahrer viel zu schnell unterwegs gewesen und hätte sie gefühlt beinahe über den Haufen gefahren. Der hier war mit den zulässigen dreißig Kilometern pro Stunde, die inzwischen in weiten Teilen der Stadt galten, unterwegs und glitt langsam an ihr vorbei. Ein Seitenblick sagte ihr aber, dass sich der Fahrer ganz offensichtlich keinen Deut für die Frau interessierte, die hier um diese Zeit noch unterwegs war.

Gott, was war sie doch für ein Schisser, grinste sie in sich hinein und senkte den Blick zum Gehweg. Durch die von ihr abgefallene Furcht ging sie mit wiegenden Schritten weiter.

Als sie wenig später beim Weingut Aldinger um die Ecke bog, erschrak sie. Dort stand der dunkle Van, der eben noch an ihr vorbeigefahren war, mit leise surrendem Motor. Der Fahrer war entweder in die Schmerstraße eingebogen und hatte zurückgesetzt. Oder er hatte rasch eine Schleife über die Weimerstraße in die Vordere Straße und wieder in die Schmerstraße gedreht.

JJ hatte keine Zeit, darüber nachzudenken, denn aus dem Schatten des Wagens löste sich eine Gestalt, die mit einem großen Sprung bei ihr war. Der Mann presste ihr seine behandschuhte Hand auf den Mund, ehe sie überhaupt reagieren konnte. Während sie zur offen stehenden Schiebetür gezerrt wurde, nahm sie einen stechenden Geruch wahr. JJ versuchte sich zu wehren, schlug um sich, kratzte, doch ihre Kräfte schwanden. Bevor sie wegdämmerte, ließ sie ihren kleinen Geldbeutel aus ihrer Jackentasche fallen, in der Hoffnung, dass der Kerl es nicht bemerken und Simon ihn finden würde.

Zwei kräftige Arme packten sie und schleiften sie zum Auto. Mit einem gewaltigen Ruck warf der Mann JJ in das Innere des Wagens.

36

Simon fuhr langsam die Lutherstraße entlang. Eine schöne und ruhige Wohngegend, wie er fand. Ohne allzu großen Chic, aber doch angenehm. Von JJ konnte er keine Spur entdecken. Er suchte ihre Nummer in der Kontaktliste seines Handys und rief sie an. Doch ihn begrüßte nur die Ansage auf ihrer Mailbox.

Da sie bestimmt die Stäffele beim Milchhäusle genommen hatte, die sie dann zwischen einer Goldschmiede und einem Bäcker auf die Vorderestraße führen würden, drehte er eine Runde und fuhr die Straße entlang, passierte eine Buchhandlung und sein Büro in Richtung JJs Beerdigungsinstitut. Er konnte sie nirgends entdecken. Sie schien wie vom Erdboden verschluckt. Nicht noch eine, lauteten seine Gedanken, die ihn gnadenlos an Grete Bürkle erinnerten.

Er wählte noch mal ihre Handynummer, kam aber wieder nicht durch. Verdammt.

Wo steckte sie?

Aus der aufkeimenden Verzweiflung und Sorge rief er ihre private Nummer an, die er zum Glück ebenfalls eingespeichert hatte. Niemand ging ran.

Er fuhr auf den Hof des Beerdigungsinstituts und sah zu den Fenstern ihrer Wohnung hinauf. Dort brannte kein Licht. Er wählte noch einmal nacheinander alle ihre Nummern. Als Letztes versuchte er es auf dem Festnetz. Während er das Freizeichen hörte, sah Simon, wie das Licht in einem Zimmer anging. Aber niemand hob ab. Seltsam.

JJ musste doch sehen, wer anrief. Und warum sollte sie nicht rangehen? Sie hatte ihn doch gebeten zu kommen, da sie sich verfolgt fühlte. Und jetzt ließ sie ihn ins Leere laufen? Das passte so ganz und gar nicht.

Simon stellte den Motor ab, sprang aus dem Wagen und ging zur Tür.

Er läutete. Nichts geschah.

Er läutete noch einmal. Wartete. Lauschte. Drückte noch mal und noch mal auf den Klingelknopf. Es musste jemand in der Wohnung sein, wie sonst hätte das Licht angehen können?

Nach einiger Zeit glaubte er, Schritte zu hören. Dann wurde die Tür aufgezogen, und Vinzent stand vor ihm.

»Simon? Was ist denn los? Was machst du hier für einen Stress?«

»Ist JJ da?«, fragte er.

»Nein. Ich bin schon einige Zeit in der Wohnung, aber bisher ist sie nicht aufgetaucht. Ich bin direkt hierhergelaufen, nachdem wir uns an der Redaktion verabschiedet haben. Warum?«

Simon erzählte ihm von dem Anruf und dass er sie jetzt nicht finden konnte.

Sorgenfalten tauchten in Vinzents Gesicht auf. Er holte sein Handy aus der Hosentasche, wischte mit dem Daumen darüber, um es zu entsperren. Dann erstarrten seine Gesichtszüge. »Verdammt. Sie hat es auch bei mir versucht. Ich hatte es noch auf lautlos gestellt. Das mache ich oft in der Redaktion, wenn ich an einem Text arbeite. Und in dem ganzen Tohuwabohu vorhin habe ich wohl vergessen, den Ton wieder anzustellen. So ein Mist, verdammter.«

Vinzent hob das Handy ans Ohr, und Simon hörte das Freizeichen, ehe die Mailbox sich einschaltete.

»Dann gehen wir sie suchen«, sagte Vinzent.

»Okay. Ich fahre die Gegend ab, und du gehst zu Fuß den Weg, den sie wahrscheinlich gegangen ist, nachdem sie mir ihren Standort geschickt hat.«

Vinzent nickte, sprang noch mal kurz nach oben, um seine Jacke zu holen. Anfang Oktober waren die Tage zwar noch angenehm warm, aber in den Nächten wurde es schon richtig kühl.

Dann machten sie sich auf den Weg. Doch auch als sie sich eine halbe Stunde später an der Ecke Luther- und Schmerstraße wieder trafen, hatten sie von JJ keine Spur gefunden. Simon hatte den Wagen am Straßenrand unter einer Laterne abgestellt und lehnte jetzt an der Fahrerseite.

»Mist«, fluchte er. »Wo steckt sie nur, verdammt noch mal? Sie kann sich doch nicht in Luft aufgelöst haben. Und wenn sie noch woanders hin ist, ihre Pläne kurzfristig geändert hat – was bei ihr ja schon mal vorkommen kann –, hätte sie doch Bescheid sagen können, die blöde Kuh.«

»Glaubst du, ihr ist was passiert?«

»Sie hatte Angst, glaubte, verfolgt zu werden. Deshalb hat sie mich doch angerufen. Und ich habe es ernst genommen, denn JJ ist vieles, aber nicht gerade ein Angsthase …«

»Häsin«, warf Vinzent ein.

»Hä?«

»Na wenn, dann ist sie kein Angsthase, sondern eine Angsthäsin. Gendern, lieber Simon.« Es klang allerdings wenig ernsthaft, sondern eher so, als wollte Vinzent mit einem lauen Spruch die eigene Sorge um seine Freundin übertünchen.

Simon verdrehte nur ungläubig die Augen, als sein Blick dann auf einen Gegenstand fiel, der am Boden bei einer Hauswand lag. Er sah nicht wie Müll aus. Er deutete darauf, und sie beide gingen näher ran und in die Knie, um ihn näher zu beäugen.

»Ist es das, wofür ich es halte?«, fragte Simon.

»Ich denke schon. Es könnte JJs Geldbeutel sein.« Simon zog einen Plastikhandschuh aus der Tasche. Er hatte immer ein Paar greifbar. Man wusste ja nie, wann und wozu man sie gebrauchen konnte. Dann nahm er den Geldbeutel und sah sich den Inhalt an. Zuerst suchte er nach irgendwelchen Papieren. Und siehe da, eine Sekunde später zog er JJs Personalausweis aus einem Fach hervor.

»Shit. Es ist ihrer.«

»Das ist jetzt nicht gut, oder?«, fragte Vinzent, und Simon war überrascht über die Naivität der Frage, schrieb es aber der Sorge um seine Freundin zu.

»Nein«, antwortete er nüchtern. »Nein, das ist jetzt gar nicht gut.« Dann hielt sich Simon das Handy ans Ohr und rief seine Kollegen an.

37

Als JJ zu sich kam, wusste sie, dass etwas nicht stimmte. Nur langsam und zögerlich kam die Erinnerung zurück, die lediglich ihre aufkeimende Befürchtung bestätigte.

Sie lag aber nicht mehr auf dem Boden eines Lieferwagens. Doch es verstrichen einige lang gezogene Sekunden, ehe sie die Umgebung richtig registrieren und wahrnehmen konnte. Und dann fühlte sie auch sogleich die Anwesenheit eines anderen Menschen. Es war noch jemand im Raum. Sie spürte, wie dessen Blicke auf sie geheftet waren, sie beobachteten. Aber sie konnte nichts sehen, denn sie wurde von hellem Licht und einer direkt auf sie gerichteten Lampe geblendet. Hinter den auf sie gerichteten Lichtkegeln lag alles im Dunkel.

»Hallo«, sagte sie, während sie probierte, sich aufzurichten. Sie konnte nicht. Sie war festgeschnallt. »Hallo?«, rief sie erneut. »Was soll das? Machen Sie mich gefälligst los.«

JJ versuchte, die Fesseln zu lockern, sich herauszuwinden, doch es gelang ihr nicht. Irgendwann vernahm sie ein leises Kichern.

»Du bist wach«, sagte eine ihr bekannte Stimme, der sie allerdings kein Gesicht zuordnen konnte.

»Und du bist tot, wenn ich hier loskomme«, fauchte sie wie ein wild gewordenes Tier, das bereit war, um sein Leben zu kämpfen.

»Na, na, na, beides halte ich für ziemlich unwahrscheinlich. Daher solltest du dir deine Kräfte sparen, sie einteilen.«

»Wer bist du? Was willst du von mir?«

»Hm, wenn ich ehrlich bin, war das nicht so geplant. Du warst nicht geplant. Und hier warst du schon überhaupt nicht vorgesehen. Aber du musstest ja deine Nase in Dinge stecken, die dich nichts angehen. Das habe ich mitbekommen und musste etwas tun, gegen dich und deine beiden Kumpels. Und wir können nicht zulassen, dass du unsere Pläne durchkreuzt. Meine Pläne. Deshalb haben wir uns zu dieser Vorsichtsmaßnahme entschlossen.« In die sonore, angenehme Stimme mischte sich nun sogar der Unterton eines leichten Bedauerns. »Glaub mir, ich wollte das nicht. Aber es muss sein.«

»Wer bist du? Und wovon zum Teufel redest du? Ich verstehe nur Bahnhof.«

JJ versuchte, Zeit zu schinden, um ihre Gedanken zu ordnen.

»Hast du Grete Bürkle entführt und ermordet? Und jetzt bin ich dran, die Nächste auf deiner Liste? Stehst du auf so was? Frauen entführen, sie missbrauchen und dann töten? Macht dich das an? Erregt dich das?«

Es kam keine Antwort. Nur Schweigen.

JJ konzentrierte sich nun ganz auf die Stelle, von der sie glaubte, dass dort ihr Entführer saß, und stellte ihre nächste Frage in diese Richtung. »Bist du der Brandstifter und Killer?«

»Ha«, drang es aus dem Dunkel hinter dem Lichtschein. »Nein. Ich bin kein Killer. Ich bin selbst das Opfer, und alles, was ich suche, ist Gerechtigkeit. Und nein, ich mache mir nichts aus Frauen. Sie sind mir egal. Ich mag es nur nicht, wenn man meine Pläne durchkreuzt.«

»Und deshalb musste Grete Bürkle sterben? Du hast sie erdrosselt und verbrannt?«

»Nein. Da bist du auf dem Holzweg, liebe Julia. Oder besser Judith? Ach nein, du magst ja beide Namen nicht. Aber JJ, das klingt so nach amerikanischer Bordsteinschwalbe. Irgendwie billig. Das passt gar nicht zu dir. Du warst ja eigentlich schon immer etwas Besonderes. Hast zumindest versucht, etwas anders zu sein, nicht so angepasst wie der Rest. In meinen Augen ein lächerlicher Versuch.«

Verdammt, dachte sie. Es war jemand, der sie kannte. Was wollte er also?

»Mit deinem Fimmel für schwarze Kleider, deinem düsteren Gothic-Outfit, dem du deinen Spitznamen Krähe zu verdanken hast, hinter dem du dein hübsches Gesicht und deinen schönen Körper immer versteckt hast. Deine frühen Ausflüge auf den Friedhof, dein frühes Interesse für Okkultismus. Dann die Flucht aus der Enge unserer kleinen Stadt. Oder war es die Flucht vor der Familie, die du dann irgendwann verloren hast?«

»Schluss jetzt!«, giftete sie. »Was soll das? Ich kenne meine Lebensgeschichte. Um die zu erzählen und zu verstehen, brauche ich ganz bestimmt keinen Irren wie dich. Und das bist du doch, ein Irrer. Ein Mörder. Ein irrer Mörder, sonst wäre ich doch wohl kaum hier.«

Sie hörte Schuhe über den Boden rutschen, schlurfen. Er hatte sich bewegt, war etwas näher gekommen. Seine Bewegung hatte ein Hauch des Parfüms zu ihr herübergeweht, das ihr schon aufgefallen war, als man sie in den Wagen gezerrt hatte.

»Du bist hier, weil du zu neugierig bist. Aber das habe ich ja schon gesagt. Und vielleicht auch, weil ich denke, du bist zu klug und würdest die Verbindung erkennen, während sich die Polizei die Zähne daran ausbeißt, was wirklich passiert ist.«

»Und was willst du von mir, wenn du mich so gut kennst? Willst du, dass ich schweige? Willst du mich deshalb auch umbringen? Oder bist du einfach nur geil auf mich und kriegst keinen hoch?«

JJ hatte beschlossen, alles auf eine Karte zu setzen und ihr Gegenüber zu provozieren. Was hatte sie schon bei nüchterner Einschätzung ihrer Lage zu verlieren? Sie war auf ein Bett oder etwas Ähnliches gefesselt. Er konnte und würde ohnehin mit ihr machen, was er wollte. Die Gurte schnitten scharf in ihre Haut. Es schien aussichtslos, sich ohne fremde Hilfe befreien zu können. Und wenn es stimmte, was er sagte, nämlich dass sie zu neugierig war, dann würde er sie auch nicht gehen lassen. Dann war ihre einzige Hoffnung, dass sich Simon an ihre Fersen geheftet hatte und versuchen würde, sie zu finden. Allerdings konnte sie nicht einschätzen, wie real diese Chance überhaupt war, da sie ja nicht mal wusste, wo sie war, wie spät es war und wie viel Zeit seit ihrer Entführung vergangen war. Also blieb ihr nichts anderes, als Zeit zu schinden, um so womöglich am Leben zu bleiben.

»Ach JJ. Ja, es gab durchaus Zeiten, da wäre ich scharf auf eine wie dich gewesen. Nein, da war ich es sogar. Ich könnte dir jetzt sagen, was ich getan habe, während ich an dich gedacht habe. Und was ich mir vorgestellt habe, was ich mit dir tun würde. Aber das ist lange her. Sehr lange. So lange, dass selbst die Erinnerung daran schon ihre Konturen verloren hat. So lange, dass ich mich selbst kaum daran erinnern kann. Und es hat absolut nichts mit dem zu tun, weshalb ich hier bin und warum du hier bist. Tut mir leid, Süße, aber da muss ich dich enttäuschen.«

»Dann sag mir doch endlich, was du von mir willst und warum ich hier und noch am Leben bin. Wenn du mich hättest töten wollen, dann hättest du das tun können, solange ich geschlafen habe. Dass ich aber wach bin und mit dir rede, zeigt mir, dass es dir um etwas anderes geht. Einschüchterung? Machtdemonstration? Oder Unsicherheit? Los, sag schon, was es ist.«

Sie hörte ein kurzes, heiseres Auflachen. Es sollte wahrscheinlich selbstsicher klingen, misslang aber für ihre Ohren etwas und geriet einen Hauch zu hysterisch.

»Du bist hier und noch am Leben, weil ich wollte, dass du mitbekommst, wie du stirbst«, sagte die Stimme, und dann trat eine Gestalt aus dem Licht, beugte sich zu ihr herunter, und JJ erschrak vor Überraschung.

Jetzt wusste sie, wem die Stimme und zu wem das Parfüm gehörte. Von selbst wäre sie niemals darauf gekommen. Und mit dieser Erkenntnis schwand auch ihre Hoffnung darauf, von Simon gefunden zu werden. Denn wie sollte er jemals diesen Zusammenhang konstruieren, wenn sie selbst nicht darauf gekommen war?

Und mit demselben Atemzug wusste sie, dass sie sterben würde.

38

Die Suche blieb ergebnislos. Die KTU fand keine verwertbaren Spuren. Zumindest keine, die sie im Moment irgendwie weiterbrachten. Die Gegend war tagsüber zu belebt. Zur vermeintlichen Tatzeit war sie jedoch menschenleer gewesen. Es gab keine Zeugen. Niemand hatte etwas gesehen, das hatte die Befragung der umliegenden Nachbarn und Haushalte ergeben.

Jetzt standen Vinzent und Simon wieder beisammen, beide an den Passat gelehnt, und grübelten vor sich hin.

»JJ ist verschwunden, und wir haben …«

»Nichts«, vervollständigte Simon den Satz von JJs Freund. »Wie vom Erdboden verschluckt. Keine Handyortung möglich, da es genau hier ausgeschaltet wurde. Keine Ahnung, wo sie hin ist.«

Vinzent stieß sich ab und begann auf und ab zu gehen. Es sah aus, als habe er die Bewegung nötig, um besser denken zu können. Simon rieb sich die Schläfen. Sein Kopf brummte. Er sehnte sich eigentlich nach einigen Stunden Schlaf. Doch die würde er, so wie es aussah, so schnell nicht bekommen. Da tippte ihm Vinzent auf die Schulter und zeigte auf den Dachüberstand des gegenüberliegenden Hauses.

»Schau mal. Ist das nur eine Attrappe oder ist die echt?«

Simon verstand nicht gleich, was Vinzent genau meinte. Dann sah er sie auch, die Kamera, und hoffte, dass sie funktionierte.

»Mist. Warum haben wir die nicht früher entdeckt. Das hat uns wertvolle Zeit gekostet«, fluchte der Kommissar und hieb mit der Faust auf das Blech der Motorhaube seines Dienstwagens.

Da es um eine laufende Ermittlung ging, bei der unter Umständen sogar Gefahr im Verzug war, hatte er keine Manschetten, um diese fortgeschrittene Zeit die Bewohner aus dem Haus zu klingeln. Es war ohnehin unwahrscheinlich, dass jemand in der näheren Umgebung schlief, bei dem Lärm, den seine Kollegen hier veranstalteten. Immer wieder hatte er in der letzten Stunde Gesichter hinter den Fenstern auftauchen und verschwinden sehen.

Keine Viertelstunde später betrachteten Vinzent und er die Aufnahmen auf dem Handy. Es war ein modernes System, und der Kamerabesitzer hatte ihnen die Daten bereitwillig direkt übertragen.

Zwar war die Kamera auf die Hofeinfahrt ausgerichtet, aber in dieser Einstellung war zum Glück auch ein Teil des Straßenabschnitts zu erkennen, um den es ihnen ging. Sie sahen, wie ein schwarzer Van von der Lutherstraße kommend in die Schmerstraße einbog und aus dem Sichtfeld verschwand. Enttäuschung machte sich breit, denn keine Bewegung war mehr im Bild zu sehen. Erst als sie vorspulen wollten, kam wieder ein Auto ins Bild gefahren, das langsam die Schmerstraße entlang auf die Kamera zufuhr. Der Wagen hielt zwischen zwei Laternen kurz vor der Einmündung zur Lutherstraße. Dann sahen sie, wie JJ ins Bild schlenderte. In ihren dunklen Klamotten verschmolz sie beinahe mit der Nacht, aber ihre Konturen waren dennoch durch die Straßenbeleuchtung gut auszumachen. Und trotz der Entfernung zur Kamera gab es keinen Zweifel: Das war JJ. Noch bevor sie an der Straßenecke angekommen war, hatte sich die Seitentür des Vans geöffnet und eine schwarz gekleidete und vermummte Gestalt war herausgekommen und hatte sich auf JJ zubewegt. Vinzent und Simon sahen, wie die Gestalt JJ schnappte, ihr eine Hand auf den Mund legte, sie kraftvoll zum Wagen zerrte und mit einem gewaltigen Stoß ins Innere warf. Dann verriegelte der Mann das Fahrzeug und sprang hinters Lenkrad. Kurz darauf war der Wagen aus dem Bild verschwunden. Simon war sich sicher, dass es sich um einen Mann handeln musste.

»Okay, jetzt wissen wir es. JJ wurde entführt.«

»Aber von wem? Und warum?«

»Von wem, das lässt sich vielleicht ermitteln, wenn wir Glück haben«, meinte Simon und fuhr mit dem Finger über die Zeitanzeige des Videos auf dem Display, bis der Wagen wieder im Bild war. Geschickt vergrößerte er mit zwei Fingern den Ausschnitt so, dass das Kennzeichen zu erkennen war.

»Bingo, du Arschloch«, sagte er dann. »Die hellste Kerze auf der Torte bist du wohl nicht unbedingt.«

Dann rief er auf dem Revier an. »Simon hier. Ich hätte eine Halteranfrage. Es eilt. Gefahr im Verzug. Es geht um eine gewaltsam entführte Person.« Dann gab er das Kennzeichen durch und wartete gespannt. Keine Minute später meldete sich die diensthabende Kollegin am anderen Ende wieder, nannte ihm den Namen des Halters und sagte, sie würde ihm die kompletten Daten direkt auf sein Handy schicken.

Simon zog die Stirn kraus und warf Vinzent einen erstaunten Blick zu. Als es Pling machte, rief er die Nachricht auf und hielt Vinzent das Gerät vor die Augen. Nun war er es, der ein erstauntes Gesicht machte.

Simon sagte kurz angebunden: »Ich fahre da jetzt hin.«

»Ich komme natürlich mit«, antwortete Vinzent ungefragt, aber entschlossen.

»Das geht nicht.«

»Warum?«, meinte Vinzent. »Ich begleite dich doch ohnehin einige Zeit, um ein Porträt über den Mann zu schreiben, der den Fall Weber aufgeklärt hat und jetzt intensiv in der Ermittlung neuer Fälle steckt.«

Simon warf seinem Kumpel einen skeptischen Blick zu, verzog dann aber das Gesicht zu einem verschwörerischen Grinsen und bedeutete ihm einzusteigen.

Als sie keine zehn Minuten später auf das Gelände der Firma BeLLe Brände & mehr jagten, fuhr vor ihnen gerade ein dunkler Van auf den Hof, hielt dort, und ein schwarz gekleideter Mann stieg aus.

Simon brachte den Passat mit quietschenden Bremsen und einem Ruck zum Stehen, sprang aus dem Wagen und mit großen Sätzen auf den erschrockenen Mann zu, den er mit einem Sprung zu Boden riss.

»He, was soll das?«, protestierte dieser und versuchte, sich aus dem Griff zu winden. Doch Simon war schneller und routinierter und hatte den Mann mit geübten Bewegungen auf den Bauch gedreht, einen Arm nach hinten gebogen, die Hand Richtung Schulterblatt, wo er den Oberkörper des Verdächtigen mit dem Knie auf den Boden drückte.

»Sie stehen im dringenden Tatverdacht, Julia Judith Schwarz gegen ihren Willen in Ihre Gewalt gebracht zu haben. Zu leugnen bringt nichts, wir haben alles auf Band, und dort ist ihr Kennzeichen hervorragend zu sehen, Herr Lehmann.«

Dann stand Simon mit einem Ruck auf und zog Andreas auf die Beine.

Vinzent saß im Wagen und beobachtete alles haarklein. Er war überrascht, denn Lehmann hatte er nun überhaupt nicht auf seiner Liste gehabt.

»Ich soll jemanden entführt haben?«, sagte der Beschuldigte. »Warum sollte ich das tun?«

»Das müssen Sie uns erklären. Aber zuerst will ich wissen, wo Julia Schwarz ist. Und jetzt sag mir nicht, du kennst sie nicht.« Simon war zum Du übergewechselt. »Ich habe dich wiedererkannt. Du warst neulich beim Springsteen-Cover-Konzert. Ihr habt euch unterhalten. Ihr kennt euch. Also, wo ist sie?«

»Was habe ich davon, wenn ich es euch stecke?«

»Weniger Ärger!«

Simon spürte, wie er begann, die Geduld zu verlieren. Schließlich wusste er nicht, ob JJ noch lebte oder sich gar in einer Notsituation befand.

Andreas grinste überheblich. »Hier ist sie jedenfalls nicht. Ihr könnt euch gerne umschauen. Aber ihr werdet sie nicht finden.«

Für einen Moment glaubte Simon die Stimme des Anrufers zu erkennen, der vorgegeben hatte zu wissen, wo Grete Bürkle war. Aber das konnte auch Einbildung sein.

Zumindest leugnete er die Entführung von JJ nicht, dachte Simon und war versucht, den Kerl so lange kräftig durchzuschütteln, bis er ihm sagte, wo sie war.

Dann stieß Vinzent, der sich die Szene bisher ungeduldig aus dem Wagen angeschaut hatte, die Beifahrertür auf und sprang behände aus dem Wagen. Simon war deshalb für einen Sekundenbruchteil unaufmerksam. Andreas nutzte die Chance, gab dem Polizisten einen Stoß und rannte über den Hof.

»Bleib stehen«, rief Simon, rappelte sich schnell wieder auf, zog seine Dienstwaffe aus dem Hüftholster und jagte dem Flüchtigen hinterher.

Vinzent stand etwas unentschlossen neben dem Wagen und wusste nicht so recht, was er tun sollte. Er hatte wohl Mist gebaut. Wäre er sitzen geblieben, hätte Lehmann keine Chance bekommen abzuhauen.

In diesem Augenblick fuhren zwei Streifenwagen mit blinkenden Einsatzlichtern, aber ohne Sirene auf den Innenhof, der von den drei Gebäuden eingerahmt wurde, die früher die alte BeLLe AG gewesen waren.

Als er sah, wie Simon dem Chef des alteingesessenen Weinbrandunternehmens hinterhersetzte, überlegte er, ob er auch losrennen sollte, in der Hoffnung, Lehmann den Weg abzuschneiden. Stattdessen bewegte er sich auf die offen stehende Tür des Vans zu und warf vorsichtig einen Blick hinein, ohne jedoch etwas anzufassen. Auf dem Beifahrersitz erkannte er eine Sturmhaube, wie sie der Täter getragen hatte, als er sich von hinten an JJ herangepirscht hatte. Also war es ziemlich sicher Andreas Lehmann, der sie entführt hatte. Aber warum? Mit dem Mann hatte er noch vor ein paar Tagen hier gesessen und sich mit ihm über die Zukunft des von seinem Urgroßvater gegründeten Traditionsunternehmens unterhalten. Derselbe Andreas, den er währenddessen als angenehmen Gesprächspartner empfunden hatte, der mit beiden Beinen auf dem Boden zu stehen schien. Aber so konnte man sich täuschen. Offensichtlich war der Kerl ein durchgeknallter Verrückter. Aber so hatte Vinzent zumindest eine gute Story. Und er war live dabei. Und doch half das nicht über die drängendste Frage hinweg: Was hatte Lehmann mit JJ angestellt? Und wo war sie? Sie zu finden, hatte oberste Priorität. Und keine Story konnte so gut sein wie das Gefühl, sie in seinen Armen zu halten.

Aus den Streifenwagen entstiegen inzwischen uniformierte Beamte und strömten aus. Wahrscheinlich hatte Simon über Funk durchgegeben, dass ein Verdächtiger flüchtig war. Oder sie begannen, das Gelände zu durchsuchen. Eine Beamtin trat auf ihn zu. Sie schien ihn sofort wiederzuerkennen, denn sie war vorhin an der Schmerstraße im Einsatz gewesen und hatte Vinzent mit Simon wegfahren sehen. Er schaute auf ihr Namensschild.

»Sagen Sie, Frau Simmel, lässt sich eigentlich auslesen, woher der Wagen gerade gekommen ist?«

Sie machte ein erstauntes Gesicht über die Frage und dachte einen Moment nach. »Ja, das müsste eigentlich gehen. Warten Sie, ein Kollege von mir kennt sich damit aus.« Sie hob das Funkgerät vor den Mund, sprach einige für Vinzent unverständliche Abkürzungen hinein, und keine Minute später kam ein ziemlich untypisch aussehender Beamter mit langem Haar und wild wucherndem Bart, der wahrscheinlich nur deshalb so lang war, um die zahlreichen blanken Stellen zu verdecken.

Simmel erklärte ihrem Kollegen mit knappen Worten, worum es ging. Der zog sich die unvermeidlichen Plastikhandschuhe über, packte einen der üblichen weißen Schutzanzüge aus, schlüpfte hinein und setzte sich in den Wagen. Es sah aus, als wisse er, was er tue. Da nahm es Vinzent ihm auch nicht übel, dass er sich nicht vorgestellt und ihn ignoriert hatte. Es dauerte auch nicht lange, da rief er aus dem Wagen.

»Das war jetzt nicht schwer. Der Wagen war zuletzt in einem Hinterhof in der Cannstatter Straße abgestellt. Nur einen Steinwurf vom Polizeirevier entfernt.«

Das war zwar nicht die Antwort, mit der Vinzent gerechnet hatte, aber er wusste jetzt, wo Andreas zuletzt gehalten hatte. Er bedankte sich und rannte zu Simons Dienstwagen. Der Schlüssel steckte noch, wie er gehofft hatte, nachdem der Kommissar so eilig aus dem Wagen gestürzt war. Vinzent überlegte nicht lange, obwohl er wusste, dass er sich mit dem, was er vorhatte, gewaltigen Ärger einhandeln würde. Aber er konnte nicht warten. Ein Gefühl, dessen Herkunft er nicht näher beschreiben konnte, sagte ihm, dass es um jede Minute ging. Und dieses Gefühl sagte ihm auch, dass er JJ dort suchen musste, wo Andreas zuletzt mit dem Wagen gewesen war. Wenn er sich irrte, hatte das vielleicht fatale Folgen – für JJ und für ihn. Falls er recht behalten sollte, konnten sie ihm ruhig ein Verfahren wegen eines vorübergehend entwendeten Dienstwagens der Polizei an den Hals hängen.

Er sprang hinter das Steuer, startete den Wagen und fuhr mit quietschenden Reifen und unter Protest der herumstehenden Beamten vom Hof.

Wenn er Pech hatte, würden sie seine Fahrt noch vor der Ankunft in der Cannstatter Straße stoppen. Daher folgte er nicht dem direkten Weg, sondern nahm die Stauferstraße, die in die Bühlstraße mündete. Die raste er entlang, bis er nach der Zeppelinschule in die Thomas-Mann-Straße einbog. Vorbei am Kleinfeldfriedhof und über einige Kreuzungen hinweg, fuhr er bis zur Traubenstraße und von dort hinauf zum Hintereingang des Bestattungsinstituts, da er befürchtete, am Vordereingang könnte eine Streife auf ihn warten.

Simon schlich unterdessen leise durch das Untergeschoss, in das er Andreas Lehmann hatte entwischen sehen. Es war ein weitverzweigtes Keller- und Lagersystem, das sich vermutlich unter dem gesamten ehemaligen Firmengelände erstreckte. Wer sich hier auskannte, war klar im Vorteil. Ihm und seinen inzwischen hinzugeeilten Kollegen blieb nur, alles, so gut es eben ging, zu durchkämmen und zu hoffen, den Gesuchten irgendwie aufzuscheuchen. An allen erkennbaren Auf- und Ausgängen sollten inzwischen Beamte stationiert sein. Simon konnte dennoch nicht ausschließen, dass es Lücken gab und Andreas irgendwie durch das rasch und provisorisch aufgespannte Netz schlüpfen konnte.

»Simon?«, drang eine leise Stimme an sein Ohr. Es war Jana Simmel. Er erkannte sie, obwohl er sicherheitshalber die Lautstärke seines In-Ear-Hörers, den er im Einsatz immer trug, auf ein Minimum reduziert hatte.

Hier unten war es kühl und dunkel und roch auch leicht modrig. Und über allem hing der unvermeidliche Duft einer Spirituosenfabrik.

Wo hatte sich dieser Kerl versteckt? Und noch viel wichtiger war ihm eigentlich die Antwort auf die Frage, wo JJ steckte.

»Simon«, hörte er Jana Simmel erneut und bemerkte, dass er sich vor lauter Konzentration überhaupt nicht zurückgemeldet hatte.

»Ja, hier Simon.«

»Wir haben ein Problem«, sagte Jana Simmel.

Simon erstarrte in der Bewegung, da er fürchtete, sie würde ihm gleich von einem Leichenfund berichten. Doch das tat sie zum Glück nicht.

»Dein Pressekumpel hat deine Karre gestohlen und ist damit abgerauscht.«

»Der hat was?«, zischte er mit größtmöglichem Entsetzen bei kleinstmöglicher Lautstärke in sein Mikrofon.

»Deinen Dienstwagen gestohlen. Was sollen wir jetzt machen?« Simon verharrte einen Augenblick und dachte angestrengt nach. Einen Einsatzwagen der Polizei zu stehlen, war kein Kavaliersdelikt. Das wusste Vinzent. Also, warum hatte er es trotzdem getan? Darauf konnte sich Simon nur einen Reim machen: Vinzent musste einen Hinweis auf den Verbleib von JJ bekommen haben. Aber auch dann war es Wahnsinn, allein zu verschwinden, ohne zu sagen, wohin. Was, wenn er sich auch in Gefahr begab? Simon verdrehte genervt die Augen. Als hätte er nicht schon genug Probleme.

»Das klären wir gleich, wenn ich wieder oben bin. Lasst die Kavallerie bis dahin mal noch nicht los.«

Kurzes, betretenes Schweigen. Dann fragte die Kollegin: »Habe ich das richtig verstanden, wir sollen ihn nicht verfolgen?«

»Doch, aber wartet, bis ich da bin«, flüsterte er. In dem Moment sah er aus dem Augenwinkel eine Bewegung und dann für den Bruchteil einer Sekunde ein Gesicht. Er wollte gerade rufen und Andreas auffordern, stehen zu bleiben und sich zu ergeben, als ein ohrenbetäubender Schuss durch den Keller krachte.

Sie war von einem undurchdringlichen Dunkel umgeben. Sie konnte nicht einmal die eigene Hand vor den Augen sehen. Ob sie die Augen geschlossen hielt oder offen hatte, machte keinen Unterschied. Dazu kam die Enge. Egal, ob sie die Beine oder die Füße bewegte, die Arme oder den Oberkörper und den Kopf. Überall stieß sie gegen mit Stoff ausgeschlagene Wände.

JJ litt nicht an Klaustrophobie, doch sie spürte, wie langsam, Millimeter um Millimeter, die Panik in ihr hochkroch und zunahm. Sie bekämpfte sie mit aller Kraft und bemühte sich, ruhig zu bleiben. Panik würde ihr nicht helfen, Panik würde ihre Lage verschlechtern und ihre Überlebenschance schmälern. Sie hatte schnell begriffen, wo sie sich befand.

In einem Sarg.

Einem Holzsarg. So wie sie sie jeden Tag für ihre verstorbenen Kunden verwendete. Fieberhaft kreisten ihre Gedanken darum, was sie tun sollte in der Zeit, bevor ihr die Luft ausging. Alles, jede Bewegung, vor allem jede unnütze, verbrauchte wertvollen Sauerstoff. Und der reichte in einem geschlossenen Holzsarg für etwa neunzig Minuten. Etwas länger, wenn sie ruhig blieb. Etwas kürzer, wenn sie sich anstrengte. Die große Unbekannte, auf die sie keine Antwort hatte, war die Frage, wie lange sie eigentlich schon hier drin lag. Je länger, desto mehr schwanden ihre Chancen ganz automatisch.

Der Deckel war fest verschraubt, denn natürlich hatte sie als Erstes alle Kraft aufgewendet, um ihn anzuheben, nachdem sie ihre missliche Lage erkannt hatte. Sie hatte es auch mit Klopfen probiert, obwohl ihr klar war, dass die Wahrscheinlichkeit, dass sie außer demjenigen, der sie hier eingesperrt hatte, jemand hörte, gering war. Sie wusste, wer sie hier eingesperrt hatte. Es war Andreas. Andreas Lehmann, der attraktive Typ, den sie von früher kannte und den sie wahrscheinlich nicht von der Bettkante gestoßen hätte. Was sie nicht wusste, das war das Warum. Sie konnte sich keinen Reim darauf machen. Kurz nachdem sie sein Gesicht gesehen hatte, hatte er ihr etwas in die Armvene gespritzt, woraufhin sie gleich wieder weggedämmert war. Als sie erneut zu sich gekommen war, hatte sie sich hier in diesem Sarg wiedergefunden. Im ersten Moment war sie versucht gewesen, laut zu schreien. Doch es war ihr gelungen, unter Aufbietung aller Willenskraft, diesen Reflex zu unterdrücken.

Jetzt lag sie hier, bemühte sich, sich nicht zu regen und so flach wie irgend möglich zu atmen, damit sie so wenig Sauerstoff wie möglich verbrauchte.

Viel Zeit würde jedoch nicht bleiben, um sie zu retten. Der Gedanke daran schmerzte sie und nötigte ihr ab, wieder eine heraufziehende Panikwelle zu bekämpfen.

JJ war hilflos ausgeliefert. Sie wusste noch nicht einmal, ob jemand sie suchte. Ob man ihr Verschwinden bemerkt hatte, ob Simon ihren Geldbeutel gefunden und daraus die richtigen Schlüsse gezogen hatte. Vielleicht suchte auch niemand nach ihr. Dann war sie verloren.

Der Schuss hallte noch lange nach in den kühlen Kellergewölben der ehemaligen BeLLe AG. Simon war bei Andreas, als der Hall des Knalls noch durch den Keller irrte. Andreas Lehmann lag am Boden und hielt sich den rechten Oberarm. Die Wunde sah allerdings nicht wie eine Schussverletzung aus, eher wie ein Schnitt, den man sich zuzog, wenn man irgendwo hängen blieb.

Simon hielt seine Waffe mit beiden Händen auf den Boden gerichtet, war aber jederzeit schussbereit. Wer geschossen hatte, wusste er nicht. Allerdings sah er, wo die Kugel eingeschlagen hatte. Nämlich in einem der Tanks, die hier unten standen und mit Flüssigkeiten für die Spirituosenherstellung befüllt waren. Dort, wo die Kugel in den Stahltank eingetreten war, floss jetzt ein dünner Strahl aus dem kleinen Loch. Rasch bildete sich eine kleine Pfütze.

»Los, aufstehen«, blaffte Simon den am Boden Liegenden an und machte mit seiner Waffe eine unmissverständliche Bewegung nach oben.

Andreas warf ihm einen um Mitleid heischenden Blick zu, aber Simon war alles andere als milde gestimmt. Noch wusste er nicht, wo JJ sich befand und ob sie womöglich in Lebensgefahr war.

Nachdem Andreas sich umständlicher als notwendig auf die Beine gekämpft hatte, hätte Simon ihn am liebsten geschnappt, gegen die Wand gedrückt, damit er ihm sagte, wo sie steckte.

Da bog ein Kollege um die Ecke. Simon kannte ihn, doch sein Name fiel ihm nicht ein. Wahrscheinlich hatte er geschossen, denn als er das suppende Loch im Tank sah, sagte er nur: »Oh. Knapp verfehlt.«

Andreas schaute, als ob er nicht so recht verstand, ob der Polizist meinte, ob er ihn nur knapp verfehlt hatte oder etwas anderes. Simon nutzte die Verwirrung Lehmanns und legte ihm Handfesseln an.

Dann fasste er ihn am Oberarm und schob ihn vorwärts zum nächsten Aufgang, der in den Innenhof führte. Beim Gehen kam er nah an Andreas' Ohr und zischte leise, sodass es niemand anderes hören konnte: »Du sagst mir besser, wo JJ steckt.« Auch ohne weiteren Zusatz wusste er genau, dass der Verhaftete die Botschaft sicher verstanden hatte. Dennoch schwieg er, was Simon mit einem Schmerzgriff quittierte.

Oben wartete Jana Simmel auf ihn. »Was machen wir jetzt mit dem ...?«

Simon schnitt ihr mit einer harschen Handbewegung das Wort ab. Er wollte nicht, dass Andreas Lehmann etwas von dem Vorfall mitbekam. Simon übergab Lehmann einem Beamten und bat ihn, ihn in einen Wagen zu verfrachten. »Ich komme gleich dazu.«

Der Beamte nickte und führte den Festgenommenen

ab. Dieser warf Simon noch einen bösartigen Blick zu, der bedeuten sollte: Ihr kommt ohnehin zu spät.

»So, Jana«, sagte er und wandte sich seiner ungeduldig wartenden Kollegin zu.

»Das geht nicht. Du weißt, dass ich das sofort melden und eine Fahndung einleiten muss. Mensch, Simon, der hat deinen Dienstwagen genommen. Das geht doch nicht. Das müssen wir sofort melden.« Sie war sichtlich aufgebracht, aber trotzdem kollegial genug, die Stimme zu dämpfen.

Simon tat so, als hätte er den Tadel überhört. »Hat er etwas gesagt, bevor er mit dem Wagen los ist?«

»Nein, nicht wirklich. Jens hat ihm die letzte Route des Vans ausgelesen, und dann ist er wie von der Tarantel gestochen losgerast und mit deinem Auto ab durch die Mitte.«

Mit einem Mal war Simon aufgeregt, spürte, wie Adrenalin durch seinen Körper gepumpt wurde. »Ja, und, was hat Jens ihm gesagt?«

»Na, dass der Wagen zuletzt in der Cannstatter Straße gestanden hatte.«

»Scheiße. Warum hast du das denn nicht gleich gesagt? Verdammter Mist. Los, komm mit, wir nehmen deinen Wagen.«

Jana sah ihn verständnislos an, eilte ihm jedoch hinterher, als er zu ihrem silber-blauen Polizeiwagen rannte.

Sie spürte, wie die Luft immer wärmer und verbrauchter wurde. Jeder Atemzug verringerte den Sauerstoffgehalt. Lange würde sie nicht mehr durchhalten. Aber sie hatte keine Ahnung, wie sie dem sicheren Tod entrinnen konnte. Die Uhr tickte, und mit jeder Sekunde wurde das Pochen in ihrem Kopf lauter, während sie versuchte, die Atmung flach zu halten.

Während ihrer Zeit im Ausland hatte sie mit der Lauferei angefangen und hin und wieder Entspannungsübungen, vorwiegend Yoga, ausprobiert. Das war, lange bevor es hier zum Volkssport geworden war und alle, die etwas auf sich hielten, neben einem Therapeuten auch noch einen Yogalehrer hatten oder zumindest regelmäßig einen Yogakurs besuchten. JJ erinnerte sich an die beruhigenden Atemtechniken. Ob sie ihr in diesem Moment wirklich halfen, wusste sie nicht. Aber sie gaben ihr zumindest das Gefühl, aktiv etwas für die Verbesserung ihrer aussichtslosen Situation zu tun.

Da sie ruhig und so flach wie möglich atmete, war es nahezu vollkommen lautlos. Außer dem Pochen des Pulses in ihren Ohren hörte sie nichts. Doch da war noch etwas. Ein Geräusch, das sich nach einer Tür anhörte, die zuerst geöffnet und dann wieder geschlossen wurde. Dann leise Schritte. Stille. Wieder Schritte, die gedämpft durch das Holz und den Stoff zu ihr ins Innere drangen. Es hörte sich an, als würde jemand umhergehen. War das Andreas, der zurückgekehrt war? Wollte er sichergehen, dass sie tot war? Oder hatte er es sich anders überlegt? War er womöglich nur der Ausführende und jemand anderes steckte hinter diesem feigen Mordversuch? Wenn dem so war, würde es ihr nichts bringen, wenn sie sich bemerkbar machte. Im Gegenteil. Er würde sie wahrscheinlich kaum aus ihrem Martyrium erlösen. Und sie selbst würde zu viel der verbliebenen kostbaren Atemluft vergeuden, während sich ihr Mörder an ihrem Sterben weidete.

Aber wenn er es nicht war? Ein anderer? Woher sollte sie das wissen? Sie wusste ja noch nicht einmal, wo sie lebendig begraben war. Vielleicht täuschte sie sich auch und war längst irgendwo verscharrt worden, tief unter der

Erde, wo sie niemand finden würde. Und erst Jahre später würde man bei Bauarbeiten zufällig ihr Skelett entdecken.

Dann aber nahm sie all ihren Mut und ihre Wut zusammen und begann in einem allerletzten Aufbäumen wie wild gegen das Holz zu hämmern. Sie würde nicht sterben, ohne zumindest alles zu versuchen, aus diesem dunklen Gefängnis zu entkommen. Und sie würde nicht in einem Sarg verrecken, nicht, wenn sie es verhindern konnte. Sie trommelte mit Armen und Beinen vehement und unaufhörlich gegen die Außenhülle ein. So lange, bis sie kaum noch Luft bekam.

Vinzent hatte aufgegeben. JJ war hier nirgends. Er hatte sich in die Irre führen lassen, auf seine Emotionen und seinen Instinkt gehört, nicht auf seinen Verstand. Es konnte viele Gründe geben, warum der Wagen hier in der Cannstatter Straße gestanden hatte. Vielleicht hatte er genau gewusst, dass die Polizei in der Lage sein würde, die Fahrzeugdaten auszulesen, und wollte sie bewusst in die Irre führen. Alles, damit niemand den wahren Aufenthaltsort von JJ finden konnte, bis …

Ja, bis was eigentlich? Bis sie tot war? Ja, wahrscheinlich war es das. So perfide wie einfach. Und er war darauf reingefallen. Er, der Journalist, zu dessen Job es eigentlich gehörte, Informationen auf ihren Wahrheitsgehalt zu prüfen, sie zu checken. Er war einfachen, aber bitteren Fake News aufgesessen. Es konnte nicht anders sein. Und gerade, als ihm das Wort »perfide« durch den Kopf ging, kam ihm ein Gedanke, nistete sich oben ein und entzündete einen letzten Funken Hoffnung. Eine Idee, mehr war es nicht. Ein letzter Versuch, die vielleicht letzte Möglichkeit.

Vinzent ging über das Treppenhaus hinunter in die Arbeitsräume des Beerdigungsinstituts. Zuerst durch die Büros und die Abschiedsräume, die sich allesamt im Erdgeschoss befanden. Er durchkämmte Raum für Raum, fand aber nichts Ungewöhnliches und schon gar keinen Hinweis auf den Verbleib von JJ. Mit jedem Schritt schien die letzte Hoffnung wieder zu schwinden. Dann ging er nach unten, dorthin, wo JJ mit den Toten arbeitete, sie wieder herrichtete, sie für die letzte Ruhe bettete. Zuerst öffnete er die Tür zum Kühlraum mit seinen neun Fächern, in denen die leblosen Hüllen der verstorbenen Menschen aufbewahrt wurden. Er öffnete alle Türen. Drei Fächer waren leer, hinter den anderen sah er teils noch nackte oder in einfache Leichentücher gehüllte Körper. Aber zum Glück gehörte keiner davon JJ.

Vinzent ging in JJs Arbeitsraum, dort, wo die Lautsprecher in die Wand eingebaut waren, wo sie bei der Arbeit so gern laute Musik hörte und den einen oder anderen Joint buffte. Aber auch dieser Raum war leer. Dann öffnete er die Tür zum letzten Raum. Hier standen einige unterschiedliche Särge auf mehreren Rollwagen. Er ging hinein, sah sich um, machte noch ein paar Schritte. Nichts. Nichts, was auch nur irgendwie auf JJ hindeutete. Was hätte sie auch hier machen sollen?

Er wollte gerade wieder gehen, als ein Hämmern einsetzte. Irgendetwas schlug gedämpft auf Holz. Und plötzlich wusste er, wo JJ war. Da erstarben mit einem Mal das Hämmern und das Klopfen, und es wurde still.

»Fahr schneller!«, sagte Simon zu Jana Simmel, obwohl sie schon mit atemberaubender Geschwindigkeit durch das nächtliche Fellbach raste. Er wusste genau, dass die

Aufforderung unnötig war, denn sie konnte beim besten Willen nicht noch mehr auf das Gaspedal drücken. Sie jagte die Bahnhofstraße entlang, kreuzte die Wernerstraße. Simon sah am Fenster die Pauluskirche und dann die Eberhardstraße vorbeifliegen. Die Schaufenster der Einkaufsstraße warfen das hektisch blinkende Blaulicht aufgeregt zurück. Nur an der Kreuzung über die Stuttgarter Straße, am neu gestalteten Stuttgarter Platz, verlangsamte Jana für einen Moment die Fahrt, ehe sie wieder voll aufs Gaspedal stieg und Simon durch die Beschleunigung des BMW in den Sitz gedrückt wurde. Vorbei am Wüst-Areal und der Bausünde Wohncity schoss sie links in die Seestraße, pfiff entlang der Endhaltestelle der Linie eins an der Lutherkirche entlang in die Cannstatter Straße und kurz darauf in den Hof von JJs Bestattungsinstitut. Sie rissen die Türen auf und rannten zum Haupteingang. Die Tür war natürlich verschlossen. Simon warf sich zweimal erfolglos dagegen. Das funktionierte heutzutage meist nur in Filmen, weshalb er gar nicht erst versuchte, sie einzutreten. Da sah er, dass eines der raumhohen Fenster nur gekippt war. Mit zwei kräftigen Tritten schwang es auf, und Simon stürzte gefolgt von Jana in den Raum.

»Wir teilen uns auf. Du schaust dich hier um, ich gehe nach unten. Und Vorsicht, irgendwo treffen wir wahrscheinlich auf Vinzent. Also schieß ihn nicht über den Haufen, auch wenn er es vielleicht verdient hätte.«

Sie machten sich an die Arbeit.

Im Untergeschoss, wo JJ sonst meist allein arbeitete, brannte Licht. Alle Räume waren taghell erleuchtet. Simon legte seine rechte Hand auf den Griff seiner Dienstwaffe und rief: »Vinzent?«

»Hier hinten«, kam sofort die Antwort. »Dort, wo die Särge bereitgestellt werden.«

Simon nahm die Beine in die Hand und eilte in besagten Raum. Dort sah er, wie Vinzent verzweifelt an den Drehverschlüssen eines Sargs hantierte.

»Schnell, Simon, hilf mir. Sie muss dadrin sein. Aber ich höre nichts mehr. Sie erstickt, wenn wir sie nicht gleich rausholen.« Simon sprang auf die andere Seite und half zu drehen. In dem Augenblick stürzte auch Jana in den Raum. Ohne ein Wort zu sagen, schien sie die Situation sofort zu erfassen und half den beiden, sodass sie wenige Sekunden später den Sargdeckel anheben konnten.

Gierig füllte JJ ihre brennenden Lungen mit frischer Luft, die angenehm kühl in ihre Lungen strömte.

Sie lebte.

Sie konnte es selbst kaum fassen und war eine Sekunde wie gelähmt vor Freude, als sich der Deckel gehoben und das erste Licht an ihre Augen gedrungen war. Beinahe hätte sie vergessen zu atmen, so überrascht war sie in dieser Situation gewesen.

In der ersten Sekunde hatte sie nur ungläubig in die Gesichter von Vinzent, Simon und einer uniformierten Polizistin geschaut. Eine Weile hatte sie nur dagelegen, und die Enge der Holzkiste hatte sie nicht mehr gestört, da sie jetzt wieder atmen konnte, Luft bekam.

»JJ«, sagte Vinzent und strahlte ihr entgegen. Auch Simon war die Erleichterung anzusehen. Seine Kollegin hatte JJ ebenfalls aufmunternd angeschaut, dann ihr Handy gezückt und ihre Kollegen informiert.

»Leute«, sagte JJ dann, »das war buchstäblich Rettung in letzter Sekunde. Länger hätte ich es nicht geschafft. Ich wäre erstickt, wenn ihr euch noch mehr Zeit gelassen hättet. Echt jetzt.«

Sie sah, wie sich Simon und Vinzent einen Blick zuwarfen.

»Kaum von den Toten auferstanden, schon wieder eine freche Klappe«, sagte Vinzent kopfschüttelnd.

»Vielleicht sollten wir den Deckel schnell wieder draufmachen, solange sie noch dadrin liegt.«

Sie drohte Simon mit der geballten Faust und streckte dann ihre Arme aus, damit sie ihr aus dem Sarg helfen konnten.

Anfangs stand sie etwas wackelig auf den Beinen und musste sich anlehnen. Außerdem war ihr leicht schwummrig vor den Augen. Aber sie lebte, und diese Tatsache überwog.

»Habt ihr ihn? Und abgesehen davon, woher wusstet ihr, wo ich war? Wie habt ihr mich gefunden?«

»Da waren durchaus die Kommissare Glück und Zufall im Spiel«, antwortete Simon nach kurzer Bedenkzeit. Er erzählte ihr, was seit ihrem Anruf bei ihm geschehen war. JJ lauschte interessiert, stellte ein paar Verständnisfragen, nickte hin und wieder oder schüttelte ungläubig den Kopf.

»Warum hat er das getan?«, stellte sie am Ende die Frage, die sie wahrscheinlich alle gerade beschäftigte.

»Wir wissen es nicht. Das Motiv ist völlig unklar. Wir glauben, er hat Grete Bürkle entführt und getötet, und wir glauben auch, dass er Josefine Arenz auf dem Gewissen haben könnte. Nur das Warum, darauf können wir uns noch keinen Reim machen. Es fehlt das Motiv. Vielleicht gibt uns die Befragung Aufschluss. Vielleicht liefert er uns den Grund. Allerdings rechne ich mit einer harten Nuss, die es zu knacken gilt. Andreas Lehmann macht nicht gerade den Eindruck, sehr redselig zu sein, was Fragen anbelangt.

Andreas, dachte JJ. Das ergab doch alles keinen Sinn. Er hätte sie doch eigentlich gar nicht entführen müssen. Es hätte gereicht, wenn er sich mit ihr verabredet oder mit ihr am Rand der Wahlkampfveranstaltung in der Schwabenlandhalle ein Glas getrunken hätte. Sie wäre höchstwahrscheinlich freiwillig bei ihm eingestiegen und mitgegangen. Warum also dieser Aufwand, diese Rohheit und Brutalität? Und warum wollte er ihren Tod? Was hatte sie ihm getan? Was hatte sie mit ihm zu tun, außer dass sie vor Jahrzehnten mal auf ihn gestanden hatte?

Im Präsidium trommelte Simon sein Team zusammen. Es dauerte keine fünf Minuten und die Soko Grete saß komplett im Besprechungsraum. Simon fasste noch mal die jüngsten Ereignisse zusammen.

Danach meldete sich Bernd Fischer als Erster. »Ich habe mit der KTU gesprochen. Sie haben den Van von Lehmann auseinandergenommen, und eine erste Spurenanalyse ergab, dass höchstwahrscheinlich beide Todesopfer mit dem Wagen transportiert worden waren.«

»Du meinst, Grete Bürkle und Josefine Arenz?«, fragte Sylvia Rieger nach.

»Ja. Die Untersuchungen sind noch nicht abgeschlossen, noch nicht alle Vergleiche gemacht und auch noch nicht alles abschließend untersucht. Sie haben passende DNA-Spuren gefunden. Natürlich muss noch geklärt werden, wie die dort hingekommen sind. Aber sie meinten, dass ein erster Trend wichtig sein könnte für uns.«

»Da haben die Kollegen wohl mitgedacht«, freute sich Simon.

»Aber es wird noch besser«, meldete sich jetzt auch Werner Maier. »Tanja Schmücker, die Neue in der Gerichtsmedizin, hat sich auch gemeldet.«

Wow, dachte Simon. Da war ja mächtig was los. »Und?«

»Na ja, sie hat bestätigt, dass auch die Arenz keines natürlichen Todes gestorben ist. Sie konnte Spuren des Einwirkens stumpfer Gewalt im Kopf- und Nackenbereich feststellen.«

»Kurzum, die Arenz wurde also erschlagen?«, hielt Simon fest.

Maier nickte eifrig.

Er war zufrieden. Mit so viel Munition hatte er gar nicht gerechnet. Eher mit einer zähen Hängepartie. Aber manchmal war einem das Glück doch hold. Jetzt hatte er zumindest etwas in der Hand, um bei der anstehenden Vernehmung von Andreas Lehmann einen Luftballon steigen lassen zu können.

39

Andreas Lehmann saß ganz entspannt auf einem Stuhl. Die Unterarme locker auf dem Tisch abgelegt, die Hände ineinander gefaltet, strahlte er eine fast schon beängstigende Ruhe aus. Für ihn war es eine kurze Nacht gewesen, die er in einer der Verwahrzellen im Untergeschoss verbracht hatte. Sie konnten ihn maximal achtundvierzig Stunden festhalten, dann musste der Haftrichter entscheiden, ob er wieder freigelassen werden musste oder bis zu einer möglichen Anklageerhebung in Untersuchungshaft kommen würde. Bis dahin hatte Simon Zeit, in den Vernehmungen etwas herauszufinden. Sie hatten Lehmann noch bei Festnahme über seine Rechte aufgeklärt, von denen er bisher jedoch keinen Gebrauch machen wollte. Kein Anruf, kein Anwalt. Es war seine Entscheidung. Zwingen konnte man niemanden. Anscheinend fühlte er sich sicher.

Simon betrat den Raum und setzte sich dem Verdächtigen gegenüber. Er hatte zwei Becher Kaffee und zwei Wasserflaschen dabei, schaltete die kleine Videokamera ein, die auf einem Stativ neben seinem Stuhl im Raum stand, und setzte sich Andreas Lehmann gegenüber. Er begann mit der Vernehmung und klärte ihn kurz über das Prozedere und den üblichen Mitschnitt auf Video und Audio auf.

»Bitte sagen Sie uns Ihren vollständigen Namen, Ihr Geburtsdatum und Ihre Anschrift.«

Andreas nickte und antwortete laut und verständlich.

»Wurden Sie über Ihre Rechte aufgeklärt?«

»Ja, wurde ich.«

»Möchten Sie davon Gebrauch machen, einen Anwalt zu konsultieren, der bei der Befragung anwesend sein soll?«

»Nein, das ist nicht notwendig. Ich verzichte zum gegenwärtigen Zeitpunkt auf die Ausübung meiner Rechte.«

Er schien die Worte wohl gewählt und lange überlegt zu haben, so glatt und geschmeidig, wie sie ihm über die Lippen kamen.

»Sie wissen, warum Sie hier sind?«

Andreas nickte.

»Das Band kann Ihr Nicken leider nicht hören. Bitte antworten Sie daher mindestens mit Ja oder Nein.«

Andreas beugte sich etwas nach vorn, als wollte er näher an das auf dem Tisch stehende Mikrofon heranrücken, damit man ihn besser verstehen konnte. »Ja«, sagte er dann knapp.

»Sie wissen also, dass Sie dringend tatverdächtig sind im Fall eines versuchten Mordes?«

»Ja.«

»Und Sie wissen auch, dass wir Sie im Verdacht haben, mit zwei Todesfällen in Verbindung zu stehen?«

»Sie meinen, ich bin Ihr Verdächtiger?«

»Ja, das meine ich.«

»Gut. Wenn Sie es sagen. Sie sind derjenige, der die Beweise bringen muss.«

Simon war irritiert darüber, wie leichtfüßig Lehmann mit den Anschuldigungen umging. Wie konnte das sein?

»Und Sie sind sich sicher, dass Sie die Befragung wirklich ohne anwaltlichen Beistand durchführen wollen?«

»Ja.«

Simon betrachtete sein Gegenüber kurz. Keiner sagte währenddessen ein Wort. Andreas erwiderte den Blick. Ungerührt. Nüchtern. Ohne Wut, ohne Hass, ohne Emotion.

Simon klappte die Aktenmappe auf, die er unter dem Oberarm geklemmt mit in den Raum gebracht hatte und die jetzt vor ihm auf dem Tisch lag.

»Seit wann sind Sie in Fellbach?«

»Ich bin hier aufgewachsen. Meine Familie stammt von hier. Sie ist vor dem Krieg geflüchtet, lebt seither in Südamerika, aber mich haben sie hierher zurückgeschickt. Nach mehreren Stationen in Deutschland habe ich vor etwa einem Jahr einen Betrieb im Stadtteil Schmiden übernommen. Um diesen zu führen, bin ich in die Stadt gekommen.«

»Was ist das für ein Betrieb?«

»Ein Betrieb zur Herstellung von Spirituosen. Weinbrand, um genau zu sein.«

»Wie heißt der Betrieb?«

»Es handelt sich dabei um die BeLLe AG.«

»Also ein Fellbacher Traditionsbetrieb?«

»Ein Schmidener Traditionsbetrieb. Als der Stadtteil eingemeindet wurde, war die BeLLe AG lediglich noch ein Name, eine Marke, die zu einem großen Konzern gehörte. Ich wollte ihr wieder zu altem Glanz verhelfen, denn immerhin war die BeLLe AG einmal einer der bekanntesten Hersteller von Cognac, was ja lediglich ein anderes Wort für Weinbrand ist. Gesetzlich gesehen dürfen sich nur Destillate aus Wein, die in der französischen Region Cognac hergestellt werden, auch so nennen. Das war vor den großen Kriegen einmal anders. Aber vieles hat sich seitdem verändert.«

»Okay, Sie haben also einen Betrieb übernommen, der Branntwein herstellt …«

»Nein. Ich habe einen Betrieb übernommen, der Spirituosen herstellt und dessen Name einmal weltbekannt für seinen Weinbrand war. Branntwein ist aber etwas ganz anderes als Weinbrand. Weinbrand ist die vielleicht am meisten missverstandene Spirituose im deutschen Sprachraum – und das meinen wir jetzt keinesfalls geschmacklich, sondern tatsächlich rein sprachlich. Das fängt schon damit an, dass Weinbrand und Branntwein nicht dasselbe sind. Ersterer ist ein Destillat aus Wein oder Traubenmost, Zweiterer beschreibt einfach alle Spirituosen, die durch Brennen hergestellt werden. Klar, die Wortherkunft ist dieselbe, und klar, aller Weinbrand ist Branntwein, aber nicht aller Branntwein ist Weinbrand.«

Simon konnte sich ein Schmunzeln nicht verkneifen. »Vielen Dank für diesen kleinen Exkurs. Man lernt schließlich nie aus. Aber kommen wir zurück zur Übernahme des Betriebs. Warum gerade diese Firma, dieser Markenname? Warum Schmiden? Und warum haben Sie nicht einfach eine neue Marke erfunden?«

»Ich weiß zwar nicht, was all das mit der mir vorgeworfenen Tat zu tun haben soll, aber ich will es gerne erläutern, denn Sie würden es ja ohnehin herausfinden, wenn Sie vorhaben, tiefer zu graben. Falls Sie die Antwort nicht ohnehin schon kennen und mich mit diesen Fragen lediglich auf die Probe und einem Glaubwürdigkeitstest unterziehen wollen.« Andreas schaute Simon direkt in die Augen. Der hielt dem Blick ungerührt stand.

JJ starrte auf den Bildschirm, über den sie die Vernehmung verfolgte. Sie saß in Simons Büro, an dessen Schreibtisch.

Die Tür war verschlossen, denn eigentlich war es nicht zulässig, dass sie zuhörte. Aber sie wollte unbedingt wissen, was Andreas sagte. Sie hatte das Gefühl, dabei sein zu müssen, wenn er womöglich die Gründe für sein Handeln und für seinen Tötungsversuch offenbarte. Daher hatte sie Simon so lange bezirzt, bis dieser sich irgendwann geschlagen gegeben hatte.

»Was soll ich tun, wenn ich in der Befragung bin und du zufällig im Büro auf mich wartest, weil du auch noch deine Schilderung der Ereignisse zu Protokoll geben willst, und ich vergessen habe, den Rechner mit der Kameraübertragung aus dem Befragungsraum ins Stand-by zu schicken?«, hatte er dann leise vor sich hin philosophiert.

JJ hatte mit jedem Wort breiter gegrinst, und jetzt hockte sie hier und lauschte.

»BeLLe wurde von Bertrand Leonard Léman kurz vor Ende des neunzehnten Jahrhunderts gegründet. Léman stammte eigentlich aus dem Elsass und kam wegen der Liebe hierher ins Remstal. Er hat das Unternehmen zur Herstellung von Destillaten gegründet. Und er war mein Ururgroßvater. Als er starb, ging das Unternehmen an seinen Sohn Marcus Léman über, der es zu einem der erfolgreichsten Spirituosenhersteller seiner Zeit auf dem Kontinent ausbaute, allerdings früh verstarb. Der wohlklingende und französisch ausgesprochene Name war damals bei Kennern und Cognacliebhabern in aller Munde. Er kam sogar einigermaßen unbeschadet durch die wirtschaftlichen Wirren der Weimarer Republik. Unter seinen Beschäftigten galt er als sehr angenehmer Chef. Er hat schon damals für ordentliche Arbeitsbedingungen und Bezahlung gesorgt. Doch mit der Machtübernahme der Nazis änderte sich vieles, denn meine Familie war jüdisch. Also wurde Marcus'

Sohn Berend, der inzwischen die Geschäftsleitung innhehatte, zuerst aus der aktiven Geschäftsführung gedrängt. Das konnte er noch verschmerzen, denn im Vorstand und Aufsichtsrat saßen noch immer einige seiner engsten Freunde. Doch Ende der Dreißigerjahre ging der Betrieb gegen seinen Willen an den damaligen Gauleiter Dehm. Geld gab es natürlich keines dafür. Wir waren ja Juden. Stattdessen mussten sie flüchten. In Südamerika fanden sie dann später eine neue Heimat. Doch einer seiner Söhne hat die Überfahrt nicht überlebt, und seine Frau ist kurz darauf an den Folgen der beschwerlichen Reise gestorben und seine Tochter wenige Jahre später an der Cholera. Der überlebende Sohn, Robert Lehmann, wie sich meine Familie jetzt nannte, ist mein Großvater.«

»Und Sie wollen jetzt diesen ehemaligen Familienbetrieb wieder zu genau diesem machen, verstehe ich das richtig?«

Andreas redete weiter, als habe er Simons Frage nicht gehört. »Nach dem Krieg wurde unsere Familie zwar entschädigt. Doch das Unternehmen, das meine Vorfahren aufgebaut hatten, war zerstört. Die Arbeit von Generationen einfach so vernichtet. Das hat uns immer sehr geschmerzt.«

»Aber was hat all das mit den Vorwürfen zu tun, die gegen Sie erhoben werden?«

»Das ist ganz einfach: Der Gauleiter, dem damals der Betrieb widerrechtlich zugesprochen wurde, hat ihn auch nach dem Krieg weiterbetrieben. Er hat wie so viele das Entnazifizierungsverfahren durchlaufen und war als nicht vorbelastet eingestuft worden.«

»Wie kann das sein?«, wollte Simon wissen.

»Ganz einfach: durch eine Namensänderung. Das war nach dem Krieg kein Problem. So sind viele durch das Netz gerutscht und der Verfolgung entkommen.«

»Und dann?«

»Dann hat Friedemann Schmitz, wie er von da an hieß, sogar Karriere als Stadtrat der CDU im benachbarten Fellbach gemacht und das Unternehmen geführt und den fetten Gewinn in die eigene Tasche gesteckt. Keine Ausnahme damals. Eher die Regel. Als er dann kinderlos starb, kaufte ein großer Konzern die Firma auf und integrierte sie. Doch genau genommen ist nur der Namen übrig geblieben.«

»Und Sie, was haben Sie mit dem Ganzen zu tun? Und noch mal die vorhergehende Frage: Was hat all das mit den Morden zu tun, die Ihnen vorgeworfen werden?«

»Oh, sehr viel. Ich könnte Sie jetzt im Dunkeln lassen und sagen, ermitteln Sie doch selbst, so wie in den ganzen Fernsehkrimis. Aber das wäre Zeitverschwendung. Ich habe ohnehin, was ich wollte.«

»Und das wäre?«

»Eigentlich wollte ich aus Südamerika zurückkommen und wirklich nur das Unternehmen meiner Vorfahren zurückkaufen und ihm zu altem Glanz verhelfen. Doch dann begegnete mir Josefine Arenz.«

»Was hat Frau Arenz mit dem zu tun? Und wo ist sie Ihnen begegnet?«

»Sie ist die Tochter vom alten Schmitz, dem Nazi, der meiner Familie die Firma geraubt hat.«

»Und deshalb musste sie sterben?«

»Im Endeffekt: ja.«

»Ein Mord aus Rache?«

»Wenn Sie so wollen.«

»Und Grete Bürkle?«

»Hat sich so ergeben.«

»Wie, hat sich so ergeben? Einfach so nebenbei ein weiteres Leben ausgelöscht?«

»Nein.«

»Was dann?« Simon war jetzt verärgert.

Währenddessen starrte JJ gebannt auf den Bildschirm. Sie konnte kaum glauben, was sie dort sah und hörte.

»Ich habe sie gedatet. Über so eine App. Ich habe mich als jemand ausgegeben, der einfach nur unkomplizierten Sex haben wollte. Das war wohl genau das, wonach sie auch gesucht hat. Aber zumindest ich für meinen Teil habe das nur vorgegeben, denn ich mache mir eigentlich nichts aus Frauen. Aber wenn es der Sache dient, wegen der ich hier bin? Vor dem Treffen habe ich recherchiert. Man will ja wissen, mit wem man ins Bett geht, oder? Ich zumindest schon. Und da habe ich dann herausgefunden, dass Grete Bürkle die uneheliche Tochter von Josefine Arenz' Sohn ist. Also auch eine Nachkommin des alten Schmitz.«

»Aber sie heißt doch Bürkle. Und ihr Mann beziehungsweise ihr Ex-Mann heißt Becker.«

»Bürkle war der Namen ihrer alleinerziehenden Mutter.«

»Aber sie kann doch nichts für das Unrecht, das ihr Urgroßvater Ihrer Familie angetan hat. Und trotzdem musste sie sterben, haben Sie sie deswegen umgebracht?«

»Nein. Ich habe sie nicht getötet. Die Arenz ja. Die Bürkle nicht. Die war schon tot.«

Andreas trank den Becher mit kaltem Kaffee in einem Zug aus. Dann sagte er: »Und jetzt würde ich gerne von meinem Recht Gebrauch machen und einen Anruf tätigen. Bitte rufen Sie Staatsanwalt Robert Köhler für mich an und sagen Sie ihm, dass ich hier bin.«

40

»Was ich nicht verstehe«, schimpfte JJ, »was habe ich jetzt mit dem ganzen Mist zu tun? Keine Frage, eine ziemlich hässliche Geschichte und einmal mehr der Beweis dafür, dass hinter jeder Fassade womöglich Abgründe schlummern und wir jede Unrechtmäßigkeit, jedes Verbrechen bekämpfen müssen.«

Sie saßen zusammen an einem kleinen Tisch in der Fellbacher Markthalle und tranken einen Kaffee. Vor ihnen stand noch das Geschirr ihres Mittagessens. JJ hatte einen kleinen Salat gehabt, während Simon sich Maisbrot mit verschiedenen Aufstrichen gegönnt hatte.

»Ich kann deinen Ärger verstehen. Aber woher sollte ich wissen, dass Köhler ein Bekannter von ihm ist?«

»Ein Bekannter? Also wenn das nur Bekannte sind, dann leg ich mich gleich wieder freiwillig in den nächsten Sarg. Hast du gesehen, wie die sich angeschaut haben? Die sind ein Paar.«

»Köhler und Lehmann? Glaubst du wirklich?«

»Mensch, ich hab doch Augen im Kopf. Und mit denen sehe ich eben das, was euch Typen immer entgeht.«

»Gut. Nehmen wir an, du hast recht …«

»Hab ich.«

»Also, du hast recht. Und nun? Das hat doch keine Auswirkung auf das, was geschehen ist.«

»Sag mal, wie bescheuert bist du denn? Siehst du das wirklich nicht? Willst du es nicht sehen, kannst du es nicht sehen? Was glaubst du denn, warum dich der Staatsanwalt von dem Fall abgezogen hat?«

»Ja, daran habe ich auch schon gedacht. Doch das kann doch nicht sein. Das wäre doch der Hammer, das wäre ein Straftatbestand, wenn der ermittelnde Staatsanwalt, dem wir quasi unterstellt sind, seine persönlichen Interessen über die der Verbrechensaufklärung stellen würde.«

»Menschen sind halt Menschen. Mich hätte auch fast jemand umgebracht, dem ich noch ein paar Tage davor schöne Augen gemacht habe.«

Köhler war nach dem Anruf sofort gekommen und hatte einen riesigen Aufstand gemacht. Simon vorgeworfen, er habe gegen die ausdrückliche Anweisung verstoßen und ohne Erlaubnis weiterermittelt und den Tatverdächtigen unzulässig unter Druck gesetzt. All das hörte er normalerweise von den Anwälten der Verdächtigten und Beschuldigten, normalerweise nie von einem Vertreter der Staatsanwaltschaft. Andererseits hatten sie das Geständnis. Da konnte selbst Köhler nicht dran vorbei. Und es war keine erzwungene oder erpresste Aussage.

»Selbst wenn du recht hast, was heißt das am Ende? Wir haben auf einige Fragen noch keine Antworten.«

»Andreas wird der Justiz überstellt, und zwar in die Zuständigkeit eines anderen Staatsanwaltes. Er wird wegen zweifachen Mordes und dem versuchten Mord an dir angeklagt werden, da bin ich sicher.«

»Und wenn die Staatsanwaltschaft die Aussage als nicht rechtmäßig ansieht?«

»Das wird nicht passieren, JJ. Dafür werde ich sorgen.«

Das glaubte sie ihm sogar. Sie tranken ihren Kaffee aus.

»Weißt du, was ich mich frage?«

Sie sah zu ihm rüber.

»Warum hat er den einen Mord zugegeben, den anderen aber so vehement bestritten? Und warum hat er Josefine Arenz in den Garten meiner Familie gelegt? War das eine Botschaft, eine Warnung?«

»Und ich frage mich, warum ich sterben sollte? Das ergibt doch gar keinen Sinn«, ergänzte JJ nachdenklich.

»Nichts, absolut gar nichts ergibt in der ganzen Chose Sinn.«

Sie brachten ihr Geschirr zurück und traten durch die Schiebetür hinaus in den Herbsttag. Simon wäre fast mit Mirijam zusammengestoßen und hätte sie wahrscheinlich umgeworfen, so schwungvoll, wie er aus der Markthalle gekommen war. Sie machte einen Schritt zu Seite, und er umfasste mit beiden Händen ihre Taille, um sie aufzufangen. Im ersten Moment mischte sich Freude in das überraschte Gesicht von Simons Frau. Doch als sie JJ nach ihm aus der Markthalle kommen sah, verflog dieser Ausdruck sofort wieder.

Sie wand sich aus den Händen ihres Mannes und sagte nur schnippisch: »Na, das hätte ich mir ja denken können.« Dann rauschte sie ab.

Simon schien nicht so recht zu wissen, was er jetzt tun sollte. Bei JJ bleiben, um die drängenden Fragen seines Falls weiter zu erörtern? Oder seiner Frau hinterhergehen?

JJ nahm ihm ausnahmsweise die Entscheidung ab. »Hau ab, du Idiot. Los, hinterher. Ich habe jetzt eh zu tun und keine Zeit mehr für dein ewiges Geblubber.«

Das stimmte natürlich nur zum Teil, denn sie hatte nichts mehr vor. Die Arbeit im Bestattungsinstitut hatte sie auf ihre Kolleginnen und Kollegen verteilt und sich für heute freigenommen. Sie hatte nicht gewusst, wie lange die Befragung von Andreas dauern würde. Außerdem machte ihr das Erlebnis der letzten Nacht noch ziemlich zu schaffen. Aber die Intervention von Simons Frau kam ihr gerade recht. Sie hatte langsam das Bedürfnis, allein zu sein. Sie wusste, dass Vinzent die nächsten Tage mit der anstehenden OB-Wahl beschäftigt sein würde, und hatte aufgrund dessen die Chance, ein paar Stunden mit einem schönen Glas Wein und einem guten Buch zu verbringen. Aus diesem Grund war es ihr gar nicht so unrecht, dass sie nun ungestört durch die Hirschgasse schlendern und an der Ecke zur Cannstatter Straße in ihrer Lieblingsbuchhandlung vorbeischauen konnte.

Sie stöberte durch die aktuellen Neuerscheinungen und entschied sich letztendlich für die wunderschöne Jubiläumsausgabe eines Klassikers, den sie schon immer lesen wollte, aber mehrfach daran gescheitert war: Thomas Manns »Zauberberg«. Vielleicht half die großformatige und edle Hardcoverausgabe, sich durch dieses Monstrum von Buch zu kämpfen. Für den Fall eines erneuten Scheiterns nahm sie noch eine Biografie über Hannah Arendt und einen Roman von Sven Regener mit. Sie mochte dessen Art zu schreiben. Der Sänger der Band Element of Crime schrieb und sang die vielleicht schönste Lyrik, die es in ihrer Muttersprache gab. Dann ging sie in ihre Wohnung, machte sich eine Kanne Tee mit Ingwer und Zitrone, in den sie noch ein paar Blätter frische Minze warf, zog sich eine bequeme Jogginghose an, legte sich mit einer kuscheligen Decke auf ihr bequemes Sofa und tauchte ein in die Welt von Hans Castorp und seiner Reise nach Davos, hinauf auf den Zauberberg, den er nie wieder verlassen sollte. Spätestens in der Mitte des ersten Kapitels war sie allerdings eingeschlafen.

41

Sie rannte, wusste jedoch nicht, wohin. Trotzdem rannte sie weiter. Immer weiter, wie damals Franka Potente als Lola in Tom Tykwers Film. Sie rannte und rannte, wusste aber nicht, warum und wohin. Rannte sie vor etwas weg? Oder etwas hinterher? Sie wusste es nicht. Dann stürzte sie. Doch statt auf den Boden zu knallen, fiel sie in ein schwarzes Loch, in die Tiefe, in der sie eine undurchdringliche Dunkelheit umfing. Irgendwann endete der Sturz. Sie lag still und spürte die Enge und spürte, wie die Luft zum Atmen weniger wurde.

Dann wachte JJ mit einem Schrei auf und sog wild Luft in ihre Lungen. Immer und immer wieder. Aber sie lag nicht im Sarg, war nicht gefangen und ausgeliefert. Sie war hier, in ihrer warmen Wohnung.

Die Stunden im Sarg hatten sie vermutlich mehr mitgenommen, als sie sich eingestehen wollte. Aber sie würde damit klarkommen. Wie sie immer mit allem klarkam.

Dann läutete ihr Telefon. Eine unbekannte Nummer.

»Ja«, meldete sie sich.

»JJ, ich bin's«, hörte sie Vinzents Stimme. »Kannst du kommen?«

»Von wo aus rufst du denn an und warum von einer unbekannten Nummer? Ich wäre fast nicht rangegangen.«

»Ähm, mein Handy war leer und lädt gerade, und ich bin hier in der Wohncity. Das ist echt ein heißer Scheiß. Das musst du sehen, nein, besser hören. Ich hätte dich gerne dabei. Also, kannst du kommen?« Er klang ziemlich aufgeregt. So kannte sie ihn normalerweise nicht. Sie versprach, in zwanzig Minuten dort zu sein. Vinzent gab ihr noch die genaue Adresse und den Namen durch, bei dem sie läuten sollte.

Der Koloss inmitten der Stadt wirkte wie ein zurückgelassenes Raumschiff aus einer anderen Zeit. Der in den 1970er-Jahren entstandene wuchtige Gebäudeblock mit seinen drei Bauabschnitten war eine Kleinstadt für sich. In seinem Inneren beherbergte er alles, was seine Bewohner für den täglichen Bedarf benötigten, ohne in ein Auto steigen oder öffentliche Verkehrsmittel benutzen zu müssen. Die Fellbacher Wohncity war so was wie ein eigener kleiner Organismus. Hässlich, stinkend und doch attraktiv war vielleicht eine ganz gute Beschreibung für diesen Betonklotz, den man heute mit Sicherheit nicht mehr so bauen würde. Attraktiv deshalb, da es wohl doch einige Menschen gab, die es schätzten, dort zu wohnen, im Kern der Stadt, mit Stadtbahnanschluss in Gehweite, mit Arztpraxen, Lebensmittelläden, Bäcker, Metzger, Bankfilialen, einer Post, der Stadtbücherei und sogar einer Eisdiele.

JJ hätte dort allerdings nicht mal geschenkt wohnen wollen.

Als sie von der Gerhart-Hauptmann-Straße in die labyrinthischen Gänge eindrang, mit ihren verwinkelten, dunklen Passagen, die zu einem tristen, grauen Innenhof führten, den ein paar traurige Pflanzenkübel einfriedeten, machte sich sogleich ein seltsames Gefühl breit. Es roch an einigen Ecken und in den Passagen nach Urin, Plastikflaschen und Glassplitter waren stumme Zeugen der letzten nächtlichen Party. Es gab Zeiten, da war regelmäßig von Pöbeleien und ausschweifenden Partys der Jugendlichen und junger Erwachsener zu hören, der die Ordnungskräfte nicht Herr geworden waren. Das hatte sich wohl durch verstärkte Präsenz, mehr Licht und Farbe für den Betonklotz gebessert, wie sie erst kürzlich in einem Artikel gelesen hatte. Nein, bei Nacht würde sie hier nicht allein umherstreifen wollen. Überhaupt waren ihr das viel zu viele Menschen auf zu engem Raum. Umso mehr ärgerte sie sich, dass sie den Zugang von der falschen Seite aus gewählt hatte und jetzt fast durch das komplette Innere der ersten beiden Bauabschnitte wandern musste, bevor sie vor einer Briefkastenwand stand, die auf sie wirkte, als habe schon die Anzahl der Postkästen das Format eines kleinen Einfamilienhauses. Im ersten Moment fühlte sie sich überfordert, fand keine Ordnung in diesem Sammelsurium aus Beschriftungen. Nach einiger Zeit gab sie auf und begann einfach die aufgereihten Klingelschilder Namen für Namen durchzugehen. Dann, irgendwann und gefühlte zehn Minuten später, hatte sie den richtigen Drücker gefunden, läutete und wartete.

Sie erinnerte sich an früher und fragte sich, wann sie zuletzt hier gewesen war? Das musste zu ihrer Schulzeit gewesen sein. Damals hatte sie eine Freundin gehabt, deren Eltern hier gewohnt hatten und zu deren Kindergeburtstagen sie ein paar Mal eingeladen war. Der Name wollte ihr im Moment nicht einfallen, aber sie erinnerte sich an ein Bild, das ihr vor einigen Jahren in die Hände gefallen war. Dort war sie in einer dieser üblichen Kleidersünden gehüllt gewesen, die rückblickend wahrscheinlich alle hatten durchmachen müssen.

»Ja«, meldete sich blechern eine Frauenstimme aus der Gegensprechanlage.

»JJ, also ich meine Julia Schwarz«, meldete sie sich.

»Achter Stock, dann links.«

Der Türöffner summte, und sie zog die Tür auf. Dahinter lag der Zugang zum Treppenhaus und dem Aufzug, der den Charme einer in die Jahre gekommenen Bahnhofshalle versprühte. Im Inneren roch es nach Putz- und Desinfektionsmittel und den Jahren, die dieser Metallkasten mit Rauf- und Runterfahren zugebracht hatte. Doch er beförderte JJ erstaunlich gelassen nach oben.

Als sie aus dem Aufzug trat, sah sie aus einer offen stehenden Tür einen Lichtschein fallen. Sie nahm an, dass sie dort erwartet wurde.

Sie sah, wie eine attraktive, dunkelhaarige Frau kurz den Kopf herausstreckte und JJ zuwinkte.

»Hallo, ich bin Mira«, sagte sie, als sie die Tür hinter JJ schloss. »Vinz ist im Wohnzimmer.« Sie bedeutete JJ den Weg durch den Flur. JJ war überrascht, wie hell es hier in der Wohnung war. Sie hatte eher eine dunkle Gruft erwartet. Doch hier war alles lichtdurchflutet, modern, freundlich und mit hellen Möbeln eingerichtet. Zahlreiche bunte Pflanzen brachten Farbe und Leben in die gut geschnittene Wohnung, die mit sichtbarer Liebe zum Detail durchgestylt war.

JJ begrüßte Vinzent etwas reserviert mit einem knappen Kopfnicken. Er saß an einem hellen Holztisch, wahrscheinlich Eiche, dachte JJ kurz, ein Holz, mit dem sie öfter zu tun hatte. Sie warf Vinzent über den Tisch hinweg einen fragenden Blick zu, den dieser mit einem Zucken seiner Augenbrauen quittierte. Warum stand er nicht auf, begrüßte sie richtig? Sofort wuchs Misstrauen in ihr. Zu sehr steckten die letzten Tage noch in ihren Knochen. Hatte man sie womöglich schon wieder in eine Falle gelockt? Als habe er ihre Gedanken gelesen, stand Vinzent plötzlich auf, kam herum, legte ihr sanft eine Hand an die Hüfte und hauchte ihr einen Kuss auf die Lippen. Sie spürte eine Welle der Erleichterung durch ihren Körper strömen.

Mira bot Kaffee und Tee an, und JJ entschied sich für eine Kräuterteemischung. Sie trank ohnehin zu viel Kaffee, und eigentlich mochte sie Tee sehr gern. Und die elegant geformte Glaskanne auf dem Tisch und die dampfende, wohltuend duftende Tasse vor Vinzent machten ihr die Entscheidung einfacher.

Als sie alle Platz genommen hatten, schaute JJ in die Runde und fragte neugierig: »Und, warum bin ich hier?«

»Du wirst nicht glauben, was dir Mira gleich zu erzählen hat«, sagte Vinzent.

Über eine Stunde hatten sie um den Tisch gesessen. JJ, anfangs eher skeptisch, hatte immer gespannter gelauscht. Vinzents Stift war nur so über den Block geflogen, auf dem er sich immer Notizen machte. Und Mira hatte einige spannende Einblicke in ihr Leben gegeben. Und wenn stimmte, was sie ihnen erzählt hatte, dann hatte Vinzent einen dicken Fisch an der Angel und einen kleinen Scoop vor sich, wie man im Fachjargon gern zu sensationellen Meldungen sagte.

Jetzt rauschte JJ mit dem Aufzug wieder in die Tiefe. Draußen war die Sonne längst vom Himmel verschwunden. Und mit ihr die angenehmen Temperaturen des klaren Herbsttages. Es waren noch zwei Tage bis zur Bürgermeisterwahl, die vielleicht anders verlaufen würde, als es alle erwarteten.

JJ nahm einen anderen Weg, der sie schneller aus dem Innern dieser Kleinstadt in der Stadt wieder entlassen würde. Hinter sich hörte sie Stimmen, beachtete sie jedoch nicht. Wahrscheinlich ein paar Jugendliche, die feierten. Sollten sie doch; solange sie nicht rumpöbelten, war ihr das egal. Sie hatte ja selbst oft genug in ihrem Leben gefeiert.

In ihre Gedanken versunken bemerkte JJ die Gestalt nicht, die sich ihr von hinten näherte. Dann spürte sie einen dumpfen Schmerz an ihrem Hinterkopf und sah, wie der Boden auf sie zuraste.

42

Die Geschichte, die dieser Andreas Lehmann aufgetischt hatte, ließ Simon nicht mehr los. Und warum gestand er den einen Mord, stritt aber vehement ab, am Tod von Grete Bürkle beteiligt oder gar der Täter gewesen zu sein? Das ergab keinen Sinn. Und überhaupt, die Geschichte war auf den ersten Blick schlüssig, obwohl sie unvollständig war. Doch je mehr er darüber nachdachte, desto mehr kam sie ihm vor wie ein löchriger Schweizer Käse.

Und was noch unangenehme Fragen aufwarf, war das seltsame Verhältnis von ihm zu Simons neuestem Hassobjekt: Staatsanwalt Robert Köhler. Vielleicht hatte JJ recht mit ihrer Spürnase und die beiden hatten was miteinander. Aber was machte das schon? Ein Staatsanwalt war ja in der Regel nicht irgendwer. Obwohl er schon viel erlebt und gesehen hatte, konnte sich Simon nur schwer vorstellen, dass ein Amts- und Würdenträger im Staatsdienst einfach mal so all seine Moral, seinen Anstand und seine Grundsätze über Bord werfen würde, nur weil vielleicht sein Geliebter einen Racheplan hegte, der auf Ereignisse gründete, die Generationen her waren.

Aber wer konnte ihm da helfen? Der Sohn von Josefine Arenz? Doch der war nicht im Lande. Der Immobilienmakler Selge? Eher nicht, der war nur auf seine Provision und seine Sekretärin scharf. Lehmann selbst? Da rechnete er eher nicht mit einer weiteren Kooperation, bereitwilligen Aussagen oder gar Geständnissen. Wahrscheinlich hatte ihm der Staatsanwalt ordentlich die Leviten gelesen und ihm gesagt, wie außerordentlich dämlich seine Aussage und damit das Schuldeingeständnis war. Und Josefine Arenz selbst, die konnte er ebenso wenig befragen wie andere Familienmitglieder außer ihrem Sohn, der seine Mutter hasste. Also musste er selbst die Ereignisse, die zu den Todesfällen geführt hatten, rekonstruieren, Verbindungen suchen und herstellen, Motive und Beweise suchen. Und all das, bevor ihm Köhler die Tür vor der Nase zuschlug. Denn solange er gegen ihn nichts in der Hand hatte, würde er seine Verbindungen in das weitverzweigte Netz der Justiz nutzen, um Simon ganze Geröllberge in den Weg zu legen.

Da kam ihm ein Gedanke. Er kramte seine Notizen hervor, schrieb für alle Beteiligten die Namen auf jeweils eine Karteikarte. Die pinnte er an die Wand hinter seinem Schreibtisch. Er stand lange Zeit davor, betrachtete die Namen. Zu einigen von ihnen hängte er noch ein Bild neben die Karteikarte, soweit eines in den Akten zu finden war. Simon arbeitete zwar gerne mit dem Computer. Doch manchmal war es einfach notwendig, völlig analog die grauen Zellen zu stimulieren. Über eine Stunde verbrachte er damit, die Karten immer wieder neu zu sortieren und mit einem abwaschbaren Stift auch Beziehungslinien zwischen den einzelnen Personen zu ziehen. Er spürte, dass die Karteikarten ihm etwas sagen wollten. Ein Detail, das er übersehen hatte. Die Antwort blieben sie ihm aber im Moment schuldig.

Also beschloss er, trotz der geringen Erfolgsaussichten Andreas erneut zu befragen, ehe er von den Justizbehörden in die folgende Untersuchungshaft überstellt wurde. Da alle Bereiche des Systems permanent überlastet waren, dauerte das momentan länger als allgemein üblich. Ein Vorteil, den Simon nun für sich nutzen wollte. Vielleicht konnte er noch wichtige Informationen bekommen. Er rief an und ließ ihn in den Befragungsraum bringen.

Als Simon das karge Zimmer betrat, sah er in ein Gesicht, das freundlich dreinblickte.

»Was kann ich für Sie tun?«, sagte Andreas und übernahm damit die Gesprächseröffnung.

Simon sah auf die Uhr. »Möchten Sie Ihren Rechtsbeistand dabeihaben?«, fragte er erneut vorschriftsmäßig.

»Brauche ich ihn denn?«, antwortete Andreas und lächelte wissend. Es war ihm bewusst, dass der Polizist womöglich seine Hilfe brauchte.

»Ich glaube nicht. Ich habe nur noch ein paar Fragen.«

Andreas nickte.

»Sie haben ja bereits gestanden, den Tod von Frau Josefine Arenz herbeigeführt zu haben. Warum?«

»Warum ich sie getötet habe? Oder warum ich den Mord gestanden habe?«

»Mich würde natürlich beides interessieren.« Erst jetzt fiel Simon auf, dass er den Mitschnitt noch nicht gestartet hatte, was er sogleich nachholte.

»Nun, ich bin hierher zurückgekommen, in die Heimat, aus der man meine Familie vertrieben hatte, nachdem ich in Südamerika mitbekommen hatte, dass unsere alte Firma zum Verkauf stehen würde. Ich wollte sie zurück. Aber das hatte ich ja bereits erzählt. Und dann bin ich hier mit der Geschichte konfrontiert worden, die ich, die wir als Familie verdrängt hatten, obwohl sie immer präsent war. Lange recherchieren musste ich nicht, und ich wusste, wer damals welche Strippen gezogen hat, um sich unsere Firm unter den Nagel zu reißen. Ich wollte zurück, was uns gehörte. Und ich habe es bekommen. Doch was ich nicht bekommen habe, war Reue für das, was uns angetan wurde. Nichts. Nicht einmal ein klein wenig Verständnis. Im Gegenteil. Die Arenz war in einer Nazi-Familie aufgewachsen, und die haben ganze Arbeit geleistet. Ich habe sie einige Male aufgesucht. Aber da war nichts, nur Verachtung für mich.«

In dem Moment erinnerte sich Simon daran, dass ihm JJ einmal beinahe beiläufig von der Reaktion von Jan Arenz auf den Tod seiner Mutter erzählt hatte. Sie hatte erwähnt, dass der eigene Sohn gesagt habe, sie sei keine liebenswerte Frau und auch keine gute Mutter. Hatte er recht gehabt mit dem, was er JJ gesagt hatte?

»Aber tötet man deswegen gleich einen Menschen?«

Jetzt veränderte sich etwas in Andreas' Haltung, seine Gesichtszüge nahmen einen harten Ausdruck an, und mit einem Mal wich die bisher zur Schau getragene Offenheit aus ihnen.

»Es ist passiert. Sie hat bekommen, was sie verdient hat.«

»Aber sie war doch eine alte Frau. Und sie war doch nicht diejenige, die Ihnen das angetan hat. Oder vielmehr Ihren Großeltern, Ihrer Familie.«

»Sie hat es verdient«, wiederholte er. »Und manchmal muss man einfach handeln. Sie war reich. Und sie ist durch unser Unternehmen zu ihrem Reichtum gekommen. Ihre Familie hatte nämlich vor dem Krieg nichts. Ihr Mann war Metzgermeister. Er hat Schweine geschlachtet, bevor er in der braunen Suppe von damals nach oben geschwommen ist und Gauleiter wurde. Er hatte keine Ahnung vom Geschäft.«

»Aber offensichtlich die Geschäfte erfolgreich geführt oder ein glückliches Händchen.«

»Pah«, spuckte Andreas beinahe auf den Tisch. »Gar nichts hat der. Nach dem Krieg hat er doch nur erfolgreich verkauft und dabei ordentlich Kohle gemacht. Geld, das uns gehört und das die Familie Arenz zu einer der reichsten in ganz Fellbach, wahrscheinlich sogar darüber hinaus gemacht hat. Und dann besitzt die Person auch noch die Dreistigkeit, von mir eine hohe siebenstellige Summe zu fordern, damit ich die Firma meiner Familie zurückbekomme.«

»Aber sie gehörte doch zu einem Konzern, dachte ich.«

»Ja, aber die Arenz hatte noch immer die Finger drin, und in den Verträgen stand, dass sie an allen Entscheidungen beteiligt werden müsse. Insbesondere, was den Verkauf anbelangt. Das heißt, sie wollte noch mal an uns verdienen.«

»Und musste deshalb sterben?«

»Ja«, lautete die knappe, aber unzweideutige Antwort.

»Und wie?«

Andreas erzählte ihm den Tathergang in allen Details. Erstaunt über die Offenheit lauschte Simon interessiert. Dann fragte er: »Und warum haben sie sie in einem Garten abgelegt? Die Auswahl des Grundstücks war doch bestimmt kein Zufall.«

»Nein. Natürlich nicht, Simon. Dein Großvater war damals auch involviert.«

Der Wechsel zum vertraulichen Du verstärkte die Wirkung der Worte, die ihn einen Moment ratlos und tief Luft holen ließen. Das war eine unerwartete Wendung, eine, die ihm für einen Moment beinahe den Boden unter den Füßen wegzog.

Simon hatte seinen Großvater nie kennengelernt. Und er wusste auch nichts über dessen Rolle während des Krieges. Darüber hatte man in der Familie nie gesprochen. Und ihm selbst war es nie in den Sinn gekommen, sich dafür zu interessieren, was sein Großvater während dieser Zeit gemacht hatte.

»Ist das jetzt nicht etwas weit hergeholt?«

»Nein«, sagte Andreas mit einer Bestimmtheit, die keinen Widerspruch zuließ. »Ich habe alles dokumentiert. Es war nicht schwer, an die entsprechenden Dokumente zu gelangen. Dein Vater gehörte zum Parteikader, war mit Dehm befreundet. Er hat mitentschieden. Und du, du hast ermittelt. Am Anfang wollte ich natürlich verhindern, dass ihr mir auf die Spur kommt. Du und diese neugierige kleine Bestatterin.«

»JJ?«

»Ja, JJ. Sie ist mir etwas zu nahe gekommen. Ich kenne sie schon lange. Ich bin ja hier zur Schule gegangen. Sie war, glaube ich, in mich verliebt. Hat aber nie bemerkt, dass ich auf Männer stehe. Aber das ist ja auch egal. Jedenfalls war es als Warnung gedacht, eure Finger aus den Ermittlungen zu lassen. Wobei ich mir hätte denken können, dass ihr keine Ruhe gebt. Du bist Polizist, und Robert hatte mir schon berichtet, dass du ein zäher und hartnäckiger Hund seist, den er zwar offiziell an die Leine nehmen könne. Doch er hat dem Versuch von vornherein wenig Chancen auf Erfolg eingeräumt.«

»Sie meinen Robert Köhler? Staatsanwalt Robert Köhler?«

»Ja. Er hat eigentlich mit all dem nichts zu tun, ich habe ihn da reingezogen, ihn für meine Zwecke instrumentalisiert. Wir lieben uns, und er würde wahrscheinlich alles für mich tun.«

»Ich bin mir nicht sicher, ob ihm das am Ende helfen wird. So wie ich das sehe, wird er durch sein Handeln große Probleme bekommen. Aber das ist letztendlich nicht meine Baustelle.« Simon machte eine kurze Pause, ehe er weitersprach. »Aber warum das Geständnis? Das verstehe ich noch nicht ganz.«

»Das ist vielleicht auch nur dann zu verstehen, wenn man in meiner Situation steckt.«

»Ich bin gespannt.«

Zurück in seinem Büro, stand Simon erneut vor der mit zahlreichen Karteikarten und Fotos bestückten Pinnwand. Und als er jetzt sah, welche Karte mit welchem Bild Stück für Stück in die Mitte gerückt war, wurde ihm klar, dass er die ganze Zeit blind gewesen war. Andreas Lehmann hatte die Arenz auf dem Gewissen und hätte es auch beinahe geschafft, JJ ins Jenseits zu befördern. Aber Grete Bürkle, die hatte er nicht ermordet. Ihr Mörder kam wie so oft aus dem persönlichen Umfeld. Und er hatte die Verbindung nicht erkannt.

43

Vinzent war noch bei Mira geblieben, um ihr weitere Fragen zu stellen. JJ hatte zuvor die ganze Zeit mit großen Augen zugehört, während Vinzent immer wieder zu ihr hinübergeschaut hatte. Jetzt musste er rasch los, in die Redaktion, ein paar Telefonate führen und seinen Artikel schreiben. Die Headline hatte er schon im Kopf.

Doch als er gerade aufstehen und seine Sachen zusammenpacken wollte, vernahm er, wie der Schlüssel herumgedreht wurde. Gleichzeitig bekam er mit, wie Mira zusammenzuckte und sich Angst in ihren Blick schlich. Sie blickte rasch zwischen dem Flur und der Wohnungstür und Vinzent hin und her. Sie hörten, wie die Tür aufging und gleich wieder geschlossen wurde. Dazwischen klang es, als würde jemand etwas durch die Tür schleifen. Dann stand Ralf Becker im Durchgang, schwarze Hose, schwarzer Hoodie mit hochgezogener Kapuze, darunter eine Baseballmütze. Er wirkte ganz und gar nicht wie ein Kandidat für den Bürgermeisterposten. Und als sei das nicht schon Überraschung genug, bemerkte Vinzent, dass er JJs Tasche in der Hand hielt und verwirrt dreinblickte, als er Vinzent am Tisch seiner Geliebten sitzen sah. Natürlich begriff er sofort, was los war. Er warf die Tasche zu Boden und stürzte sich auf Mira. Er riss sie mitsamt dem Stuhl um, auf dem sie hockte. Ihre Augen waren vor Schreck geweitet. Vinzent hörte noch einen leisen Schrei, der von Beckers Pranke erstickt wurde.

Vinzent brauchte einen Moment, um sich zu sammeln und zu überlegen, ob er sich auf ihn stürzen sollte. Becker war ihm sicherlich, was Fitness und Kraft anbelangt, körperlich überlegen, aber er musste Mira helfen. Vinzent schaute sich um, verzweifelt suchte er etwas, mit dem er den wütenden Mann stoppen konnte.

»Was hast du getan, du kleine Schlampe?«, hörte er Becker keuchen. »Was hast du dem Schmierfinken erzählt? Warum machst du alles kaputt? Hab ich nicht gut für dich gesorgt?«

Vinzent war inzwischen aufgesprungen und erkannte, wie sich Beckers kräftige Hände um Miras Hals schlossen und kräftig zudrückten. Sie strampelte, versuchte ihn mit den Armen von sich wegzudrücken, hatte aber keine Chance. Es würde nicht lange dauern, bis er sie erwürgt hatte, dachte Vinzent. Und was käme dann? Würde er ihn auch töten wollen? Vinzent musste handeln. Er schnappte sich eine schwer aussehende Glasvase, die auf einem Board in seinem Rücken stand. Er riss die Blumen heraus, machte zwei Schritte auf Becker zu, holte aus und schlug ihm die massive Unterseite mit voller Wucht gegen den Schädel. Becker wurde durch den heftigen Schlag von Mira herunterkatapultiert und schlug mit dem Kopf gegen die Küchenverkleidung, wo er reglos liegen blieb. Im ersten Moment dachte Vinzent, er habe den OB-Kandidaten getötet. Doch dann erkannte er, dass sich dessen Brustkorb hob und senkte. Er atmete also noch. Und er blutete. Aus der Stelle, wo er Becker mit der Vase getroffen hatte, tropfte Blut auf das Hemd und breitete sich zu einem immer größer werdenden Fleck aus.

Vinzent kniete sich neben Mira nieder und half ihr, sich aufzurichten. Sie rang nach Luft.

»Alles okay?«, wollte er wissen.

Mira nickte und kämpfte sich umständlich auf die Beine. Wackelig stand sie da und musste sich am Tisch festhalten. Er stemmte sich neben ihr in die Höhe. Durch die Balkontür wehte ein kühles Lüftchen herein. Dann registrierte er aus dem Augenwinkel, wie Becker aufsprang und sich auf ihn stürzte. Vinzent versuchte ihn abzuwehren und wich zurück. Hinter ihm schwang die Balkontür von einem erneuten Windstoß auf, gerade in dem Moment, als Becker seinen nächsten Angriff startete. Vinzent hechtete zur Seite, sodass Becker ihn verfehlte und gegen die Brüstung des Balkons krachte. Vinzent wollte die Tür verschließen, dann wäre Becker auf dem Balkon gefangen gewesen und sie hätten die Polizei rufen können. Doch Becker war schneller und warf sich mit voller Wucht gegen den Rahmen und drückte die Tür auf. Vinzent schaffte es nicht, ihn zurückzudrängen. Becker schob die Tür Zentimeter um Zentimeter auf, bis Vinzent beinahe zwischen Scheibe und Wand eingeklemmt war. Dann musste er mitansehen, wie Mira um den Tisch herumkam, losspurtete und sich gegen Becker warf, dass dieser mit dem Rücken gegen die Betonbrüstung geschleudert wurde. Vinzent sah, wie sein Oberkörper über das Geländer ragte, während Miras Arme weiterschoben, bis Becker anfing, über das Geländer zu kippen. Vinzent beeilte sich, sprang auf den Balkon, versuchte noch, Becker zu erreichen, kam aber zu spät. Er konnte nur noch zuschauen, wie Becker in die Tiefe stürzte, während Mira schwer atmend hinter dem Geländer auf den Boden sank. Als der Körper nach über dreißig Metern in der Tiefe aufschlug, zuckte Vinzent zusammen.

Einige Sekunden später drang ein gellender Schrei des Entsetzens zu ihnen herauf. Eine Frauenstimme. Wahrscheinlich hatte sie den Toten entdeckt.

Mira sah ihn von unten herauf mit großen Augen an. Dann sprach sie aus, was sie dachte. »Er hat es verdient.«

»Ja, aber du hast es eigentlich nicht verdient, dir mit seinem Schmutz das Leben zu versauen.« Er lächelte ihr aufmunternd zu und streckte ihr die Hand hin, um ihr aufzuhelfen. Mit einem kräftigen Ruck war sie auf den Beinen und lächelte zurück. Vinzent nickte ihr zu und wandte sich um, um wieder nach innen zu gehen. Sie mussten die Polizei informieren, wenn das nicht schon längst jemand getan hatte.

Dann hörte er Mira noch leise »Tschüss« sagen. Als er sich umdrehte, sah er gerade noch, wie sie ihre Beine über das Geländer schwang und verschwand.

Jetzt war es Vinzent, der ein lautes »Nein!« herausschrie, so lang gezogen, dass seine Stimmbänder noch immer vibrierten, als er den Aufprall längst vernommen hatte. Dann zog er mit zittrigen Fingern sein Handy zu sich, das noch immer an einem Ladekabel an einer Steckdose in der Wand hing, und wählte die 110.

44

JJ lag still und dachte entsetzt: Bitte nicht schon wieder. Im ersten Moment glaubte sie, wieder in einem Sarg eingesperrt zu sein. Ihr Schädel brummte. Und als sie die Stelle betastete, spürte sie verklebte Haare. Blut. Getrocknetes Blut. Sie war niedergeschlagen worden. Der Ort, an dem sie sich jetzt befand, war genauso eng und stickig. Aber es war kein Sarg. Da war sie sich sicher, denn sie hatte durchaus etwas Bewegungsfreiheit. Der Boden, auf dem sie lag, war mit Filz ausgekleidet. Ein Kofferraum, dachte sie sich. Na, immerhin eine kleine Verbesserung. Die Situation war bescheiden, aber nicht ganz so hoffnungslos, wie in einem Sarg zu liegen. Was sie allerdings störte, war der Geruch nach Spiritus. Sie musste hier raus. Sie versuchte, den Deckel aufzustemmen, gab aber nach einigen misslungenen Versuchen auf. Auch nach oben hin schaffte sie es nicht, sich etwas zu befreien, denn obwohl der Wagen ein Kombi zu sein schien, hatte er eine feste Klappe, die sie nicht wegdrücken konnte. Stattdessen kam ihr die Idee, es über die Rückbank zu versuchen. Hier hatte sie Glück. In der Mitte hatte der Wagen, in dem sie gefangen war, eine Öffnung für Skier. Die konnte sie nach vorn drücken und sich dann zumindest so weit durch das Loch schlängeln, um nach dem Hebel für den Umklappmechanismus zu suchen. Den fanden ihre tastenden Hände dann an der Seite der Rückbank, und in derselben Sekunde klappte die Lehne mit einem Plopp nach vorn. JJ zog ihren Arm zwischen den Lederpolstern zurück und stieg aus dem Kofferraum in den Fonds des Wagens eines taiwanesischen Herstellers, zog die Tür auf und kämpfte sich raus.

Der Wagen war in einer nur schwer einsehbaren, etwas dunklen Ecke einer großen Tiefgarage geparkt. Von draußen hörte sie die Sirenen mehrerer Einsatzfahrzeuge, die sich zu nähern schienen. JJ suchte nach einem Schild, das den Weg zum Ausgang wies, und wurde rasch fündig, konnte dann am anderen Ende die Ausfahrt ausmachen, durch die man mit den Wagen wieder ins Freie kam. Jetzt wusste sie auch, wo sie sich befand: in der Tiefgarage unterhalb der Wohncity. Auf der Straße standen bereits Notarzt und Krankenwagen sowie mehrere Einsatzwagen der Polizei. Beamte in Uniform waren gerade dabei, ein Absperrband zu ziehen, als sie Vinzent eine Treppe herunterkommen sah, die in die Gerhart-Hauptmann-Straße führte. Sein Gesicht wirkte vor Entsetzen wie versteinert.

Sie ging zu ihm rüber, und er schloss sie sofort wortlos in die Arme, so fest, als wolle er sie erdrücken. Sie spürte, wie sein Oberkörper bebte und dass er weinte, weshalb sie sich nicht wehrte, sondern ihm vorsichtig über den Kopf strich. Nach einiger Zeit, als sie das Gefühl hatte, er habe sich etwas beruhigt, fragte sie ihn: »Was ist denn passiert?«

Er schilderte ihr alles, was sich in den letzten dreißig Minuten abgespielt hatte, während er sie fest an den Händen hielt. Vinzent wirkte vollkommen verstört. JJ ergänzte dann, was ihr geschehen war, seit sie ihn und Miras Wohnung verlassen hatte.

»Das muss Becker gewesen sein«, sagte Vinzent dann nachdenklich. »Das passt doch genau in das Muster.«

Sie nickte. Nach dem, was ihnen Mira erzählt hatte, konnte sie Vinzents Vermutung nicht widersprechen, obwohl sie den Angreifer nicht gesehen hatte, der sie betäubt und in den Kofferraum gesperrt hatte.

»Hast du Simon schon gesehen? Er muss doch bestimmt auch hier sein.« JJ schüttelte den Kopf.

»Und nun?«, wollte er wissen.

»Jetzt kratzen sie die Überreste vom Boden und werfen sie in Plastiktüten. Die landen dann wie üblich in Winnenden und, wenn sie wissen, wer es ist, bei mir auf dem Tisch.«

»Oder bei ihm«, meinte Vinzent und machte eine Kopfbewegung in Richtung Cannstatter Straße, wo zwischen Wohncity und Cannstatter Platz der neue Bestatter seine Räume hatte.

»Sollen sie doch. Ist mir eigentlich egal«, sagte sie, und es klang nicht verbittert oder ärgerlich. Eher resigniert. Ein Tonfall, den sie sonst nie anschlug.

»Aber sag mal, du hast alles mitgeschnitten, was sie uns erzählt hat?«

45

Simon war ziemlich erstaunt über die Geschichte, die Andreas Lehmann ihm erzählte. Er saß ihm gegenüber und verzog keine Miene, zeigte keine Reue und kein Bedauern. Sein Ton war nüchtern und sachlich, als würde er aus einer Gebrauchsanweisung für einen Staubsauger vorlesen.

»Ich habe nichts zu verlieren. Eigentlich sollte ich längst im Krankenhaus liegen und sterben. Ich habe einen sehr aggressiven Krebs. Es hat angefangen mit Lungenkrebs, den man zu spät entdeckt hat. Und als sie ihn gefunden haben, war er bereits inoperabel und hatte schon breit gestreut. Darm und Leber sind befallen. Ich sterbe mit Sicherheit, lange bevor mir der Prozess gemacht werden kann. Aber ich werde mit der Gewissheit einschlafen, mich für meine Familie an den Menschen gerächt zu haben, die zumindest für einen Teil des Leids verantwortlich sind, das uns widerfahren ist. Das ist für mich eine Genugtuung, die mich die letzten Wochen noch mal alle Kräfte sammeln ließ. Also, warum soll ich dann jetzt noch Spielchen spielen?«

Simon starrte ihn ungläubig und schweigend an. So was hatte er noch nie erlebt. Ein umfassendes Geständnis von jemandem, der nicht mehr zur Rechenschaft für seine Taten gezogen werden konnte. Jetzt verstand er auch das sanfte, beinahe gütige Lächeln in Lehmanns Gesicht.

»Und warum dann noch der Mord an Grete Bürkle?«

»Da müsst ihr schon eure Hausaufgaben machen. Das war ich nicht. Wobei sie es auch verdient hätte.«

»Aber es war ein dunkler Van wie ihrer, in den Grete Bürkle gestiegen ist.«

»Davon gibt es doch viele. In Schwarz ist er ziemlich beliebt. Und fährt nicht unsere JJ auch so einen, wenn sie ihre Toten einsammelt? Und dieser Möchtegern-Politiker Becker, der gerne Bürgermeister spielen möchte? Der hat doch auch so eine Karre. Aber ihr habt doch sicher Wege und Technologien, noch mehr Halter zu ermitteln.«

Lehmann hatte natürlich recht, wie sich Simon eingestehen musste.

»Warum hätte sie es verdient?«, fragte er.

»Weil sie ein unehelicher Bastard von Arenz war. Das sagte ich doch bereits.« Er klang jetzt etwas ungehalten.

»Also die Halbschwester von Jan?«

»Ganz genau. Du schaltest schnell, das gefällt mir. Und hübsch bist du auch noch. Hätten wir uns früher kennengelernt, hätte was laufen können zwischen uns.«

Simon war kurz irritiert. Andreas Lehmann hatte ihn aus dem Konzept gebracht, und er wusste einen Moment nicht, was er darauf sagen sollte, überging die Bemerkung aber geflissentlich.

»Aber Sie wissen, wer sie getötet hat?« Simon hatte sich vorgenommen, beim Sie zu bleiben.

»Ja. Er ist mir zuvorgekommen. Und ich habe ihm dann einen Tipp gegeben.«

»Einen Tipp? Was für einen Tipp?«

»Na, dass das Haus der alten Arenz ja eigentlich leer steht und er die Bürkle dort ablegen kann. Das Haus stand ja ohnehin zum Verkauf, wie ich herausbekommen habe. Also konnte man es auch abfackeln.«

Jetzt nahm Lehmanns Gesicht einen beinahe dämonischen Ausdruck an, und Simon stellten sich für einen kurzen Moment die Nackenhaare auf. Und mit einem Mal realisierte er, dass hier kein Sonnyboy vor ihm saß, sondern ein ausgemachter Psychopath, der die Taten höchstwahrscheinlich auch begangen hätte, wenn er gesund gewesen wäre.

Sein Telefon klingelte. Die Zentrale. Er hob ab, meldete sich, lauschte und spürte selbst, wie plötzlich alles Blut aus seinem Kopf zu weichen schien. Dann legte er auf.

»Und wer … wer war es?«, fragte Simon dann, als habe es das Telefonat dazwischen nicht gegeben.

Es klopfte, und zwei Uniformierte kamen herein.

Andreas Lehmann stand auf, starrte Simon lange an. Dann sagte er: »Warum sollte ich es dir sagen?«

»Weil ich ein netter Kerl bin.«

»Vergiss es«, sagte er dann nur, wandte sich um und ging den beiden Beamten voraus, die ihn wieder nach unten in die Zelle bringen würden.

Simon hatte auch nicht ernsthaft mit einer Antwort gerechnet und jetzt ohnehin keine Zeit mehr. Er musste los. Es gab zwei Tote in der Wohncity. Und womöglich bestand ein Zusammenhang zu seinen Fällen.

46

Eine gute Woche später standen sie an einem Weinstand am Rathausdurchgang. Simon hatte sich für einen vorzüglichen Sauvignon Blanc entschieden, Vinzent für einen purpurnen Lemberger und JJ für einen vielschichtigen Chardonnay. Die Sonne spendete noch angenehme Wärme, obwohl es Mitte Oktober war. Der Fellbacher Herbst fand immer am zweiten Wochenende im Oktober statt. Jahr für Jahr, seit sie denken konnten. Nur im Corona-Jahr, als das ganze Leben im Land stillgestanden hatte und auch nach den Lockerungen nur zaghaft zurückgekehrt war, war er ausgefallen.

»Lehmann ist im Krankenhaus.« Simon warf die Information, die er heute früh bekommen hatte, vollkommen frei von Emotion in die Runde, während sie um das Weinfass herumstanden.

»Nicht im Knast?«, fragte Vinzent.

»Nein. Er ist zu krank.«

»Was heißt das?«, wollte JJ wissen.

»Die Ärzte sagen, es wäre ein Wunder, wenn er die nächsten Tage noch überleben würde. Er hat also offensichtlich die Wahrheit gesagt.«

»Bei was?« Vinz warf Simon einen fragenden Blick zu.

»Na, dass er nichts mehr zu verlieren habe. Dass er stirbt, bevor er zur Rechenschaft gezogen werden kann.«

»Und Köhler?« Jetzt war es JJ, die fragte.

»Der ist suspendiert und wird vor Gericht landen.

Warum Lehmann seinen Lebenspartner ans Messer geliefert hat, ist mir ehrlich gesagt schleierhaft.«

Alle nickten zustimmend.

»Vielleicht werden wir die Antwort auf diese Frage auch nie bekommen.«

»Kann sein«, sagte Simon.

»Und der Mord an Grete Bürkle?«

»Gilt als aufgeklärt, auch wenn wir hier die wahren Hintergründe und alle Details vielleicht nie erfahren werden.«

»Unsere Gläser sind voll, lass hören.«

»Eigentlich ist es unterm Strich eine reine Beziehungstat. Offiziell waren die beiden ja noch ein Paar. Aber sie war mit den politischen Ambitionen ihres Mannes nicht einverstanden. Außerdem hatte er ja längst eine Beziehung mit Mira am Laufen, während seine Frau Karl Selge datete.«

»Selge, das war doch der schmierige Immobilientyp, der das Haus der Arenz verkaufen sollte?«

»Ganz genau, lieber Vinzent. Aber er war mehr als das. Es hat ihm sogar gehört. Das hat er wohl nur vergessen zu erwähnen, weil es noch nicht im Grundbuch eingetragen war. Er war also der Besitzer des Hauses, in dem man Grete Bürkle gefunden hat. Aber es war Ralf Becker, der seine Ex getötet und in das Haus gebracht und dann das Feuer gelegt hat.«

»Warum?«

»Gier wahrscheinlich. Um sie ruhigzustellen, hatte die Arenz Grete Bürkle eine stattliche Summe gezahlt und auch das Haus überschrieben, bevor es an Selge ging. Doch Bürkle hat in ihrem Testament verfügt, dass nichts davon an ihren Mann gehen sollte.«

»Deshalb hat er das Testament verbrannt«, sagte JJ und begriff jetzt, was sie an dem Tag in Beckers Wohnung gesehen hatte.

»Ja, aber die Bürkle war so schlau und hat das Testament beim Amtsgericht hinterlegt. Somit war es egal, ob Becker es verbrannte oder nicht. Was sie verfügt hat, gilt«, sagte Simon.

Sie tranken alle einen Schluck. Langsam wurde ein Gesamtbild aus den einzelnen Teilen.

Vinzent steuerte bei, was er von Mira alles gehört hatte. Sie hatte ihm und JJ erzählt, dass sie gesehen hatte, wie Ralf Becker Grete Bürkle getötet hat. Er hatte sie danach sogar gezwungen, ihm zu helfen, die Leiche in das leer stehende Haus der Arenz zu bringen. Später hatte sie erfahren, woher er den Tipp bekommen hatte, denn Lehmann hatte sich bei ihr gemeldet und gesagt, er habe den Mord beobachtet. Er hatte ihr einen ordentlichen Batzen Geld angeboten, damit sie alles der Presse steckte, denn er sagte, er müsse alles tun, damit ein solcher Mann niemals Bürgermeister werden kann. Das hatte sie getan.«

»Doch am Ende, als sie ihn über die Brüstung gestoßen hatte, waren die Schuldgefühle womöglich zu groß geworden und sie ist selber gesprungen.« Vinzent wirkte nachdenklich und sah zu Simon.

»Und wer war eigentlich der anonyme Anrufer? Also der, der zu dir sagte, er weiß, wo die Bürkle steckt?«

»Das war Lehmann. Er hat es inzwischen gestanden.«

»Und das Auto?«

»Das von Grete? Na, das war der ausgebrannte Wagen in Oeffingen. Für Becker war es ein Leichtes, ein kontrolliertes Feuer zu legen. Er war mit Sicherheit auch in der Lage, so eines zu legen, dass es seinen Zweck erfüllte, aber nicht so aussah, als hätte es jemand absichtlich gelegt. Da kamen ihm die rechten Umtriebe, die uns momentan auf Trab halten, gerade recht. Er hat das einfach für sich genutzt.«

»Irre«, sagte JJ.

Dann sahen sie Mirijam auf sie zuschlendern. Als Simon sie entdeckte, leerte er sein Glas und verabschiedete sich hektisch. »Ich muss dann mal. Ich habe einiges zu kitten.«

Vinzent und JJ nickten zustimmend.

»Jetzt geh schon. Und meld dich erst, wenn du deine Ehe gerettet hast«, sagte sie.

Er ging, und JJ beobachtete die reservierte Begrüßung und blickte ihnen nach, wie sie schweigend davongingen. JJ drückte ihm still die Daumen, dass er die passenden Worte finden möge.

»Und wir?«, fragte sie dann an Vinzent gerichtet. »Was machen wir zwei Hübschen, nachdem auch unser zweiter Fall abgeschlossen zu sein scheint?«

»Unser Fall? Na ja, egal. Lass uns einfach hier in der Sonne stehen und den Wein genießen.«

JJ legte ihren Kopf kurz an Vinzents Schulter, und er schlang fest seinen Arm um sie. Ja, das fühlte sich richtig an.

Sie standen noch einige Zeit, plauderten, vermieden aber jegliches Gespräch über die zurückliegenden Verbrechen. Plötzlich stand Vera Weber bei ihnen am Weinfass und stellte ihr Glas Rosé ab.

»Leute, ich habe Neuigkeiten«, verkündete sie sichtlich stolz.

47

Nachdem der Kater des Fellbacher Herbstes endlich abgeklungen war, hieb Vinzent den Text in die Tasten seines Laptops.

Witwe des getöteten Vorzeigewinzers bewirbt sich um das Oberbürgermeisteramt, stand da in fetten Lettern. Das war in jedem Fall eine Entwicklung, die eine Nachricht wert war. Doch sie stand nicht allein. Denn Vera Weber hatte auch angekündigt, dass sie die neue Eigentümerin von BeLLe werde. Und auch diese News verarbeitete Vinzent in seinem Artikel.

Er hatte ebenso wie JJ mit beinahe offenem Mund gestaunt, als Vera Weber ihnen von ihren Plänen erzählte. Erst im Nachhinein war ihnen aufgegangen, dass damit womöglich ein neues Licht auf die Fälle Bürkle und Arenz geworfen werden könnte. Oder fielen sie hier auf Verschwörungstheorien rein?

Wie dem auch sei, Vinzent konnte natürlich nicht umhin, darüber zu berichten. Vera hatte ihm diesbezüglich ihr Okay gegeben. Sie stand sogar für ein Interview bereit. Denn jetzt, nachdem Becker zu Tode gekommen war, hatte man die angesetzte OB-Wahl natürlich nicht durchgeführt. Derzeit wurde ein neuer Termin gesucht. Und bisher sah es so aus, als würden sich alle bisherigen Kandidaten auch zurückziehen und nicht wieder antreten wollen. Vera Weber hätte freie Bahn.

48

Es war eigentlich Halloween, und JJ hatte eine Verabredung für eine Party. Doch sie stand hier und schaute mal wieder auf einen Toten. Es war einer, den sie hier nicht erwartet hatte. Er war schon länger verstorben, aber man hatte die Todesumstände genau geprüft. Denn wenn ein Staatsanwalt Selbstmord beging, dann wurde nicht nur das Standardprogramm abgespult.

Man hatte Robert Köhler vor gut zwei Wochen in seiner Wohnung gefunden. Er hatte sich laut Ermittlungsbehörden erhängt und war wohl schon einige Zeit tot gewesen, ehe sich Nachbarn wegen des Gestanks beschwert hatten.

Laut Gerichtsmedizin habe es keine Fremdeinwirkung gegeben, hatte Simon ihr erzählt. Das schien auch durchaus plausibel. Köhler war suspendiert worden und hätte sehr wahrscheinlich einen Prozess bekommen, der ihm seine gesamte Laufbahn ruiniert hätte. Da war ihm Selbstmord als einziger Ausweg erschienen, nachdem sein Partner wenige Wochen zuvor verstorben war.

Ja, dachte JJ. Das Leben konnte hart und ungerecht sein. Oder das Gegenteil, wenn man genau hinschaute. Sie wusste es nicht.

ENDE

Kai Bliesener im Gmeiner-Verlag:

Bestatterin JJ Schwarz ermittelt:

1. Fall: Wein. Berg. Tod.

ISBN 978-3-8392-0656-0

2. Fall: Brand. Wein. Tod.

ISBN 978-3-8392-0755-0